# 古川柳入門

吉田健剛［著］
森田雅也［監修］

関西学院大学出版会

# 古川柳入門

# 監修者まえがき

川柳の歴史において、今は一番のブームを迎えているといえるかもしれない。それは「川柳」という文芸ジャンルが復活したと評価するよりも、いつの間にか耳目に慣れた「サラリーマン川柳」という語がうまく老若男女の日常語彙の中に市民権を得た結果といえるのではなかろうか。一昔前に始まった頃は年に一回ほど報道されていたものが、最近はマスコミが頻繁に優秀句をとりあげている。その諧謔性はますますエスカレートし、テレビに溢れかえったお笑いタレントと称する人々の発する刹那的なギャグなどを明らかに凌駕して社会の一服の清涼剤として定着してしまった。

特に「サラリーマン」という冠がよかった。俸給をもらうために会社に忠誠を尽くし滅私奉公するサラリーマン。社会ではそれなりに威厳があり背広を着た紳士然であるが、一方で上司には逆らえず部下には背かれる。疲れ果てて家に帰れば、家族が傅《かしづ》いてくれるどころか、ペット以下の待遇を受け、やり場のない悲哀を味わっている―そんな人種を「サラリーマン」という語は連想させ、実際、その期待に叶った哀愁の句が「サラリーマン川柳」の秀句となってきた。

しかし、どうであろうか。昨今において、企業の勤務形態は多様化し、会社人間の意識も変化し、女性の社会参画も本格化してきている。街頭を行き交う俸給で生活する者にマイクを向けて職業を尋ねたところで、「はい、私はサラリーマンです」と果たして何人の回答が得られるであろうか。

それでは「サラリーマン」という人種はどこへ行ったのか。企業戦士は静かに鎧を脱ぎ、両刀を納め、「リタイア」族として第二の人生を歩み始めている。人口統計をとってもこの層の多さは相当なものである。そのためであろう、「サラリーマン川柳」にも老後の年金生活者となり、一層の悲哀を舐めている男性側の嘆きの句が増えてきた。その自虐句の諧謔性に賛同する読者が多いためであろう。もちろん、本来の「サラリーマン」としての職場を種とした句も多く詠まれている。しかし、その優秀句の多くを見る限り、世代間のジェネレーションギャップの珍妙を詠んだものが多く、これとて、穿った物言いながら、「年金者川柳」の予備軍かも知れない。

そんなネガティブな目で「川柳」という文芸を俯瞰していた私の前に現れたのが吉田健剛氏であった。

今となっては恥ずかしい想い出ながら、「大学院で川柳を研究したい」と真剣な態度で相談しに来た、この真摯な学徒に対し、私は思わず「破礼句をやりなさい」と言ってしまった。神戸の三宮のあたりで育ち、実業家として、ひとかどの人生を過ごし、リタイアしたこの老翁。人生の甘いも酸いも知っている筈だと思うと、江戸の川柳句もその一々が実体験から簡単に鑑賞できるであろう。さすれば大学院で為すべきは当時の風俗研究であろう。それならば、いっそそれを突き詰めて、前人未踏の「破礼句」専門家になればよい、と私の生来の「権太の性格」の犠牲にしてしまった。吉田氏もその衝撃を覚えていて、酒席ではその遺恨で必ず絡んでくるが、最近では素面でも絡んでくる、よほど腹に据えかねたのであろう。しかしながら、その姿によき御仁、よき日本文学研究者になったと細笑んでいる。

本来は、前言に近いこの文章には学問的な立場から、古川柳と川柳との違い、古川柳の歴史、実際の作法などについて述べ、「劉備玄徳、五虎将軍黄忠を得たる歓び」とかで結び、著者吉田健剛氏を称揚して辞としたかったが、それは必要なくなった。著者一人で十分に古川柳の世界への誘いを行ってくれた。奇貨が良貨に化けた驚きと慶びはお互いの泉下への旅立ちに取り置き、自称伯楽は著者を老翁と油断させずに本著の増補・続編に励んでいただく所存である。

ところで、川柳を前句付から紐解く理由について述べたい。文化史的には川柳の源流が江戸に存するのではなく、上方の地に遡及できるという意義である。芭蕉以下の蕉風台頭の元禄期前夜、このような言語遊戯の謎解きが美学的諧謔性の世界にまで高められたという事実である。その効果の一つが、その背景としての世態人情が多数の詠者と読者を獲得し、その共時性が散文、西鶴を中心とした浮世草子の八十年間に及ぶ全盛となったのである。江戸時代は歴史社会学などが述べるほど士農工商の身分階層的隔たりはなかった。もちろん、それが当時の社会構造である以上否定するのは詭弁の誇りを受けるが、当時の人々は身分の違いを生来の運命として受け取るよりも、西鶴の『武家義理物語』序文にみるような天命として受け取った職業意識が高かったのではなかろうか。そのため、個々の職業、神主、僧、武士、農民、職人、商人などのその道での精進に励んだのである。それが上方に限らず地方では農民ばかり、商家ばかり、職人ばかりの地域が存在し、閉鎖的な社会を形成してしまうが、それらが混在化する町ではむしろ開放的な社会となり、共同社会を形成する。これが十八、十九世紀の「江戸」という文化都市である。「川柳」はその共同社会を背景として発展したのである。つまり、江戸の人々の共通理解ともいうべき磁場の誕生が前句がなくても付け句だけで、その世界を連想し共有できるという愉しみの文芸、「川柳」が自立することとなったのである。

先に「サラリーマン川柳」についての駄文を載せたが、本来、川柳の詠者はそれぞれの場に応じて、それぞれの世代において広く多次元的に創作すべきである。その創作世界を受容する無限の読者の土壌を二十世紀以降のメディアは用意してくれた。今、我々は「古川柳」の場に立ち返り、世態人情を種として「五・七・五」を基本として詠みあげるだけで、計り知れない無限の表現世界を映し出し、それを共感できる既知、未知の人々を容易に友とできるのである。ぜひ、本書をもって芸術世界への扉として欲しい。

平成丁酉極暑　　暑を避けての北信濃某家にて

森田　雅也

# 目次

# 凡　例

本文の出典略号は左のとおりである。

一、数字のみのものは『誹風柳多留』の篇数および丁数を示す。［一〇5］とあれば、『柳多留』十篇五丁の意である。
その他の出典は和数字の前に左の略字を用いる。［拾五2］とあれば、『柳多留拾遺』五篇二丁の意である。
拾＝『柳多留拾遺《やなぎだるしゅうい》』　末＝『末摘花《すえつむはな》』　藐＝『藐姑柳《はこやなぎ》』　籠＝『柳籠裏《やなぎごり》』　桜＝『さくらの実《み》』　傍＝『川傍柳《かわぞいやなぎ》』
筥＝『やない筥《ばこ》』　玉＝『玉柳《たまやなぎ》』　武＝武玉川《むたまがわ》

二、「川柳評万句合」の刷物からの引用略号は左のとおりである。
宝＝宝暦　明＝明和　安＝安永　天＝天明　寛＝寛政
また、元号下の記号は年・合印・何枚目かを示す。［宝十二天1］とあれば、「川柳評万句合」宝暦十二年合印天一枚目の意である。

三、川柳評万句合印は「天・満・宮・梅・桜・松・仁・義・礼・智・信・鶴・亀・叶」の順に用いている。

四、引用句（語）は、原則として常用漢字、現代仮名遣いにし、旧仮名遣いおよび難解な読みには適宜ルビを付した。
引用句などの典拠については、主に左の文献を参照した。なお典拠不明の句などについては掲載の書籍名を記した。
山澤英雄校訂　『誹風柳多留』全句索引　岩波文庫　一九九五年
千葉治校訂　『初代川柳選句集』下（索引）　岩波文庫　一九九五年

山澤英雄校訂　『柳多留拾遺』下（索引）　岩波文庫　一九九五年
山澤英雄校訂　『武玉川』四（索引）　岩波文庫　一九八五年
岡田甫校訂　『誹風柳多留全集・索引篇』　三省堂　一九九九年
岡田甫編著　『定本誹風末摘花』　有光書房　一九六六年
粕谷宏紀編　『新編　川柳大辞典』　東京堂出版　一九九五年
川柳雑俳研究会　『江戸川柳文句取辞典』　三樹書房　二〇〇五年
田辺貞之助　『古川柳風俗事典』　青蛙房　一九六二年
浜田義一郎編　『江戸川柳辞典』　東京堂出版　一九六八年
大岡信監修　『狂歌川柳表現辞典　歳時記編』　遊子館　二〇〇三年
潁原退蔵　『川柳雑俳用語考』　岩波書店　一九五三年
潁原退蔵　『潁原退蔵著作集』　中央公論社　一九七九年
大曲駒村　『川柳大辞典』第十八版　高橋書店　一九七一年

五、元号に西暦年を添えた場合は左の文献に拠った。
歴史学研究会篇　『新版日本史年表』　岩波書店　一九八四年

六、本文中に封建社会下の身分差別をあらわす語句や身体障害者や女性蔑視の語句、あるいは卑猥な語句があるが江戸人の生の声が表出されている川柳文芸の特質上すべてそのまま記した。

# I

## 鑑賞篇

# 第一章　家族をよんだ句

古川柳は概括的にみて人間観察の文芸であるといえる。作者の視線は人間生活のあらゆる面に向けられ隅々まで残りなく照らされて、独特の視角をもってユーモラスにあたたかく時には意地悪な視線をもって描かれている。一般に古川柳の内容は人情美であるといわれている。そして、古川柳のいわゆる人情というのは人間本来の自然の情をいうのであって、方便的功利的な愛や、義理とか見栄の人情は本当の愛でも人情でもないとしてそういう歪んだ人間の心を滑稽として笑っている。男女の情、親子の情、夫婦の情、そして人間愛、自然愛というものを扱って比較的純粋な人情の姿を眺めている。そして誹謗や皮肉や暴露によって生まれる笑いのほかに、もっと素朴であたたかい笑いが描かれている。ここでは家族のひとりひとりに焦点をあててみたいと思う。

## 子供をよんだ句

古川柳は世相や風俗や人情を独自の視点でもって描いているが、普通お人よしな素直な物の見方はしていない。ところが、さすがに子供を対象とする時だけは、相手に邪気がなくまた作者に親ばかの姿勢があるせいであろうか毒舌はみられず、子供のあどけなさをよんだものが多いようだ。

男の子はだかにするととかまらず　三35
はだかの子おもしろがってにげる也　九39
手へべべをかけてかか様追いまわし　一九1
雷をまねて腹がけやっとさせ　初2

元気な男の子は着替えをさせようと着物を脱がせると、身軽になったのを喜んで走り回ってなかなかつかまらない。ゴロゴロゴロ、ほらこわい雷さまがお臍を取りに来ますよと言いながら裸の子を追いまわし、やっとつかまえて腹がけをするのである。いずれも庶民生活の中のほほえましい情景を実に鮮やかにうつしている。最初の句「とかまる」はつかまるである。

女湯へおきたおきたとだいて来る　四2
女房へ乳だ〳〵とおっつける　三18
寝かす子をあやして亭主しかられる　七11

「女湯」の句は、寝ていた赤子が目をさまして泣きだした。女房は風呂屋へ行っているからいろいろあやしてみるが泣き止まない。万策尽きた亭主はあげく助けを求めに女湯まで赤子を抱いて行って「乳だ〳〵とおっつけ」たのだろう。「寝かす子」の句は、むずがる子がやっと眠りかけてくれたので女房はいま一息と子をゆすっている。そんな子をそそっかしい亭主はあやして起こしてしまったのだ、女房が怒るのは当たり前だ。父親もたまには子をあやしてみたいのだがなにぶん不器用だからとかく失敗するのである。

南無女房乳をのませに化けて来い　拾三13
去った晩餅や砂糖で夜を明かし　一五24
さきの子ののむ内門でゆすってる　藐28

「南無女房」の句は、お乳を求めて泣く子に、ほとほと困りきった男が、死んだ女房の霊に、おい何とかしてくれ乳をのませに化けて来てくれと呼びかけている有名な句である。「去った晩」の句は、妻と離縁した亭主の弱り切った表情が目に浮かぶようである。「さきの子」の句は、妻と死別または離別した場合は乳呑み子をもつ女に頼んでお乳を呑ませてもらうほかなかった。

寝ていても団扇の動く親心　初31
物差しでひるねの蠅を追ってやり　三9
よく寝れば寝るとてのぞく枕蚊帳　拾九13
起きたかと針を数えて母はたち　一五六30
はえば立てたてば歩めの親心　四五22

「寝ていても」の句は、乳呑み児に添い寝をしながら母親は疲れからうとうととまどろむがそれでも子に風をおくる団扇だけはかすかに動いている。子をかぎりなく愛する親心を象徴している。「物差し」の句は、母親は昼寝の子の横で針仕事をしている。ふと子の様子をみると蠅が子の顔などにとまったりしている。ちょっと手が届かないものだから長い物差しで追ってやる。「よく寝れば」の句は、寝る子は育つというが長時間おとなしく寝ているものだから、ちょっと気になって蚊帳の中をのぞいてみる。「起きたか」の句は、すやすや眠っていた子がどうやら目を覚ましたようだ、さてお乳でもやろうか。針仕事を終えるときには使っていた針の始末をきっちりしないと危険である。使った針の数を確認しながら後始末をして母親は立ち上がる。「はえば立て」の句は人口に膾炙しているから注釈は不要であろう。これらは人情美を内容とした素直な佳句である。人間本来の情、人間自然の情を尊重した句のように思われる。むしろこういう句に古川柳の本領があり古川柳の特質があるように思う。

幼な子のころんで泣かぬほめことば　拾一〇34
すねた子はつかまえ所《どこ》にこまる也　七29
昼買うた蛍を隅《すみ》へ持てゆき　初27
船の子へ蟹なげてやる蜆とり　初43
武者一人しかられている土用干　拾初16
真中にあんよは上手ぶらさがり　宝13宮
竹の子のようだとあげをおろして居　拾初18

「幼な子」が転んだけれど泣かないで立ち上がった。痛かっただろ我慢して泣かなかったねボクちゃん強いねお利口だねえ。転んで泣かなかった子に親の愛情のこもった誉め言葉で子供は自立を学ぶのだ。「腹を切る事も教えて可愛がり」（拾九16）。武士の家庭での模範的な幼児教育である。一朝有事の時は命を捨てることも辞さないという心がまえを幼い時から教え込む。「すねた子」の句は、子供がいったんすねるとなかなか機嫌が直らない、力ずくで抑え込むわけにもいかず実に厄介なものである。「何ぶしだなどと泣子をじれさせる」（六23）。泣きやまぬ子に業を煮やした大人が、へえそれは何の歌だなどとからかうと子はなおいらだって泣き続ける。「昼買うた」の句は、昼間に蛍を買ってもらったが少しでもはやく点滅するのが見たい。蛍かごを薄暗い隅っこにもっていって見つめる少年のはやる気持である。「船の子」の句は、浅瀬に小舟を浮かべて蜆を取る男が、小蟹をみつけたので舟の中にいる子になげてやるほほえましい情景である。「武者一人」の句は、土用干しで鎧を干していたところ、子供が面白がって身に着けて遊んでいるのを親が叱っている邪気のない笑いである。「真中に」の句は、現在でもよく見かけるほほえましい光景で、両親に手を引かれて歩く子がふざけてブランコのように両親の手にぶらさがる。「竹の子」の句は衣替えで、去年着ていた着物がもうツンツルテンなのだ。なんとまあ成長の早いことだと母親は嬉しそうに裾丈をのばしている。

ま ま事のかかさんになるおちゃっぴい　五〇14
まま事はどぶへはいった子がお客　拾九17
まま事の世帯くづしがあまへて来　初4
よしねえと前を合せるおちゃっぴい　末初3

「まま事」の三句は、道にゴザを敷いてまま事をしている。お母さん役はだいたいおちゃっぴいがやるものと決まっている。おちゃっぴいという言葉は今はあまり使われなくなったが要するにちょっと小生意気で口の減らない小娘のことである。お客になる子はドブを歩いて来てゴメンクダサイなどとやる。今はこんな情景は見られなくなったが昔はよく見られたもので愛らしい童心をよんだ句である。そんなお転婆なおちゃっぴいが、ままごとに飽きたか喧嘩でもしたかひとり勝手にやめてしまった。「イチ抜け」をやったのを世帯くづしと言っている。そして家に帰って母親に甘えておやつをおねだりしているのである。これらはいづれも邪気のない笑である。古川柳の特徴はまずこういう笑にあるといってよいと思う。「よしねえ」の句は、悪ふざけをする男に裾をまくられたのでよしねえと言って前をあわせているおちゃっぴいである。「おちゃっぴい少しまくってあかんべい」（末三40）。いたずら者から逃れて振り返りざま、自分で裾をまくって見せて助平とかいってあかんべいをする。これなどおちゃっぴいの面目が躍如としている。「おちゃっぴい湯番の親父いいまかし」（拾一〇18）。「おちゃっぴい挟み将棋が達者なり」（拾一〇17）。

子の使い垣から母が跡を言い　筥二追1
わかりかね使いを抱いて聞きにくる　六八23

子供にお使いをさせるのは一種の教育法である。「子の使い」の句は、子に使いをさせた母親はそっと跡をつけて門の外で子の様子をうかがい言葉が足りないところは補足してやっている情味ゆたかな佳句である。しかし独りでお使いをしたけれど相手先はどうも要領を得ないので仕方なく子を抱いて聞きにやって来るのが後の句である。「木薬屋《きぐすりや》きいて来なよと子を帰し」（六33）。この句も子供のいうことがよくわからないので家へ帰って薬の名をもう一度ちゃんと聞いておいで。「このような糸をと銭にくくしつけ」（一七14）。これならお使いはうまくいく。

まよい子の親はしゃがれて礼を言い　二11

迷子をやっと見つけた時分には、迷子のまいごの○○やぁいと長い間叫び続けたあとだし、またやっと探し当てた胸いっぱいの感動のため一緒に探してくれた人たちに礼をのべる声もしゃがれているという人情味あふれる句である。「迷い子のおのが太鼓で尋ねられ」（初9）。「迷い子に鉦《かね》のくだけるころにあい」（二三19）。迷子の子供がいつも叩いていた太鼓や鉦を打ち鳴らして親は必死に探していたのである。これらは人情美を内容とした句である。外形とか見栄ではなく、又方便的な功利的な親切でもなく人間本来の情、人間自然の情を尊重した句のように思われる。

旅戻り子をさし上げて隣まで　初35

旅もどり子どもが先へふれて来る　二一3

旅から帰ると、わらじも脱がずにまず可愛いわが子を高々と抱き上げる。ついでにそのまま向こう三軒両隣へ顔を出して旅帰りの挨拶をするというといかにもありそうな庶民生活の情感あふれる句である。少し成長した子だと、戸外に遊んでいて目ざとく父を見つけて大急ぎに走って帰って父親の帰着を知らせるのだ。これも実感がある。

人さまが来るとまま子を目へ入れる　一五31

他人の前では目へ入れても痛くないほど可愛がっている素振りを見せるが、実は普段はつめたい継子扱いをしているのである。継子いじめは今もよく耳にするが、そのたびに実父は一体どうしているかと思うのだが、「まま母の亭主はどれも少し抜け」（二四15）であるのだろうか。

今すてる子にありたけの乳《ち》をのませ　三七25
拾ろわるる親はやみから手をあわせ　拾九16
泣くよりもあはれ捨子のわらい顔　四四25

「今すてる」の句は、子を捨てる前にこれが今生の別れであるので泣きながらお乳をお腹いっぱい与えている母親である。「拾ろわるる」の句は、子を捨てた親が暗やみの中で拾われるのを見届けて涙をいっぱいためて合掌している。「泣くより」の句は、赤ちゃんが捨てられて泣き叫んでいるのも可哀そうだが、自分が捨てられたことも知らずに見つめる大人たちの顔を見てニコニコ笑っているのはかえって哀れを誘うのである。人情を強調した巧みな句である。

## 母親をよんだ句

大体において、父親はやかまし屋で小言をいうもの、そして母親は子に甘いものとほぼ決まっている。古川柳には意地の悪い句冷笑する句が多いが母親をよんだ句にはそれは見当たらないようだ。作者たちの心に母親へ思慕の念があるようだ。

里がえり何やら母はききのこし　四38

国の母生まれた文を抱きあるき　初8
里の母今頃はもう寝たかなり　傍二18

「里がえり」の句は、結婚した娘が初めて実家に行くことで、普通婚礼の三日または五日後に行く習わしであった。「里帰り夫びいきにもう話し」(三14)。結婚してまだ数日しかたっていないのにもう夫のノロケ話が出たりする。娘のそんな話を聞きながら、夫や姑はどんな性質の人かなど母として知りたいことがいっぱいある。娘にいろいろ聞いてはみたが、娘が嫁ぎ先に帰ってしまうとまだまだ聞き残したことがあるような気がするのである。「藪入《やぶい》りが帰ると母は馬鹿のよう」(三39)。娘が奉公先から休暇をもらって帰ってきた。あれこれつもる話もした。その楽しい藪入りもあっという間に終わって娘は奉公先に帰って行ったが、母親はしばらくは馬鹿のようにボーッとしているという句もある。「国の母」の句は、嫁いだ娘から手紙が来た。安産で元気な子が生まれたということである。母は大よろこびで方々へ吹聴して回っている。「生まれた文を抱き歩き」とまるで初孫を抱いているような表現がいかにも可笑しい。「里の母」の句は、嫁にいった娘は今頃何をしているだろう。もう寝たかしらなどと案じるのも里の母である。

ここをよく見やと母おや三針ぬい　一〇10
母一人古い役者のひいきする　一四20
母の気に入る友だちは小紋を着　初18
嬉しい日母はたすきでかしこまり　初15

「ここを」の句は、縫い物の指導である。縫いものをする娘がむずかしい個所にさしかかると母親が二針三針縫ってみせる。「母一人」の句は、娘たちが人気役者の評判をしている。わきで針仕事などしている母親は、今の役者はだめさ私は何といってもあの役者と古い役者の名をあげる。芝居をよく見に行った娘時代を懐かしく思いだしている。「母の気」の句は、息子の友達は軟派硬派いろいろいる中で趣味のいい小紋を着る友達が母親の気に入っている。「嬉しい日」の句は、何か内輪の祝いがあって嬉しい日に母はたすきがけでまめまめしく立ち働いている。そこへ人が祝いに来てもたすきを外さずにちょっとかしこまって応対している。嬉しいてんてこ舞で客も了解してくれるのであろう。

母おやはもったいないがだましよい　初36
ちっとずつ母手伝ってどらにする　一九8

「母おやは」の句はドラ息子の言葉である。「つき合をごぞんじないと母に言い」（九15）。俺だって別にやりたいと思ってやっているわけじゃない。男には付き合いというものがあって仕方なくやっているだけなのさ。だからサちょっと金を工面してくれないかナ。シャアシャアと母親に嘘をつく息子である。「だまされるたびに母おや知恵が出る」（二三25）。母親も初めは息子の言葉を信じて小遣いを渡すがたび重なると息子の嘘に気が付く。「吉原さなどと母には強く出る」（一一12）。思い切って詰問すると息子は謝るどころか逆に開き直って母親に強く出る始末だ。「どうするか見ろとお袋どうもせず」（筥四2）。母親もさすがに堪忍袋の緒が切れてしまって、どうするかみていろと言うが口先ばかりで何もできないのだ。結局息子になめられて言いなりに小遣いを渡してしまうはめになってしまう。「ちっとずつ」の句は、そんなこんなでねだられるたびに小遣いを与えたり夫の前でかばったりして道楽息子にしてしまうのである。

母親のあるいはおどし手を合せ　初38
母親は叱りすごしてわれも泣き　四七16
ためといていわっしゃるぞと母おどし　藐27

お父さんは、お前のことを今は黙っていらっしゃるが何もかも知っていなさるんだよ。お前の身持ちが直らないとそのうちまとめてお叱りになり、それは大変なことになっても知らないからね、そうなってからではいくら詫びても追いつかないよ。ドラ息子を脅したりすかしたり、あるいは泣いて諫めるがまったく効き目がない。「勘当のあと甚七がものになり」（二〇6）。とうとう長男は勘当されて弟が家を継ぐことになった。ところがその弟もどら息子であったことは、甚七の一語でわかるのである。

甚六を叱り過してたずねに出　拾九17
母おやを湯番門《かど》からまねくなり　七30
母らしい人の尋ねるあら世帯　一〇31

「甚六」の句は、物領の甚六というが甘やかされて育った息子をきびしく叱ったら家を出ていったままおそくなっても帰ってこない。何かあったのかしら、まさか事故にでも巻き込まれたのじゃないだろうか、心配して探しに出る甘い親である。「母おやを」の句は、家を出て何日も帰ってこないどら息子に母親の心配が絶えない。近所の銭湯の親父にもし息子を見たら知らせてくれと頼んでおいたところ、その湯番が門からしきりと母親に合図をしている。父親に知れないようにとの心遣いでそっと知らせているのだ。母は胸の高鳴りを覚えながら小走りに湯番に駈け寄るのである。「母らしい」の句は、新世帯は古川柳では正式の婚礼をしないで夫婦になった者のことになっている。親の許さぬ結婚なのでひっそりと生活していて訪れる者も滅多にない。母親は亭主にだまってこっそり新居へ訪ねそのたびに生活費など置いて行くのだろう。近所の人たちにいわせると「母らしい人」という評となるのである。

## 父親をよんだ句

母の名は親仁の腕にしなびて居　二2

惚れた女の名を腕に彫ることは江戸の若者がよくやったことであるらしい。老いた父の腕にお袋の名が彫られている。かりにお袋の名が「みよ」とすると「みよ命」と彫ってあるわけである。腕の皮膚はしなびていてもそれは青春の情熱のあかしにほかならない。ふとそれを見つけた息子は、ああ、いい年をした親父もお袋も惚れ合った頃があったのだと笑うのである。

男じゃといわれた疵が雪を知り　初19

この疵を受けた時はさすが男一疋と評判されて好い心もちだった。しかしこの年になると、その疵がもとで雪でも降りそうになるとシクシクうずいて若い時の無鉄砲を思い出させるのだ。うずくのは老の身にこたえるが、それが誇り高き親父の青春の象徴なのである。男の意気地を大切にする江戸っ子気質をあらわしている。

人は人なぜ帰らぬと親父いい　九8
親の気になれとは無理なしかりよう　安元
仲のよい友は親仁の気に入らず　『口よせ草』(元文元年初代収月評)
面白いことは親父も承知なり　七七13

「人は人」の句は、遊里へでも行って帰りがおそくなったか翌朝になったのか、そんな息子をつかまえて頑固親父が叱りとばしている。人は人だお前が他人のまねをする必要はないなぜ帰って来なかったのだ。「親父イが叱りますると なぜ言はぬ」(傍四32)。こんなことも言って叱ったであろう。「親の気」の句は、お前ちょっとは親の気(身)にもなってみろと叱っている。「むりな異見はたましいを入れかえろ」(二四15)。親の気になれないから遊んでいるのだし、ましてや魂を入れ替えるなんて手品のようなことができるはずがないじゃないか、こいつはちょっと無理かもしれない。「仲のよい」の句は、友達が息子を誘いにやってきた。「さそわれた帯は左へ回り過ぎ」(拾九13)。息子にとっては嬉しい誘いで着替えをするにもつい力が入ってしまう。息子はウキウキした気分でいるが親父はにがにがしい思いでそれを見ている、どうせ奴らは悪所に行くにきまっているのだ。「あれと出るなと両方の親が言い」(一九4)。息子が悪くなるのは友達のせいだと両方の親が恨んでいる。この句は柄井川柳が登場する二十年ほど前の元文時代に出板された『口よせ草』の句である。「面白い」の句は、さんざ息子を叱ってはいるが、しかし親父にも青春のころに覚えがあるはずであの道の面白いことは先刻承知なのである。「親父まだ西より北へ行く気なり」(五40)。元気な不良親父なら西方浄土を願うべき年になっても北を目指すのである。北はすなわち吉原である。

真面目に成るが人の衰へ　武三38

これは古川柳ではなく江戸座俳諧の慶紀逸《けいきいつ》『武玉川《むたまがわ》』（学習編「誹風柳多留」参照）の句である。女房と出会った若いあの頃はさんざ無鉄砲もやったけれど、今じゃ怒ることも喧嘩をする気力も衰えてなんだか真面目になったような気がするというのである。「寝入られぬ心につかう有りったけ」（武三14）。この句などもなんだか真面目になった男のことのようで、ちょっと淋しいがいずれも味わい深い句である。「大切な役には立たぬ真人間《まにんげん》」（『折句紀の玉川《おりくきのたまがわ》』文政二）。真人間というだけでは頼りにならぬもので度胸も策略も必要な時がある。悪い奴の方がしっかり役に立つこともこの世ではしばしばあるのだ。

## 息子をよんだ句

古川柳には家業に励み親孝行をする息子はめったに登場しない。息子は女遊びに熱中する年頃なのである。

せい人と息子この頃仲たがい　三〇22

叱られる度にむす子の年がしれ　二五4

息子の耳は馬つらは蛙なり　二四25

「せい人」の句は、聖人のことで魯の国の孔子のことである。「ろの国の人とむすこはつきあわず」（二二27）。論語の素読もさぼって吉原遊興の案内書である細見《さいけん》を読んでいる。「足音がすると論語の下へ入れ」（傍二32）。父親らしい足音にさっと論語の下へ細見をかくす。「叱られる」の句は、親父に叱られるたびに、もう子供じゃあるまいし何をぼやしているのだ一体お前はいくつになったんだと問い詰められるのだ。「低頭の上を意見は通り越し」（一三八31）。しばらく我慢して聞いていたらそのうちすぐに説教は終わるのだ。意見は下げた頭の上を素通りしてゆくのである。最後の句は、「息子の耳は馬」で「顔は蛙」である。もちろん「馬の耳に念仏」と「蛙の面に水」である。「勘当は蛙《かわず》に水のかけ納め」（三三38）。親をなめ切ったこの調子では勘当のほかあるまい。

わがどらをさきへはなして異見なり　二二14
花にめで月に浮かれておん出され　一〇33
勘当も初手は手代に送られる　初5

「わがどら」の句は、どら息子に苦労人の叔父が異見をするのだが叱るだけでは息子が反感をもつだけで効き目がないから、おれも若いころは遊んだものだがと前置きをしながら巧みに話す。「花にめで」の句は吉原のことである。吉原には春の夜桜、秋の月見などの紋日《もんび》というのがあってそれが儲け場所になっているのである。「よしわらを月の名所のようにいい」（天五）。吉原に行きたい者は廓で十五夜の月見をしなければ男の恥のように言う。何のかのといって吉原通いでとうとう息子は勘当されてしまったのである。「勘当」の句は、勘当にも程度の差があって、この句の場合は悪友や悪所から遠ざけるためで正式の勘当ではなく反省を促すという軽いもので、古川柳では行先は銚子の知人の所というのが約束事になっている。舟便を利用して行けるからである。これに対して不行跡な娘は稲毛の伯母に預けるのが約束事である。

どらに会いたいが末期の願いなり　五10
かんどうを呼ぶで弔い三日のび　一二5
どらにして見たがるおやもあわれ也　明四

「どらに会いたい」の句は、勘当はしたが息子のことはいつも親父の胸の中にあったのである。「夢でたびたび許す勘当」(觽《けい》五)。重篤になった親父は死ぬまでに一度でいいから息子の顔が見たいなどと言っている。「かんどうを呼ぶ」の句は、父親が死んでしまって勘当した息子を呼び返すので葬式の日取りが延びたのである。三日という日数で長男のいた銚子との距離を匂わしている。最後の句は、どら息子を持った親も可哀そうだが、病身の息子を持った親にしてみれば、いっそ道楽者でも構わないから体の丈夫な息子であってくれたらと「どらにして見たがる」親もまた哀れである。

親の名の次第に似合う三回忌　二四38

死んだ父の跡を継いでもまだまだ頼りないと思っていたのに、「何右衛門」などと名乗って三回忌を迎えるころにはもう立派な主になっているのだ。

## 娘をよんだ句

わが好かぬ男の文は母に見せ　四18
恋の文臍《へそ》といもじの間《あい》に置き　末四2

恋文も好きな男から来たのは誰にも見せずに大切にしまっておくが、嫌いな男からだとはなはだ冷淡で母に見せる娘心の身勝手さをよんでいる。よく分かって面白い句である。「恋の文」の句は、好きな男から来た文は肌身離さず身に着けている。いもじは湯文字《ゆもじ》の訛で今の腰巻である。多くは緋縮緬で遊女のそれは紐がないが素人のは紐がついている。好きな男の手紙は肌身離さず大事に仕舞っておくが、その仕舞う場所というのが、事もあろうに女性の一番大切な場所のすぐ近くなのである。腹の立つ話であるがこの男まことに幸せな男である。

わが好いた男の前をかけ抜ける　八4
だいた子にたたかせて見るほれた人　初32

「わが好いた男の前」を振袖を抱いてさも何か急用でもあるかのように小走りにかけぬけてゆく。恥ずかしさもあるだろうが男の目を引きたさもあるだろう。ことさらゆっくり歩いて、愛想の一つも言うようなちっとばかし厚かましい年増になる前の初々しい娘である。「子を抱けば男にものが言いやすし」（初33）。初心な娘は男に面と向かうとものが言えない。ところが、小さな子を抱くとその子にかずけておしゃべりができるのは不思議である。「だいた子」の句は、憎らしいことをいうお兄ちゃんをぶっておやりとか言いながら、だいた子に叩かせてみるのである。あらわに惚れたなどとは言えないのが昔の女のたしなみで、男性からの愛情表現を待つのが女性の一般的傾向であった。しかし中には型破りな女がいても不思議じゃない。「ほれたとは女のやぶれかぶれなり」（四12）。

振袖はいいそこないの蓋になり　初8
母おやも共にやつれる物思い　三19
白状を娘は乳母にしてもらい　四5
何くわぬ顔で男にけつまづき　拾三8

「振袖は」の句は、娘が何か言いそこないをしてとっさに振袖で口に蓋をする。振袖は思いがけなく役に立つものである。「はづかしい時には袖を餅につき」（三9）。年頃の娘である。「もちにつく」は持て余す、始末にこまるの意。好きな男との同席かなにかでうつむいて振り袖をひねったり畳んだりしているのであろう。「母おや」の句は、娘の恋煩いである。食事ものどに通らないで次第にやつれてゆく。母親も大方の事情は察しているがどうしてよいかわからずただおろおろしてともにやつれるばかりである。「恋むこが来てうす紙を引きへがし」（二32）。娘の恋の成就である。「うす紙を引きへがす」はもちろん病気のだんだんに良くなる様の比喩である。「白状」の句は、娘といってもいろいろで、なかには親に内緒で男と会う娘もいるわけで、何かの拍子でそれがばれてしまうこともある。「叱られて娘は櫛の歯をかぞえ」（拾二17）。しかられて口答えもできずうつむいて櫛なんぞをいじっている。一体おまえはどういう了見なのだと言われて娘が泣きそうになったとき乳母がとりなすのである。乳母は古川柳の世界では、田舎者で鼻息が荒くずうずうしく多淫であるとされている。そういう乳母がお嬢さまのために弁舌を振るうのである。「叱られた娘その夜は番がつき」（四31）。しばらくは厳重に監視されることになる。「何くわぬ」の句は、とりすました何くはぬ顔の女も結構男に心ひかれて失敗するものなのだ、男女の道ばかりは凡人のはかり知ることの出来ぬものであるのだ。

家内喜多留《やなぎだる》ちいさな恋はけちらかし　初34
はだかでといえば娘はおかしがり　拾初31
丸綿《まるわた》をかぶせながらもいいふくめ　三15
恥ずかしさ知って女の苦のはじめ　初19

「家内喜多留」は、結納の時に用いる柄のついた酒樽のことである。親のきめた縁談がととのって祝言の日取りもきまり婚礼の荷もそろえられてゆく。もう今さら後戻りはできない。ここにいたって娘のほのかな恋も蹴散らかされてしまうのである。前句は「ととのえにけり〳〵」である。「結納をおっかなそうにのぞいて見」（拾初31）。娘はまぶしいような眼差しで未知の世界をおそろしく思う気持ちで見ているのだろう。「はだか」の句は、支度なんぞ要らないから裸で来てくだされと先方は言っておられると仲人がいう。娘は、裸という言葉で羞恥心を覚えながらもくすくす笑っている。「ふんどしもいらぬと無理にもらわれる」（二三23）。こっちは男の場合である。「丸綿」の句は、婚礼の式の前に、母親が綿帽子をかぶった新婦となる娘に嫁としての心得を教えているのであろう。気がかりなので何度も念を押す。前句は「くりかえしけり〳〵」である。上気している娘の耳に母の教えがどれほど届くことだろうか。「恥ずかしさ」の句は、初夜のことであるかもしれない。昔の女は夫や舅姑に忍従し生活全般にわたって苦労をしたのである。「嫁入りはこうだと本屋そっと見せ」（明三仁6）。「あたり見まわし絵のところ娘あけ」（二一21）。婚礼の前には、本屋がいたずら気で若い娘に秘密出版物をみせることもあったであろう。娘もそりゃあ興味があるはずだ。これは末番句（「破礼句」の項参照）である。

四五年もお講に目立つ縁遠さ　四7
昼過《ひるすぎ》の娘は琴の弟子も取り　初21

親鸞上人の忌日に行う仏事が報恩講でこの場はよく見合いに使われた。同じ娘が何年もつづけて顔を見せているのはもらい手がないからで気の毒である。「昼過ぎ」は盛りを過ぎたの意。当時二十歳を過ぎて未婚の娘は昼過ぎといわれたという。

# 第二章

# 庶民をよんだ句

## 居候

古川柳は人間の欠点や弱点などを指摘したりひやかしたりするものが多いが、中でも居候は恰好の餌食になっている。古い時期には「掛《かか》り人《うど》」という呼び方が多いようだ。居候は言うまでもなく親戚や知己の家でタダメシを食わせてもらい住まわせてもらっている手合である。食いつめて転がり込んだ吹けば飛ぶような奴である。無為徒食させてもらっているので万事気がね気づまりで肩身せまく過ごさざるをえない。「居候三ばい目にはそっと出し」の句などは落語でよく語られるが、原形は最初にあげる「掛り人」の句ではないかと思われる。何事にも控え目に遠慮しなくてはならないが最も切実なのは三度の食事であろう。

三ばいめこわそうに出す掛り人　明四桜
二はいだと下女と争う掛り人　明七梅
四はい目はあたり見廻す居候　三七20
掛り人数の子などはころし喰い　拾初12

喰うもうし喰わぬもつらし居候　四三33
冷や飯イなぞと亡者の居候　一五三24

「喰うも憂し」の句は、食うにも遠慮食わねば空腹でつらい。「名残惜しそうに湯をのむ掛り人」（明五）。もう一杯ほしいのを我慢するのでいつも「腹の虫遠ぼえをする居候」（三九13）なのである。「冷や飯」の句は、居候が死んで飯の入ったお茶碗が供えられる。死んでも飯に執着しているので「うらめしい」ならぬ「ひやめしい」という駄洒落句である。

掛り人何をするにも手くらがり　拾九20
早起きも朝寝もならぬ掛り人　拾一〇5
掛り人りっぱに出来る畳だこ　三6
掛り人隣へはらを立てに行き　拾九12
向うから硯を遣う掛り人　初9
掛り人寝言にいうが本の事　初18

最初の句は、自分の手が明かりをさえぎって手許が暗いのだ。遠慮しているからそういう場所に座ることになるのである。「早起き」の句は、家人の眠りを妨げるから早起きはできない。かといって朝寝はむろんできない。窮屈で気苦労するのである。三句目は、居候は何かと気を使いかしこまることが多いから見事な坐りだこができるのである。前句は「おし付けにけり〳〵」である。四句目は、腹が立ってもコンチキショウ馬鹿野郎などと口にすることができないから鬱憤がたまっている。隣へ愚痴をこぼしに行くのだが先方ももううんざりしていることであろう。「向うから」の句は、あるじが何か書き物をしているところへ、へへすいませんがちょいと言いながら向かいから硯を遣わせてもらっている。へいどうもすいませんねえとお愛想笑いなどしているようである。最後の句は、起きているときは言いたいことも言えずにいる。俺だから我慢ができるのだなど主人の前で言えるわけはない。そんな風に言いたいことの言えるのは寝言の中だけという哀れな卑屈な身の上なのである。

掛り人ちいさな声で子をしかり　二3
掛り人息子にけんを指南する　四11
蓮の実の飛ぶを見ている掛り人　拾九11
掛り人屋根から落ちて酒に酔《え》い　拾九16

最初の句は、居候させてもらっている家の子供に限って腕白で小生意気でいけ好かないガキが多いものである。舌打ちしたいようないたずらをする。大きな声で叱れないから声をひそめて叱るのである。それでも効かないことが多いから居候は大弱りである。しまいには声に出さずに百面相をしてこわい顔をつくって脅したりするだろう。二句目は、取り得のない居候だけれどもともと道楽者だから「拳」はうまい。狐拳《きつねけん》やら藤八拳《とうはちけん》など色町でやった類のものを家の息子に教えるのだ。子供もこんな遊びは好きだから喜んでおぼえる。そんな調子だからまた嫌われるし自立もおぼつかないのだ。「蓮」の句は、毎日ブラブラしている居候だけれど何もせずにいれば時間のつぶしようのない時だってある。

そんなときは、いつ飛ぶともしれない蓮の実の飛ぶのを根気よく待っていたりするのである。最後の句は、雨もりの修繕のため屋根へ上がった居候が、落っこちて失神したおかげで久しく口にしなかった気付け薬の酒に酔ってしまったのである。「焼き魚うちわを読んで叱られる」（一〇11）。団扇になぞなぞとか滑稽な絵などが書いてあったのだろう、つい見とれているうちに魚をこがしてしまった。何もやらせてもこんな調子だ。気楽で頓馬な居候である。

## 一人者

屁をひっておかしくもない一人者　三6
一人者小腹がたつと食わずに居　二35

「屁」の句は、最もよく知られた一人者の句で味気ない独身ぐらしを象徴的にとらえている。人前でうっかりおならをしてしまうとみんなゲラゲラ笑うものだが、一人でいると別におかしくも何ともないのである。「一人者」の句は、一人者は機嫌が悪い時はすきっ腹でも飯を食う気にならないという。空腹だとよけい腹が立つばかりなのに。「一人者食ってしまって苦労がり」（四38）。飯の支度をするのも面倒だが、あとの片づけもいやなものだ。

寝所《ねどころ》をへし折って置く一人者　三6
一人者店《たな》ちんほどは内に居ず　八12
ひとり者家へ帰ればうなり出し　初43

「寝所」の句は、一人者はふとんをたたんで押し入れなどにしまうのも面倒だから、半分にへし折っておくだけである。別に人が訪ねてくるわけでもないからこれでいいのだ。後の二句は、気楽な一人者だからふらふらと出歩くことが多く、店賃（家賃）に見あうほど家には居ないのである。たまに家に帰ってくると一杯機嫌で浄瑠璃か何かをうなり出したりするだろう。

一人者ほころびひとつ手を合せ　三41
つくづくとおえたのを見るひとり者　末三30
ひとり者内から締めてとん死する　五16

最初の句は、ちょっとしたほころびでも自分で繕うなどという器用なまねが出来ない不精者である。仕方なく隣のおかみさんなどに、このとおりと手を合わせて繕いを頼む仕義と相なる。「ほころびと子をとりかへる一人者」（一五8）。繕ってもらっている間は乳飲み子を預かってあやしている一人者である。「つくづく」の句は、「小人閑居して不善をなす。至らざるところなし」（大学）。心の狭いつまらない人物はひまでいるとよくない行いをし勝ちであるという。しかしこれはべつに不善というほど大げさなものでもあるまい。「おえた」は「萎えた」ではなくエレクトのことである。これは末番句である（鑑賞編「破礼句」参照）。最後の句は、頓死後何か月も発見されないというのは今でもしばしばニュースに出る。この句も哀れを誘う句ではあるが、前句が「ちょうどよいこと〳〵」でちょっと理解に苦しむ句である。

## 入《い》り聟《むこ》

入聟のつらさ花なら花っきり　一三20
入聟をあはれと思へ山ざくら　一一15
おれは〳〵とばかり聟花の山　二四27

「入聟のつらさ」の句は、せっかく町内の人と花見に行っても二次会には参加しない。しないのではなくできないのである。古川柳では普通花見の帰りは遊廓へ回ることになっている。最初から吉原などが狙いで花見は家を出る口実ということもあった。聟ももちろん行きたいはずだが家に帰らなければならない事情があるのである。入り婿は家人に遠慮気兼ねをするもの、女房に頭が上がらない恐妻家というのが古川柳の約束である。二句目は、百人一首にある行尊《ぎょうそん》の歌のパロディーである。「もろともにあはれと思へ山桜花よりほかに知る人もなし」。そんな哀れな入り婿の心情を知っているのは今を盛りと咲いている桜ばかりであるのだ。「おれは」の句は、遊郭に誘われた聟が仲間に無理やり引きずられているが、俺は〳〵と必死で逃れようとしている。「これは〳〵とばかり花の吉野山」。これも貞室《ていしつ》の句のパロディである。

高札《こうさつ》の序文のような聟をとり　拾初38
聟のくせ妹《いもと》が先へ見つけ出し　二8
とっぷりと暮れてと聟のほうでいい　四22

「高札」の句は、高札は普通法令などの公示のために人目をひくところに高く掲げられるが、そこには堅苦しい文言が書かれている。そんな序文のような融通の利かない糞真面目な聟を揶揄している。「聟のくせ」の句は、新婚の姉の方は甘い気分で半ばぼうっとなっていて気が付かないが、妹は第三者の目で姉聟のちょっとした癖を発見したというのである。「とっぷり」の句は、まだ日も高いというのに家持ちで積極的な女房に誘われたのである。入り婿でなければ昼間からせっせと励んでもいいかもしれないが、家人に遠慮気兼ねをするおとなしい入り婿にはそんな勇気がない。「とっぷりと暮れて」からにしようと積極的な女房をなだめている。

## 嫁

瓜ざねを見せてかぼちゃと取っかえる　拾一36
上下《かみしも》の音ばかり聞く綿帽子　四34

「瓜ざね」の句は、見合の時は瓜ざね顔だったが婚礼の時にはかぼちゃ面に変わったというのである。寺社の境内の掛茶屋などで、正式のお見合いというような形をとらずに互いにそれとなく見て取り決めることもあった。「見ましたは細面だともめるなり」（一三37）。替え玉をつかって欺くとは実に怪しからん、怒るのは当たり前だ。「妹の姿を借りるつらい事」（安六桜）。これはトラブルのもとになる。「上下」の句は、婚礼では男は上下女は綿帽子をかぶる。綿帽子は現代の角かくしにあたるものだが深くかぶるので何も見えない。花聟の顔は見えないが着ている上下のごわごわした音が聞こえるだけである。三々九度の盃も、「盃のたんびに綿をつまみ上げ」（明二義）。

嫁の礼男の見るは顔ばかり　二一4
女同士《どし》どこしかあらを見出し合い　拾三3

花嫁は祝言のあとで婚家の近所の家々へ挨拶に廻るが、その時近所の女たちは、頭の先から爪先まで服飾衣裳全般の品定めを短時間の内に観察して欠点を発見しようとする傾向があるようだ。ところが男はというと、ただ花嫁の顔を見るだけで少々間が抜けているようである。そこが男と女の差であろう。

我家《わがいえ》の客椀で食う里がえり　二七2
花よめはその頃という病いなり　一三19

「我家」の句は、里がえりは婚礼の三日または五日後に行く習わしであった。普段家の者は普通の食器で食事をしていて客用のはちょっと上等で通常は大事にしまってある。ところが里帰りした日は、娘をお客様扱いしてくれて上等のお膳でもって接待してくれるというのである。愛しい娘を迎える両親の優しい心遣いである。「花よめ」の句は、嫁のからだの調子が悪いと聞くと、風邪をひいていても妊娠の兆候さと誰もが勝手に推測してしまうものである。「嫁のへど其時分だと見世《みせ》で云い」（拾初38）。

鉢巻へよろこびを言う産見舞　二二20
両方へ抱いて飲ませる恥かしさ　傍初15

「鉢巻」の句は、産婦は髪が乱れるので鉢巻をしている。「親類が来ると赤子のふたを取り」（初11）。親類が産着《うぶぎ》をもって来てねぎらい祝福するのである。普通産着《うぶぎ》は親類が贈るのが通例であったようだ。「両方」の句は、元気な赤ん坊を見て親戚は祝福するが当時は双生児《ふたご》や三つ子はたいへん恥としたのであった。「乳がひとつ赤子に足りぬ恥かしさ」（一五39）。こちらは三つ子のようだ。

取揚げ婆々《ばば》屏風を出ると取まかれ　初4
取揚げ婆々みそづけなどで一ツのみ　三22
とりやげ《ママ》婆々供《とも》を割ったがきついみそ　七26

最初の句は、産婆が無事に取り上げをすまして産婦をかこう屏風から出て来ると、家人がわっと寄って来て取りかこみ男か女か安産かなどと尋ねる。期待と不安が入り混じった一瞬である。二句目は、無事出産できたのでとりあえず産婆に祝いの酒が出た。特別の準備もしていなかったが産婦の体力回復によいとされる味噌漬けがあったのでこれを出したのである。最後の句は、産婆は無事に一仕事を終えた安堵と酒のせいもあって饒舌になっている。知らせをうけて急いで駆けつけてきたが途中で大名行列に出会ってしまった。江戸市中では土下座はしなくてもよいことになっているが、それでも行列の邪魔にならないように脇へ寄らなければならない。しかし自分は行列の供の間を割って駆けつけてきたのだと得々と話しているのである。普通大名行列を割ればお咎めをうけるのだが産婆だけには許されていたようである。こちらのみそは自慢得意の意である。

## 後家

後家の句は「鑑賞編　破礼句」のところでも取り上げたが、古川柳の作者は後家に並々ならぬ興味を持っているようで膨大な数の後家句がよまれている。後家の句は男性作者の好色好きからその性を誇張したものが多いが、ここでは髪についてよまれた句を取り上げてみたい。

後家の髪この世で遣うほどは置き　二三9
うらぼちを棺へ入れたを後家わすれ　一七13

古い道徳観の一つに「貞女《ていじょ》二夫《にふ》に見《まみ》えず」という言葉がある。貞節な女性は亡夫に操を立てて再び別の夫をもつことをしないというのである。今では夫に先立たれた妻の再婚などごく普通であるが、当時の後家は髪型化粧なども控えめにして、亡き夫に操を立てて色気ぬきの生活をするのが女の鑑《かがみ》であったのだ。ところがその建前と人間の煩悩の間に葛藤があることはいうまでもない。「後家の髪」の句は、亡夫以外の男のために髪を結うことはしないつもりだけれど、尼になるにはちっとばかし未練が残る。だから髪を短く切り、切り髪、茶筅髷《ちゃせんまげ》など独特の髪型にするのであるが、しかしそれをもためらわれるのである。だから本来はきれいに髪を下ろすべきなのに、この世で使う分だけはちゃんと残しておくというのである。まだまだ女としての色気も発揮したいのが人情である。「うらぼち」の句は、うらぼちは髪の毛の先のこと。みどりの黒髪をばっさりと切って、一番大切な髪の毛の先を棺に収めて貞節を誓ったはずなのに、いつの間にか忘れてしまったのであろうか。

一分のび二分のび後家のみだれ髪　拾二6
よく結《ゆ》へばわるくいわるる後家の髪　四六10

「一分」の句は、夫が死ぬとみどりの黒髪を惜しげもなく切って棺に入れたが、年月の経過とともに心の迷いをどうにもできない。一分のび二分のびて髪が乱れるように切なく女心も乱れるのである。「若後家の不承不承に子に迷い」（初33）。子のために後家を立て通そうというのに対して、本心は再婚したいにきまっている、やむを得ず子に引かされているのだろうと、世人は後家に対してとかくそのような皮肉な眼で見るのである。「よく結」の句は、髪をきれいに結ったら、あの後家色気を出しやがった誰ぞいい男でもできたんじゃないか。とかく世間の口はうるさいものである。結うと言うを利かした句である。

惚れられるほどは残して後家の髪　三〇17
後家の髪人よせ程は残すなり　天三信1
その時はおもい切たる後家の髪　五三18

**姑《しゅうとめ》**

姑は、息子の心を独占する敵として嫁を憎悪するのであろうか。古川柳では姑は根性が悪く嫁いびりをするものとされている。

姑の日向《ひなた》ぼっこはうちを向き　拾初27

姑の日向ぼっこは外をむいて庭をながめるのではなく、内を向いて嫁の一挙一動を監視するという有名な句である。「後架《こうか》のうちでも姑耳を立て」（田辺貞之助『古川柳風俗事典』より）。監視は日向ぼっこの時ばかりじゃなく嫁が便所へ入っても監視しているのである。嫁は用をたすにも音をたてることもためらわれる。「御誕生嫁をにらめる目をあらい」（拾初17）。御誕生は四月八日の灌仏会で、お寺に行くと甘茶が出て老人などはそれで目を洗う。甘茶は慈悲の水であるのに嫁を睨む残酷な目を洗うというのである。

しからずにとなりの嫁をほめておき　拾九26
もっと寝てござれに嫁は消えたがり　四2

「しからず」の句は、嫁に落ち度があった時に叱らずに隣の嫁をほめるやり方は、優しい姑ではなく針を含んだ実に陰険な意地の悪い仕打ちである。「もっと」の句は、嫁は若くてねむい盛りだし、それに夜の勤めもあって疲れてつい朝寝坊をしてしまう。ところが姑は早く寝るし睡眠時間は短かくてすむので早起きである。毎朝こういう嫌味を言うのである。

母を殺すか嫁出すかと息子せめ　三〇13
初孫《ういまご》はかわゆし産んだやつ憎し　一二九24

「母を」の句は、自分を生んでくれた母は殺したくないし、いとしい女房とは離縁したくない進退きわまった息子である。今なら女房と出奔してしまうが、昔は外へ出ても食う術がなかったし、親を捨てることは人の道を踏み外すことになる。涙ながらに嫁を出すような悲劇があったかもしれない。「姑婆々みじっかい目で嫁を見る」（一八40）。「長い目でみてやる」というが姑は目先の欠点ばかり見ていじめ倒すのである。「初孫」の句は、初孫は可愛いけれど嫁は憎くてたまらない。「姑婆々《しゅうとばば》まず孕《はら》んだが気に喰わず」（田辺貞之助『古川柳風俗事典』より）。「産まなければ産まないと姑《しうと》いい」（同右）。嫁が来てすぐに子供ができたのが気にくわない。ところができなければできないでまた文句をいう、どうしようもないあまのじゃくである。

姑は嫁の時分の意趣がえし　拾一〇21
姑のつむじは尼になって知れ　初35

最初の句は、姑は嫁の時分にした苦労をまるで報復するかのように嫁に苦労させようとする。嫁姑の問題は封建時代の中で連綿と繰り返されたのである。「姑を今でもいびるひいばばあ」（明四桜）。上には上があるもので姑をいびる大姑もいるわけである。次の句は、信心からか世をはかなんでのことか姑は尼になった。ふと頭をみるとつむじがひどく曲っていることが目に留まった。やっぱりそうだったのだ争われないものだ。つむじ曲りを利かした痛烈な句である。

願わくは嫁の死水取る気なり　三41
しゅうと婆々死にそうにしてよしにする　一八20

嫁がのろい殺しまするると姑《しうと》やみ　三〇13

姑の嫁にくさを誇張した句である。「願わく」の句は、年寄りが若い者より先に死ぬのが世のなかの定法であるはずだが姑にはそれが口惜しいのである。「お迎いはまず嫁からと願ってる」（三〇17）。「死水を嫁にとられる残念さ」（一五19）。「願わくは」の句は、西行の「願わくは花のもとにて春死なむその如月《きさらぎ》の望月《もちづき》のころ」の文句取りである。「しゅうと」の句は、死にそうになっても死なない。執念なのだ。若い者が内心望んでいるように死んではやらないのである。裏をかいてやったというところだ。「嫁が」の句は、姑が病気になった。こうなったのは嫁が自分を呪い殺そうとしているに違いないと周りに言っている。

わが嫁の時を忘れぬいい姑　一六〇30
わたしは姑《しゆうと》になってもと嫁思い　一四九28

## 江戸っ子

江戸ものの生れそこない金をため　一一19

江戸は一八世紀の享保の頃になってようやく市民としての連帯意識や誇りも生まれ、また独自の文化も芽生えてきて江戸者または江戸っ子という言葉もあらわれた。意気と張りとを生命とし、諸事淡泊に損得もなく生命さえも何のそのであった。「江戸ッ子は五月の鯉の吹流し口さきばかり腹わたはなし」とか、「江戸っ子は宵ごしの金は使わない（持たない）」など江戸っ子気質をあらわした言葉もある。例句は、金をためるなんて江戸っ子の恥さらしだ出来そこないだと嘲笑している。「同じからず江戸っ子金をため」（五八4）。こちらも同じことを言っているがこれは唐詩選にある「年々歳々花相にたり　歳々年々人おなじからず」の文句取りである。

江戸者でなけりゃお玉がいたがらず　初8

伊勢の内宮と外宮の間にある間《あい》（相）の山《やま》にお玉お杉という芸人がいて、参詣の者の投げつける銭を三味線をひきながら撥《ばち》ではねのけて身体に当たらせない特技を芸としていた。ところが金ばなれのいい江戸者は一度に何枚も投げるのでよけられないという江戸者自慢の句である。「男じゃといわれた疵が雪を知り」（初19）。この句も男の意気地を大切にする江戸人気質をよくあらわしている。「江戸児《えどっこ》の産声《うぶごえ》おきゃあがれとなき」（九六17）。江戸言葉は主として江戸職人、鳶の者などのぞんざいな言葉をさし、江戸訛《なまり》は江戸市民に限った発音（方言）で、干物を「しもの」、大根を「でいこん」と言うの類である。例句は、職人はもっぱらべらんめい言葉をつかうが、産声を「オギャア」でなく「オキャアガレ」とは甚だ威勢のよい赤子である。

しゃちほこをにらむ産湯《うぶゆ》は玉の水　六三8
日本の人を見渡す江戸の橋　七三37

繁昌さ江戸往来に国づくし　四九12

「しゃちほこ」の句は、江戸は将軍のお膝元であり、江戸城の鯱ほこを横目に見て、産湯を玉川の水道の水で使ったことも江戸っ子の自慢のたねであった。後の二句は、江戸から各地への里程の起点は日本橋の中央であった。ここに立つと日本の人を見渡す気分であるというのだ。江戸往来には、伊勢屋、駿河屋、河内屋などの店が立ち並んでいて日本中の国が見渡せるというのである。「伊勢屋稲荷に犬の糞」という言葉がある。江戸には伊勢屋という看板をあげた商家が多く、また町の隅々までお稲荷さんが祭られてやたら多かった。「その昔奈良の鹿ほど江戸の犬」(一一七92)。ことに犬は、犬を殺せば死刑という五代将軍綱吉の生類憐みの令のなごりであろうか犬がやたら多かったらしい。だからあっちこっちに犬の糞がおちていたのである。「江戸前の娘で股が裂けている」(筥二40)。これは破礼句ではない。江戸では女も小股の切れ上がった女で、すらりとしたいきな女性なのであるらしい。すべて江戸っ子自慢である。

## 借金

かりる膝あぐらの前にかしこまり　宝七・一〇・五
貸さぬくせ異見がましい事をいい　一一22
将棋をば二番負けては金をかり　一二20
残念さ質屋の嫁が着て通り　筥初15

前の二句は、金を借りるときは、偉そうにあぐらをかいている相手の前にきちんと膝をそろえてかしこまり、相手の言うことに逆らわずにただただ素直にうなづく。それもこれもこちらに弱みがあるからしかたなく我慢してやっているのだ。ところがである。金を貸すつもりもないのに、偉そうにあぐらを組んで人に意見をしくさる奴がいるのだ。こんなのは実に不愉快で頭にくるよ。「将棋」の句は、将棋仲間に金を借りに行った。相手はへぼだが二番も負けてやっていい気分にさせてやった。ころあいを見計らって借金を申し込んだらうまく借りることができたのである。この男なかなかの策士である。「残念」の句は、質屋に預けておいた着物が金がないから流れてしまった。上等でよそ行きにしてた大好きなやつである。それをことあろうに質屋の嫁が着て目の前を通って行くではないか。

## 意見（異見）

長意見小便ひまをもらって出　明五信
からすと鳩がいつもでる長談義　七一5
しかられた下女膳だての賑やかさ　三四4
腹のたつ下女猫などをひぼしにし　桜15

「長意見」の句は、旦那の小言が長々とつづいている、叱られているのは使用人であろう。さっきからおしっこがしたくてしかたがない、とうとう我慢ができなくなって、すみませんちょっとトイレにいかせてもらっていいですか、などおそるおそるうかがって行かせてもらったのだ。用を済ませて帰ってくると水をさされた旦那の方はもう叱る気力を失っている、もういいしっかりやってくれで終わるはずである。「からす」の句は、親孝行せよと教えるのに鴉が親に恩返しをする反哺《はんぽ》の孝、鳩が親より下方の枝にとまるという三枝の礼を引き合いに出すのであるが、これはちょっと長くかかりそうである。「しかられた」と「腹のたつ」の句は、下女が奥様に叱られて腹を立てている。むかっ腹が立つのでガチャガチャと荒っぽい音をさせて膳だてをしている。それだけならまだいいとして、飼い猫にまでとばっちりが行って餌をやらずに日干しにしてしまうというのである。おそらくこの猫は奥様が可愛がっている飼い猫であろう。「りんきにも当りでのある金だらい」（拾三11）。旦那の浮気に嫉妬した女房が金盥に当たっている。ガラン〳〵と大きな音がする。確かにこいつは当たり出がある音を出す。この音を聞いて部屋にいる亭主は恐れおののいていることだろう。

## 酔っぱらい

生酔《なまえい》をあつかわせては年増なり　一二26
貴様とはもう〳〵いやと引たてる　一四24

からむ癖のある酔っぱらいの扱いは面倒で難しいものだ。ところが物なれた年増はさすがにうまいのである。「生酔をおかしい内にかえすなり」（九5）。機嫌よく騒いで皆を笑わせてはしゃいでいるうちに帰ってもらう。いつ風向きが変わってこじれだすか分からない。「生酔に安い分別かしてやり」（二9）。そうともそうともあんたの言うとおりだよ、などといいかげんに相槌を打ってやればいい。「生酔にあした切りやれと納めさせ」（一三39）。あのくそ生意気な野郎をぶった切ってやる。そうともさお前さんの言うのはもっともだよ。でもさ、今日はもう遅いから止めにして明日にしておきよ。「生酔はぶち殺されたように寝る」（傍初34）。正体もなく熟睡。とにかくやっかいな嫌われ者である。次の句は、しらふの時はいい奴だからつきあっているが酒を飲むとすぐへべれけになる。もう〳〵貴様とは一緒に飲まないまっぴらだ。おいほら、ぐにゃぐにゃせずにしっかり歩いてくれよ。

## さまざま人間模様

立ち聞きに持った十能《じゅのう》の火がおこり　七9
本ぶりに成って出て行く雨やどり　初35
張物をいけどりにするにわか雨　三8

「立ち聞き」の句は、十能《じゅうのう》は最近ではほとんど見かけなくなったが、おこった炭火を火鉢などに継ぐために持ち運ぶ金属製の道具で柄がついている。下女が炭を継ぐためにご主人の部屋にゆくとヒソヒソ声がしたので思わず立ち聞きをした。時間がたったので火がおこりすぎてしまったのだ。「立ち聞きはくさめ一つをもてあまし」（四六39）。そりゃあくしゃみなどできないよ。「立ち聞きは今来たように内へ入り」（九11）。立ち聞きしていた素振りは見せずに済ました顔でその部屋に入る下女である。「本ぶり」の句は、こんな小雨だからそのうちすぐやむだろうと軒先を借りていたがなかなかやまない、ところがそのうち本降りになってしまった。約束の時間が迫ってくる。男はとうとうあきらめてエイままよと雨の中に飛び出した。「蝉がなき出すとお世話になりました」（一五38）。夕立がやんで蝉が鳴き始めたのでいとまを告げて立ち去った。家人は軒先に他人がいると気になり邪魔なものである。「張物」の句は、洗濯した布を張り板に張り（洗い張り）、または布のたるみを取って生地を均一にするために伸子《しんし》で張って乾かすが夕立が来たので大急ぎで取り込んだ。あわてて取り込みをする動作が、物が物であるからいかにも鳥をいけどりにするようで目に浮かぶようである。「にわか雨ひるねの上へほうりこみ」（一四14）。亭主が昼寝をしているところへ容赦なく洗濯物を投げ入れている長屋のおかみさんである。

笑ろうたも後からこけるすべり道　拾一〇32
ゆりおこす手をたたかれるあじきなさ　七13
しずむ時念仏のうく風呂の中　三二39
病み上り母を遣うがくせになり　初32

「笑ろうた」の句は、すべりやすい道を連れと注意しながら歩いている。ところが連れが滑って転んで尻もちをついてしまった。ハハハどじな奴だと大笑いしているはなから今度は自分も滑って転んで尻もちをついてしまった。誰もが一度は経験したような愉快な句である。「そり橋を先へ渡って口をきき」（九5）。反橋は中央の部分が高く全体を弓なりに作ってある橋である。滑りやすく危ないので緊張して物も言わず連れより先に渡り切った。そこで始めて口がきけるようになったのである。「ゆりおこす」の句は、眠っている人を起こそうとしてゆすったらよしてくれとうるさがられた。せっかく人が親切に起こそうとしているのに、邪険に手を払いのけるなんてなんと冷たい気持ちの人だと味気なく腹立たしく思うのである。「しずむ時」の句は、ああいい湯だ。なむあみだぶ〳〵。体を沈めると思わず「念仏」が口からこぼれる。「病み上り」の句は、病気になると母は何を言っても機嫌よくはいはいと優しく用を足してくれる、病気が治ってもそんな甘え癖が直らない。幼い日に誰もが経験したことだ。「湯に草臥《くたびれ》て母の手枕」（觽《けい》三二）。湯治場では日に何べんも湯に入るのが体によいとされた。湯疲れでぐったりしている。

壁のすさむしりながらの実ばなし　初8
先立し子の面ざしに二三町　七八21
しかられる所迄《とこ》あるく寺の庭　二〇34
だれとなくおきなく〳〵と花の朝　二二3
人の物ただ遣るにさえ上手下手　初24

「壁のすさ」の句は、すさは補強のために壁土にまぜる藁や麻などで時には蜆貝なども使う。納屋か物置などの裏であろうか下男と下女が話をしている。浮いた話ではなくごくまじめな話のようだ。すさをむしったり丸めたりしている動作が実質的なまじめな話であることをもの語っている。もしかしたらふたりで所帯を持つ相談なのかもしれない。有名な佳句である。「先立」の句は、道で見かけた子供が先立った我が子に目もと口もとがそっくりである。思わずしばらく跡についていったのはおそらく母親であろう。「利口過ぎましたと母は泣いている」（安五）。利発な子は早死にすると言われていた。「しかられる」の句は、寺の門からのぞくと広いいいお庭だ。無断で入って見物したら叱られるかも知れないがその時はその時のことだ、お寺だからそんなに厳しくは叱らないだろう。「だれとなく」の句は、今日は待ちに待ったお花見である。嬉しくて朝早く目が覚めた下女などが、いいお天気ですよさあみんな起きなさいと言っている。眠たくてもこの日ばかりは誰もがガバッと飛び起きるのだ。「人の物」の句は、人にものを与えるとき、たとえば粗雑にポイと銭を投げて与えたり、皮肉や嫌味を言って与えたり、優越的に振舞ったりすると、もらう方にも誇りというものがあるから、ありがたいと思うどころかかえって反感を抱くものである。

身の内の智恵を捜すに目を眠り　五三26

めりやすをはめるとつかむまねをする　五23

重箱をむすんで一ツさげて見る　五16

「身の内」の句は、人間だれでも考えごとをする時には目をつぶるようである。心をおちつけて体の中にある智恵をさがしているように見える。「めりやす」の句は、メリヤスの手袋は伸縮自在で便利なものだ。手にはめると何かをつかむ恰好をして具合をためしてみる。「重箱」の句は、食い物を入れた重箱をふろしきで包んだ。持ち具合や包み具合などちょっと持ってみて確かめてみる。これらの行為は普通人は無意識にやっている。人間が無意識にやっている動作をただ指摘しただけの句である。ところが言われてみればなるほど確かにそんなもんだと改めて気が付くことがある。

「うがち」というのは、もとは穴を掘るとか開けるとかでつかわれているようだが、古川柳の特色としての「うがち」は、表面からうかがえないようなものを掘り出して内部をみえる（あばく）ようにするとか、人情の機微など物事の微妙なところを巧みに言い表すなどのことも、すなわち「うがち」であるといえる。この句などはしたがって、軽い「うがち」の句といっていいものである。

# 第三章　商いの世界をよんだ句

## 伊勢屋

「伊勢屋稲荷に犬の糞《くそ》」といわれるほど江戸の町には伊勢出身者の店が多かった。伊勢から出て爪に火をともす思いで金をためたものが多かったのであろう、始末屋、倹約家で吝嗇《りんしょく》の代名詞となっている。一方江戸っ子は「宵越しの金は持たない」といわれ金に執着しないので、金持に対する反感が伊勢屋に凝りついたようでことごとく軽蔑の口吻である。

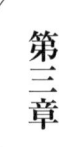

尾頭《おがしら》のないが伊勢屋の初松魚《はつがつお》　一七31

江戸における初鰹のもてもてぶりは、山口素堂の「目には青葉山ほととぎす初鰹」の句が影響しているのではないかという学者がいる。初鰹はほととぎすの初音と新緑とともに初夏の爽やかな季節感の象徴であった。「例年のことにたまげる初がつお」（一七31）。初鰹は初夏らしい新鮮な味もさることながらその高値にはさすがの江戸っ子もたまげるのである。「初鰹そろばんのない内で買い」（拾初16）。初鰹の出始めの頃は三両ほどで（今なら五万円くらい）、魚屋が売歩くようになっても数千円もしたから堅実な家には縁がうすかった。ましてやそろばんをはじく計算高い伊勢屋が喰うはずがない。「尾頭」のないのは塩鰹か切り身。そんなのでは初鰹とはいえないが伊勢屋は大金を出してつまらない魚を喰う気はない。「金持ちを見くびって行く初がつお」（一七45）。金持ちは高価な鰹を気分や見栄で買うものではない、だから金持ちになれたのである。魚屋も心得たものでそんなのははじめから見くびって相手にしないし声も掛けない。

葬礼を見て初鰹値ができる　八35
初鰹人間わずかなぞと買い　明五天2

ふところと相談しながら買おうか買うまいかと考えているところへ葬式の列が通りかかった。そうだ、人生わずか五十年短くはかないものだ。金も大事だが金は遣ってこそ意味があるのだ。食いたいものは食っておこう食わないと悔いが残る。負けてくれなくてもしかたがない買って食おう。変な悟りを開いて目の玉のとび出るようなのを買うのである。

腐っても鯛を伊勢屋は喰わぬなり　傍四27
伊勢屋の花見どこまでも花見なり　二五8
化けそうな傘をしぶ〳〵伊勢屋貸し　二五9

「腐っても」の句は、「人は武士、柱は桧の木、魚は鯛……糸かけて台にすえたる男振りさえ外に似るべくもなし」。

鯛も照れるほど横井也有は鯛を讃えているそうだ。めでたい高級魚なので贈答品としてもよく用いられる。「腐っても鯛は四五軒つとめて来」（明八義4）。立派な鯛を頂戴したがそいつをそのまま他家に贈答する。もらった方もまた同じように他家に贈答するのだが、そのうちに腐ってくる。しかし「腐っても鯛」なのである。よいものはたとえ腐ったり痛んだりしてもやはりそれなりの価値があるというが、けちの伊勢屋は贅沢な鯛はたとえ腐っても喰わないで他家に贈るのである。「伊勢屋」の句は、花にかこつけて酒をのんで騒ぐのが花見だと心得ているのは今も江戸時代も同じだが、伊勢屋の花見は純粋に花を見るだけで酒宴はない。「花の山幕のふくれるたびに散り」（七39）。花見には幕を張りめぐらせて緋毛氈を敷いて酒盛りをする。風が吹くと幕が風をはらんでふくれる。桜の花びらもそのたびにハラハラと舞い落ちる。のどかな春の花見の一光景だ目に浮かぶようである。「化けそう」の句は、「化けそうな傘かす寺のしぐれかな」は蕪村の句である。古川柳は「化けそうなのでもよしかと傘を貸し」（五15）。作句は古川柳の方が数年早いようだ。傘をかすのもそれほど親しくない奴にはあまり貸したくない。しかたなく貸す場合は上等のでない破れ傘などで間に合わせたい。ところが伊勢屋はそんな妖怪味がある傘でも惜しがる。

外聞《がいぶん》を伊勢屋も二代目には知り　一四21

三代目伊勢屋鰹に二両出し　八〇32

「外聞」の句は、金は三欠《か》くにたまるらしい。義理を欠き人情を欠き交際を欠くので外聞のわるいことはなはだしい。初代はそんな世評などおかまいなしに蓄財に血道をあげた。それを二代目は体裁がわるいと気がつくのである。「二代目の伊勢屋へはよぶ初鰹」（安二義4）。鰹売りも伊勢屋の初代は絶対買いっこないから見くびって声も掛けないが、軟化した二代目には見くびらずに声をかける。「三代目」の句は、伊勢屋も三代目となると爪に火をともした祖先の苦労をわすれ世間にかぶれて初鰹に平気で二両の大金を出す。そうなると伊勢屋の身代もかたむきはじめる。「売り家と唐《から》様《よう》で書く三代目」。三代目が流麗な唐様で売り家としたためている。三代目にもなると交際も上手で諸芸にも通じ書にかけても堪能で立派な字をかく。ところがそれがたたって三代目でとうとう破産である。この「売り家と唐様《からよう》で書く」の句は著者が子供のころにおぼえた句で典拠を求めたがどこにも見当たらない、落語か何かの創作かもしれない。幸いにも代りにこんな句を発見した。「売り家の庭にゆかしき伊勢桜」（一二七78）。

## 内儀

あいさつを内儀は櫛で二ツかき　初34

愛想に茶屋の女房は一まく見　拾九3

「あいさつ」の句は、来客に挨拶しながら手早く櫛でちょっと髪を直し身だしなみをあらためる。いかにも世間なれした愛想のよい女であるようだ。こんな内儀のいる店はきっとはやるにちがいない。「徳むきな女房は筆で髪をかき」（拾九26）。算盤《そろばん》をはじきながら帳付けをしている商家の女房が、金のやり繰りであろうか筆で頭を掻きながらちょっと考えている。「愛想」の句は、芝居茶屋の女房が客の桟敷に挨拶に来た。挨拶が終わってすぐに離れるのも失礼と思って一幕付き合って観てゆく。茶屋にとっては大切なお客なのだろう。これが商売人の女房の心配りというものだ。

御新造と内義と噺す敷居ごし　五39
この家で生れた内義まけて居ず　四10

「御新造」の句は、本店《ほんだな》の御新造と出店の内儀とが和やかに世間話などしている。出店の女房はやや遠慮気味に敷居越しの廊下に坐っている。その心配りが何となく奥ゆかしくて風情がある。町人の世界にもそれなりに身分の差のようなものがあるのであろう。「この家」の句は、いわゆる家付き女房は、婿養子をもらっても親の家業を自分が引き継いだように、亭主のやり方にいちいち注文をつけ決して言いなりにはならない勝気な女なのだ。「蔵へでも入れられては」と聟《むこ》帰り」（一五15）。子供がいたずらでもするとお仕置に蔵へ閉じ込めるが、女房の機嫌を損じて蔵へ押し込まれては大変と悪友の誘惑を振り切って帰る入り婿である。

お内義をとなりへ遣《や》って筆をもぎ　三40
すっぱりと這はせておいて内義起き　六20

「お内義」の句は、夫婦喧嘩で腹を立てた亭主は興奮してはや三下り半《みくだりはん》（離縁状）を書きかけている。まあまあとお内儀をひとまず隣の家へやって、いい加減にしろよとその筆を友人が取り上げている。短気で思慮の浅い亭主であるようだ。「すっぱり」の句は、亭主が下女のところへ夜這に行くのを、眠ったふりをして、いよいよ亭主が目的地へすっぱりと行き着いたころを見計らい出かけて行って現場をおさえる内儀である。恐ろしい内儀だ、なんだか亭主がかわいそうな気がする。

## 番頭

商家の男の使用人は丁稚、手代、番頭（伴頭）である。番頭は頭株《かしら》で年も相応に老けていて店（見世）の責任を一手に引受ける重要な地位にある。

伴頭は内の羽白《はじろ》をしめたがり　初2
そろばんを壱文なげて置なおし　一三18

「伴頭」の句は、番頭は主人の年ごろのお嬢さんをどうかして物にしたいと考えている。お嬢さんを物にすれば大店の入聟になり一生安泰である。前句は「だましこそすれ〳〵」で、いわゆる色と欲との二道を狙っている。羽白は羽に白斑のある可憐な鴨の一種で小娘などに見立てられる。しめるは鳥の縁語である。「仕合は三世《さんぜ》の縁を二世《にせ》にする」（三五10）。主従は前世、現世、来世三世にわたる縁。夫婦は現世と来世二世にわたる縁。親子は現世一世の縁といわれる。この句は仕合せと祝福しているから使用人の青年が優秀さを見込まれて主家の娘の聟になる場合だろう。「そろばん」の句は、番頭がそろばんをはじいて帳付けしている。その店先へ物もらいが来て金をねだるので気が散る。あっちへ行けと一文なげ与えて算盤を置きなおした。

ひんまくれなどと番頭声を掛け　一〇25
番頭もうなだれて居る下女がもめ　一三39

江戸時代は十二月十三日は煤はらいの日で掃除の後に胴上げ（胴に突く）が行なわれるのが恒例であった。屋敷なら奥家老やお局、町家では手ごろな下女などが胴上げされる。「下女を突くのを土蔵から嫁のぞき」（安元仁4）。難を逃れた嫁は土蔵の中へ避難して下女が胴上げされているのを眺めている。いつもは謹厳実直な番頭までがこの日ばかりは面白がって、構うことはねえ思いきりまくりあげてやれなどとはしゃいでいる。男連中は下女の着物の裾をまくり上げて見えたの見えないのと面白がるのである。「ねだられて張合もなく胴につき」（三四8）。逃げ回る奴をとっつかまえて胴上げするから面白いのであって、自ら胴上げを望むようなのはこいつはどうも張り合いがない。「くじら汁喰い喰い下女はくやしがり」（明三仁3）。煤はきの済んだ後に鯨汁を食う習慣もあった。男たちにつかまって胴上げされ、大切なところを見られてしまった下女は悔しがって恨みごとを言っている。「嫁は出てのうのうと喰う鯨汁」（明二松2）。もう胴上げの心配はないからああやれやれとほっとした表情で喰っている。「番頭も」の句は、下女が店の若いものとできて腹がふくれている。「下女の腹心あたりが二三人」（二一9）。ところが相手はひとりではなく何人かいるらしい。そこで誰が責任を負うかと大もめにもめている。そんなもめごとを取りさばくのが番頭だけれど番頭も脛《すね》に傷もつ身なのではっきりした処分が出来ないで、ただうなだれるばかりである。

橋のこも丁稚に見せてあれだぞよ　　三1
寝所《ねどころ》へ細工を仕かけ手代抜け　　傍四37

「橋のこも」の句は、主人が橋のたもとで菰を着た乞食を指さして、まじめに働かぬとああなるぞと訓戒する。「寝所」の句は、座蒲団を掛蒲団の下へ押込んでふくらませ、頭からかぶって寝ているように細工してこっそりぬけ出し女郎買いに行く。手代は番頭と丁稚のあいだの地位で若い盛りだから道楽も盛んである。

## 下女

下女は好色だというのが古川柳の約束事である。下女は単身田舎から出てきて住み込み奉公したから孤独で淋しく、朝から晩まで牛馬のように仕事に追い回されてぜいたくや娯楽を楽しむ機会が少なかった。しかも嫁入り前の娘である。顔見知りの男から親しく口をかけられたりすると、ついなびいてしまうのも無理はない。それを好色だの自堕落だのというのはいささか可哀そうだが、銭なしの好き者のたわむれの対象にされている。

下女の尻つめれば糠《ぬか》の手でおどし　　末初2

物置で沢庵を仕込んでいる下女の尻をつねったのだ。このつねるという行為は単なるからかい半分の軽いいたずらではなく、江戸時代では端的な求愛の方法であったらしい。何するのよと糠のべったりついた手を向けられると、さすがの好き者もこの場は引き下がるしかない。「不承知な下女沢庵で食らわせる」（末初22）。好きな下女だって嫌いな男もいるのだ。薪部屋や漬物小屋などは母屋から離して裏手にあったから、これが下男下女の恋愛によく使われたのである。「下女が色薪部屋などへ閉じこもり」（七〇25）。「好きな下女そのくせ初手はいやといい」（明六天）。初手は嫌というのは相手にちょっと気を持たせるのだろう。「指二本額へあてて下女は逃げ」（三38）。旦那が下女を口説いたのだ。下女は「おかみさんこれですよ」と額に二本の角をはやす真似をして逃げる。

また一度十七八でつめられる　三42

男が女をつめる（つねる）のは愛情の打診あるいはくどく前哨戦であった。幼女のころ母親につめられて躾けを受けたが年ごろになるとまたつめられる。ところが今度のつめり手は母でなく若い男である。「親につめられては娘よろこばず」（一四4）。親につめられると痛いばかりであったけれど、男につめられると何だか吐く息も熱くなってきたことだよ。「わたくしは子早い方と下女おどし」（六39）。子早いはすぐに子供ができる体質をいう。そうなったら責任をとってくれますかそれが承知ならOKよ。上手なことわり方である。「つめられるたんびに娘そだつなり」（一八19）。

さそう水下女汲みに出る手筈《てはず》なり　末二31

「わびぬれば身をうき草の根を絶えて誘う水あらばいなむとぞ思う」（小野小町『古今集』）の文句どりである。文屋《ふんや》康秀《やすひで》が三河《みかわ》の掾《じょう》に任官したとき、任国視察に一緒に行ってくれませんかと小町を誘った。この世を辛く苦しいものと思っている小町は、そんな憂鬱な我が身を浮き草の根をぷっつりと断ち切って押し流して行く水のように、私を誘ってくれる人があるならばついて行こうと思いますと男の求愛に対して承諾を伝えている。そんな体裁をとっているが実際はそうではなく、むしろ、互いに気を許し合った親しい間柄における遊戯的な気分を楽しむ軽妙な挨拶に近いものである。一方下女の方はといえば、男のさそうにまかせ水を汲みに行くふりをしてデートをしようという寸法である。「ぬり立って下女さそう水くみに出る」（三一16）。

## 出替《でがわ》り

出替（代）りは奉公人の交代のことである。請宿《うけやど》（他人宿　口入屋《くちいれや》）からくる奉公人は、江戸初期の万治寛文時代には二月二日と八月二日が交代の日であったが、その後三月五日と九月五日になった。一年を通した奉公を一期、半年のを半期といい出替り期に暇をとらないで奉公をつづけるのを重年《ちょうねん》といった。出替りの日に雨が降ると「別れの涙雨」といって喜ばれた。

出代りに日和《ひより》のよいも恥の内　九17
出代りの乳母は寝顔にいとまごい　四四13

最初の句は、「日和のよい」は下女のご機嫌のことで天候のことではない。にこにこ笑いながら出て行くというのは、胸がせいせいして喜んでいるようでいかにも待遇が悪かったように思われて世間体がわるい。少しは悲しそうな顔をしてもらいたいものだよ。だって、出代りの当日は別れの涙雨がふさわしいと言うじゃないか。次の句は、乳母の一年契約の更改期である。乳幼児がつつがなく成長して乳母が出代りで主家を去る時はすやすや眠っている。眠っている内に姿を消さないと別れがつらい。短い期間であったがいつくしんで情のうつった子である。一抹の憂愁のある光景だ。

出代りは内儀の癖を言い送り　明六礼1
出代りで娘の恋の橋が落ち　拾三12

最初の句は、年季を終えた奉公人が次の新しい奉公人に奥様のあれこれを申し送る。ちっとばかしむつかしい奥様だからこれこれを注意した方がいいですよ。「出代りに最《も》う唇がうすくなり」（武一〇16）。申し送りの間にも腹に据えかねている奥様の悪口も付け加えているかもしれない。次の句は、奉公先の娘が恋文のつかいを下女にたのんでいたらしい。その下女が出替りでいなくなれば恋の掛け橋が落ちてしまうわけで娘はさだめし困るだろう。

出替りの涙にしてはこぼしすぎ　　拾三4
妻の智恵知らぬ顔して出替らせ　　田辺貞之助『古川柳風俗事典』より

女は涙もろいから、出替りで帰って行く下女も一年間なじんだ家とお別れとなればさだめし涙をこぼしたことだろう。だがあまり泣きすぎるとちっとあやしいと勘ぐるのが凡人である。且那か下男か誰かとできていたにちがいないと勘ぐられる。「妻の智恵」の句は、「けどる事女房は神《しん》のごとく也」（一三32）。天網恢恢疎《てんもうかいかいそ》にして漏らさずというが、どうしてどうして女房の第六感の鋭いこともまさに神の如くすべてお見通しで、とてもそんじょそこらの亭主風情の隠しおおせるものではない。神《しん》のごとしは、『中庸』の「至誠如神《しせいはしんのごとし》」（至誠は神の如き大いなる力をもつ）の文句どりである。「お前よく下女をと跡のむずかしさ」（一一7）。普通の思慮の浅い女房なら亭主の胸倉へしがみついて下女との仲を大声でわめき散らして世間に恥をさらす。利口な女房なら二句目のように見て見ぬふりをしてあっさり出替らせるのである。

## 料理人

料理人は祝儀の席などで屋敷に呼ばれて料理を担当する者のことで今日のいわゆる板前や使用人ではない。

料理人すとん〳〵とおしげなし　七39
料理人一ツ出しては覗いて見　二12
料理人まわらぬ舌でほめらるる　三4

最初の句は、料理人は材料のよいところだけを使うのでいらない部分は気前よくすとん〳〵と切って捨てるのである。素人が見るともったいないが、料理人としても自分の腕前の評価にかかわることであり、お客様に喜んでいただくためだからけちけちしない。「料理人たのんで伊勢屋気をへらし」（天元満2）。こともあろうにあのケチの伊勢屋が料理人を雇って客にご馳走を振舞っている。料理人は材料をけちけちしないから、倹約第一の伊勢屋はそばでハラハラして神経をすりへらしているのである。「料理人とぐ内鯉をおよがせる」（三21）。鯉料理は何といっても「洗い」と「鯉こく」である。ことに鯉こくは母乳の出がよくなるという伝えがある。包丁をとぐ間藁にでも包んでもってきた鯉をたらいに泳がせておく。鯉はせっかく水にありつけたと思っているのに可哀そうに風前の灯である。二番目の句は、料理人はお客の食べる速度にあわせて料理をつくるものだ。だから一つ出しては次の品を出す都合があるので座敷を覗いて見るのである。料理がうまいとお客様の箸の進み具合も早いというものだ。三番目の句は、ようやく宴も終わるころ、ちょっと顔を出せなどと言われ料理人が挨拶にまかり出ると、すかさず上機嫌の酔客につかまって盃などを頂戴しあやしい呂律で料理をほめられる。有難いような迷惑なようなちょっと複雑な気持ちである。

料理人帰ると女房嫁を聞き　二21
料理人客になる日は口がすぎ　初22

最初の句は、婚礼の宴会に雇われた料理人が帰宅すると女房はさっそくどんなお嫁さんだったかと聞く。女の大好きな話題なので亭主の帰りを待ちかねていたようだ。「包丁で嫁を見に出る料理人」（明八）。花嫁を見たいのは女房ばかりではないのだ。二番目の句は、料理人も客として招かれる場合もある。こんな時はもちろん別の料理人のつくった料理を食うことになる。黙って食えばいいものをつい言わずともいい批評をしてしまう。すなわち味や調理の批判をしたがる。前句は「めったやたらに〳〵」である。

## そば屋

夜中に屋台をかついで売りあるいた蕎麦屋は、行灯をかかげ風鈴を鳴らし「蕎麦アッ」と呼びあるいたという。一杯十六文だった。「夜鷹蕎麦心せわしくばかり喰い」（二30）。早く喰って次の客をとろう。心は急くが腹が減っては戦ができぬである。娼婦の夜鷹が上得意だったので夜鷹そばともいった。

夜蕎麦切《よそばぎ》り立聞きをして三声《さんせ》呼び　初29
おっと来たなとそば釜のふたを取り　安六松4
夜蕎麦切りふるえた声の人だかり　初28

最初の句は、夜ふけにまだ起きているらしい家のなかで物音がしている。家に近寄って軒下で耳をすましてしばらく立聞きしていると、どうやら壷をふせる音が聞えるのである。内では博奕をしているようだ。博奕だと一つや二つでなくたくさん売れる。そういう連中は夜鷹そばの常連なのだ。それをかぎつけるとひときわ声高く蕎麦アッと三度よんだのである。二番目の句は二人連れらしい。冬の寒い夜などはそば屋の立てる湯気の温かさに人はつい心引かれる。おっと足音がするぞ、しめしめあの足音は二人連れらしい。釜のふたを取って湯をかきまぜてはや準備をするのである。三番目の句は、おお寒い寒いとふるえ声の人が手をこすりながら夜鷹そばの屋台に集まっている。ふうふう息を吹きかけながらいそがしく食っている奴もいる。おい親父早くやってくれろよ。冬の風物詩である。

蕎麦の荷へ鉦と太鼓を置て喰い　一〇15
夜蕎麦どん二《ふた》あ人連《りづれ》れは見なんだか　一六22

最初の句は、鉦や太鼓をたたきながら迷子の子供をさがしているが夜になっても見つからない。みんなへとへとに疲れている。おいちょっと蕎麦でも喰って元気をつけようじゃないか。屋台の荷の上に鉦や太鼓を置かせてもらってしばし小休止する。「夜蕎麦どん」の句は、女郎の駈落ちだろう。血眼で息せき切って追いかけてきた連中が、親父二人連れは見なんだかとそば屋に尋ねている。「夜蕎麦切り駈落ち者に二つ売り」(三41)。実はついさっき駈落者は夜鷹そばに立寄ってあわただしく蕎麦をたべて行ったところだ。「あね様《さん》やたんとあがれと夜そばいい」(一一33)。まだ幼顔の残る色白の女郎であった。思いつめた表情が痛々しい。

## 小間物屋

商店としての小間物屋はもちろんだが、行商の小間物屋も女性を相手に笄《こうがい》、簪《かんざし》、櫛、元結《もつとい》、丈長《たけなが》、紅《べに》、白粉《おしろい》、紙入、煙草入等のこまごまとした化粧品やアクセサリーを行商して歩いた。『守貞漫稿《もりさだまんこう》』は「……今は笄、簪・櫛、元結、丈長、紅白粉、或いは紙入れ、烟草入れ等の類を賈《あきな》う」と紹介している。彼らはそれらの小間物類を小さな引出しが幾重にもついた箪笥《たんす》に入れて背負って歩いた。そして多くは極秘裡に淫具淫本の類などをも携え、後家や奥女中などを相手に商ったようだ。

小間物屋たどんを一つのみつぶし　七6
小間物屋何かまけなとせがまれる　明四礼9。
小間物屋男に櫛を売りたがり　七29

最初の句は、小間物屋の行商は気の長い商売であった。女たちがあれこれと品定めをする間煙草を飲みながら腰を落ちつけ、ついには煙草盆のたどんの火を一つ燃え尽くしてしまうほど長時間の忍耐も必要であった。二句目は、江戸っ子は金に糸目をつけないといわれるがそれは見栄っ張りの男たちのことであろう。女たちは金銭感覚に大層シビアなのだ。こんなに辛抱強く待ってやってるというのに、人の気もしらないでまだ平気で値切るなんて、こいつら女どもには実際まいってしまうよ。三句目は、女性相手だとあれこれ品定めにうるさくなかなか埒があかないし財布のひもも結構固い。そこへいくと女に櫛をプレゼントしようとしている男は値切らない。だからこういう女に甘い男に小間物屋は売りたいのである。「うれしがる顔へ付け込む小間物屋」（宝八桜1）。鼻の下の長い男は小間物屋のいい鴨であったのだ。

小間物屋錠口番《じょうぐちばん》に二番負け　拾一〇18
役者の手受合《うけあ》って来る小間物屋　宝十三梅1

最初の句は、「お錠口」というのは大名旗本などの奥殿の入口であった。そこへ小間物屋が行って奥女中に商いをするのだが、お錠口番にお世辞をつかうために将棋を二番負けてやったというわけである。きっとそのほかいろいろの付け届けもしたことだろう。賄賂をにぎらせないと動かないのはいつの世にも役人の常なのだ。「役者」の句は、江戸の女たちが役者に血道をあげた激しさは今では想像もつかないほどであったらしい。役者の名前入りの手拭をふところへかくし持ったり似顔画を抱いて寝たりしたという。中でも一番欲しいのは役者の直筆を扇へもらいたがったことらしい。だからそれを小間物屋へたのむのだ。「根から似ぬ声色《こわいろ》で売る小間物屋」（安九智4）。世間話も大切なサービスだから巧みに話すが、下手くそでも役者の声色を真似ると大いに受けたことだろう。「はりかたは勘三《かんざ》をこなしこなし売り」（末二9）。勘三は江戸の歌舞伎役者の中村勘三郎。その名優のしぐさを真似ながらはりかたを売りつけるのだ。女は何か知れないがある幻想をえがいてはりかたを買うのである。張り方は男性の形をした淫具のことである。「風呂敷《ふるしき》で半分包む小間物屋」（一五27）。なにしろ物が物であるだけに女はすぐに買おうといいかねてもじもじしている。小間物屋もそこは心得たもので相手の決意を促すために仕舞いかけるのだ。すると女が、あら小間物屋さんちょっとお待ちよせわしない人だねえとあわてて引き止めようとするのである。

小間物や少しよけいにかぎをさげ　三19
小間物屋箱と一所《いっしょ》に年が寄り　初16

最初の句は、小間物屋は小物類を引出しに入れて商いに来るが、中には高価な品もあるので鍵がかかる引き出しもあったと見える。どうも使わない余計な鍵まで持っているようだが、あるいはあれは張形などの秘具を収めた小箱の鍵ででもあろうか。「小間物屋りくつのよいは二人で来」（三10）。小間物屋はたいてい一人で得意先を廻るが、中には使用人を雇って二人連れで品数を揃えて手広く商いをするようなのもいた。「利屈がよい」は、ふところ具合がよい商才にたけた男であろう。「小間物屋おめかと帳につけて置き」（四16）。小間物屋が売り上げ帳を付けている。○○町お竹様とか書いているが、中には名前を書かないで、「お妾」と帳づけをしているのがある。お客さまだから当人に会えば頭を下げるが内心では馬鹿にしているのである。前句は「かるいことかな〳〵」である。二番目の句は、小間物屋は重たい箱を担いで長年女相手の商売をしてきたが、どっこいしょと辛そうに箱をおろす姿を見ると髪にも白いものが混じっていてどこかうらぶれた有様である。若い時分商売始めにつくったあの真新しかった箱も、見ると大分いたんでいるようだ。ああ親父もこのつらい世の中を精一杯頑張って生きてきたのだなあ。

## 数珠屋

売る度に数珠屋改宗して拝み　七二28
まだ喰える後家だと数珠や跡でいい　拾三23

「売る度」の句は、いいお数珠をお選びになられましたと客の眼力のほどを誉めてから、数珠を手にかけ客の宗旨の流儀でちょっと拝んでみせるのも商売である。「数珠屋ではこしらへ上げて一《ひ》ト拝《おが》み」（二37）。出来上がった数珠を手に掛けてさらさらとおしもんで出来具合を確かめてみる。こちらは自分の宗旨でやるのだろう。「弁慶の持ちそうなのを数珠屋かけ」（四九39）。店先には大きな数珠を看板としてかけていた。「まだ喰える」の句は、数珠を買って出て行った後家を好色な目つきで見送りながら、まだ女として十分喰える後家だ数珠などを持たせておくにはもったいないとうそぶいている。後家が登場するとたいてい好色な句になるようだ。

## 紺屋《こうや》（こんや）

こん屋からもたせてよこす気の長さ　六10
傘《からかさ》で行って紺屋に言い負ける　五6

「紺屋《こうや》の明後日《あさって》」という。染め物屋の紺屋は天気や職人気質に左右されることが多く約束の納期に遅れるのが常であった。客の催促に対していつもあさってには出来上がりますと言い逃れをしていた。「むだ足を一日おきに紺屋させ」（一四19）。あさってと言うからそのとおりに行くとまた同じことを言って言い逃れをする。馬鹿にするなと腹を立てるがここはこらえるしかない。ところが最初の句はまったく逆の話である。注文の品がもうとっくに出来あがっているというのに客がいつまでも取りにこない。しびれをきらせて紺屋から届けにやってきたというのである。「傘」の句は、あさってというから傘をさしてその日に取りに行ったら、今日出来るはずでしたがご覧のようなお天気になってしまってと言い逃れをする紺屋である。確かにこの天気じゃあ仕方がないとあきらめて帰るずいぶん物わかりのいいお客である。「白くして返せに紺屋青くなり」（一四三22）。やっと出来上がったとおもったら注文と色が違っていた。いよいよ客は怒って元の白色にして返せと息巻く。白と青を対照にした駄洒落である。「紺屋《こんや》の白袴」という諺がある。人の白いものを紺に染めることを生業《なりわい》にする紺屋が自分は白いままの袴を着けているという皮肉な事実で、人に対してすることが自分の身に及ばない場合にその矛盾を指摘している。「医者の不養生」とか「坊主の不信心」とか「髪結いの乱れ髪」なども同じで、これらは古川柳の最も好みそうなテーマである。

紺屋には惜しい男と卜者《ぼくしゃ》言い　天五礼3
工夫してきのうへもどる紺やかた　拾一〇34

「紺屋には」の句は、慶安の変の主謀者由比正雪は紺屋の子であった。占い者の見立てのように後に幕府をふるいあがらせたとてつもない男になった。「工夫して」の句は、「紺屋形」は染見本帳のことである。染物の色や模様はあれこれ工夫して新意匠を出し年々流行が変るが、何年かたつとまた元へ逆戻りをするのだと、見通したようなことを言っているが現代にもそのまま当てはまるかもしれない。

## 人相見

人相見無心に行って只かえり　拾五6
人相見かたりにあって秘しかくし　宝十三仁5

最初の句は解釈が分かれている。一つは借金を申し込みに行って断わられて只戻った人相見のことで、相手の人相を見損なった下手な人相見のことだという解釈。一つは金を借りにいったところ無心しようと思う相手が貸す気がないと分かったから話を切り出さずに戻った人相見のことで、この人相見の目は確かだという解釈。前句は「たしか也けり〳〵」である。皮肉なものの見方で滑稽を産むのが古川柳の手法であると考えると前の解釈も面白いと思う。二句目の句は、人相見も人の子だから騙されることもあるだろう。かたりをやる連中というのは、頭もきれ口もうまいし演技力もある。相手の方が人相見より一枚も二枚も上だったのだろう。ところが人相見のくせして人に騙されたと世間に知れたら大恥だし商売にも影響の出ることは火を見るより明らかである。無念であるがこいつばかりは泣寝入するしかない。

手の筋を見ると一ト筋けちをつけ　二38
目の下のほくろが後家のはずかしさ　安六鶴2
占いに災難と出る通りもの　六10

「手の筋」の句は、手相見は手相などからその人の運勢吉凶などを判断する業者であるが現代の女性も占いにはずいぶん興味があるようだ。さてさてちょっと拝見したところでは、あなたにとってこれこの筋がよくない筋のようだから、もうちょっとよく観て進ぜようなどとけちを付けて相手を不安がらせて金をとるのである。「相性は聞きたし年はかくしたし」（六41）。好きな人との相性は占ってほしいが自分の年齢は知られたくない。微妙な女心である。この場合はちょっと年をくった女で一つでも若く見られたい年頃なのだろう。「目の下」の句は、ほくろのある場所によって吉凶を占うと、目尻にほくろのある男は女難の相で男女とも淫乱の相という。目下や目尻にあるのを泣きほくろといい不運の相という。

だから後家は占いのとおり不運になってちっとばかし恥ずかしいのである。「占いに」の句は、通りものは古くは通人の意であったが次第に次元が低くなり町内で知られた地廻り、正業を持たない遊民などをさすようになった。通り者が占い師に運勢を見てもらったところ女難、剣難、水難などの卦がでたというのである。それは当たり前だ彼らはいつも危ない橋を渡っているのだから。

## 講釈師

討死《うちじに》を日送りにする講釈師　四四8
入りのある内は敵《かたき》を打もらし　三三7

「討死」の句は、講釈師は人気のある主人公が窮地に陥ってその命が風前の灯であっても、いよいよ死ぬ段になってもなかなか死なせない。あとは明晩のお楽しみと聴衆を釣っておく。「入りのある」の句は、敵討も同じことで敵に巡り合っても何度も打ちもらしてお客を悔しがらせておく。このように聴衆を釣っておくのは古今東西変らないだろう。「見るように咄して聞かす太平記」（『日本国』元禄16）。客の気を引くように物語の脚色も話術もますます工夫を重ねて「見てきたような嘘」になってくる。

## 木ぐすり屋

木薬屋丁稚ぐらいは内で盛り　二2
くやみ言ひながらせたげる木薬や　八42

木薬屋は漢方薬を売る店で今の薬局である。最初の句は、丁稚は見習いの小僧でその軽い病気ぐらいは主人が自分で調合してやる。「めし焚が死んで手療治やめになり」（四9）。めしたきの病気に手療治（素人療法）を行っていたところが病気が悪化して死んでしまった。それ以来素人療法はやめにした。医者にかかることは面倒だしまた費用も掛かったからこんなこともあっただろう。「くやみ」の句は、病人がいろいろ薬を飲んだ挙句に薬効のかいなく死んでしまった。高価な朝鮮人参なども飲んだかもしれない。そうすると金額が張って払いが滞るようになる。薬屋はすぐに駈付けて鄭重にくやみを言うが、香奠の中からでも払ってくれと頼むのだ。せたげるは払いを督促する意。

## 米搗《こめつ》き

あお向いてつき屋さんまをぶつり喰い　九7
米つきに所を聞けば汗をふき　初2
米つきを二人とあてて米をとぎ　六20

米搗きは杵《きね》を担いで歩き頼まれると家の前に臼をすえて米を搗き賃金をもらう。「あお向いて」の句は、米搗きの昼飯のおかずは秋刀魚である。普通ならうつむいて箸でつついて静かに食べるが、大飯喰らいの米搗きは腹を空かせているしそんな悠長な食べ方は面倒である。仰向いて大口を開けてサンマを飲み込むようにしてぶつりとかんで喰っている。いかにも野卑ではあるが、しかし大男らしい豪快な喰い方で痛快でもありうまい写生句である。二番目の句は、そんな大男の米搗きが米を搗いていたら通行人に道をきかれた。力仕事の最中だったから息が切れていてすぐに返事ができない。汗をふきふきフッとひと息いれてから口をきこうとしている。素朴で善良な大男らしい。三番目の句は、米つきは重労働なので大飯食らいである。米つきを頼んだ家の女房が昼飯をふるまおうと用意をしている。二人分ぐらい食うだろうと見当をつけて米をといでいるのである。「米つきにおめしというと帯をしめ」（六11）。つきやさんご飯の支度が出来たよと女房が声をかけると、搗く間前をはだけていたため帯を締め直して服装を整えている。「めし」と「しめ」という音の倒置のおかしみである。「げっぷうをしてからつきや二はい喰い」（六24）。米搗きはさんざん何杯も食べておいてげっぷをしてから更に二杯食べたらしい。「米つきのあかるみへ出る一つかみ」（四9）。よく搗けたかと明るい場所に出て調べてみる。

## その他

たがかけに四五間先で犬がじゃれ　　二3

桶屋はたが屋ともいい桶樽などの木製品に竹のたがをかける職人である。桶屋が樽に箍《たが》をかけようと長く割った竹を巧みに編んでいると箍の先端がうねって跳ねている。竹の先端が波を打つので小犬が面白がってじゃれている。

船大工こだまの内に只ひとり　宝十

よく晴れて空気の澄んだ静かな秋日和である。つくりかけの船の中にただ一人で仕事をしている船大工の打つ槌の音があたりにこだましている。船体の真新しい板がにおうようである。

馬喰町《ばくろちょう》ぱきり〳〵と手をたたき　三21

馬喰町の旅宿でだれかが手をたたいて宿の女中を呼んでいる。酒でも飲むつもりであろう。普通の人なら手をたたくとパンパンと音がでるところだがこの客がたたくとぱきりぱきりと音が出るのである。いったいこいつは何者であろう。手のひらの皮膚が厚くて固いからこんな音が出るわけだからこいつは日頃鋤鍬を握っている百姓に決まっている。馬喰町は浅草見附の南にあり旅宿が多く商用や見物のために宿泊したが、おもに奉行所へ訴訟のため江戸へやって来た人たちが宿泊した。訴訟は簡単に片付かないから長期滞在になるのが普通であった。「諸国からふくれた顔《つら》は馬喰町」（拾二1）。なにかしら不満や不服のある人が集まっているからふくれ面の連中ばかりだ。役所の裁きの長期になるのはもちろん不服だし持ち金がどんどん減るのも心配だ。「新田を手に入れて立つ馬喰町」（初5）。開墾した新田の認可を得るため役所通いをした甲斐あって首尾よく新田を手に入れることが出来いそいそと村に帰る。当時幕府は新田開発を奨励したのである。

おほめ申したばかりさと車力《しやりき》いい　一五31

車力は車引き。道であう女を誰彼となく下品で卑猥な言葉でからかう仕方のない奴らだ。大奥に仕える御殿者《ごてんもの》に対してもそれをやるが女は気位が高く勝ち気の者もいるからもめごともおこるが、大奥という背景があるから車引きなどの到底かなうものではない。だからおほめ申したとごまかすのだ。口がすべって前が見たいなどと言った日にはお女中も権威をかさに着て車力に詰めよる。「さあまくれ〳〵とにじる御殿者」（明四）。

しこなして門《かど》どめにあう地紙売《じがみうり》　二4

地紙売とは、夏、扇子の地紙を売り歩いた行商人で陰間上がりや勘当息子など軟派の優男《やさおとこ》が多かった。地紙売が堅いお屋敷に出入りを許されたが、商売柄相手に取り入る時に男女の秘話などを話して御機嫌をとるのである。ところがあまりお嬢様や女中たちに馴れ馴れしく振舞うので風紀上宜しからずと以後出入りを差し止められたのだ。しこなすは馴れ馴れしくしすぎる意。「手拭のすみをくわえる地紙うり」（七42）。陰間上がりの地紙売りは女性的であって暑い頃に頭に手拭をかぶったが、女性のしぐさのようにそのすみを口にくわえている。「むねくそのわるいはなしを地紙する」（二〇17）。不愉快で気持の悪いやつらなのである。

# 第四章

# 話体句

古川柳は、人事、風俗、世態、歴史など多岐にわたってよまれているが、話し言葉をそのまま取り入れた句がおびただしい数に上る。これらを「会話体の句」あるいは「話体句《わたいく》」と呼んでいる。一句すべて会話で成りたっているものもあれば対話形式のものがあり、あるいは一語しかとり入れていない句もある。いずれも話し言葉をうまく取り入れた軽妙な句柄になっていて、これらから当時の民衆の肉声を直接聞くことができるわけで、人物や場面が髣髴として臨場感あふれて迫って来る面白さがある。会話体の表現は句の卑俗化を一層進めると共に写実的な効果をあげていて洒落本や滑稽本へ通じる道を示しているように思われる。

## 年頃の娘

かかさまが叱ると娘初手《しょて》は言い　四23
よしなあの低いは少し出来かかり　初15
得心のむすめふふんと笑うなり　八12

「かかさまが叱る」の句は、恋し合う若者同士が逢瀬を重ね、気分が上昇し男が直接行動に及ぼうとしたときの娘のセリフである。そんなこと……母に叱られますわ。言葉遣いからして良家のうぶな娘であろう。「初手は言い」だから二度目からはＯＫなのだろう。誰でも最初は拒絶する、あるいはするふりをするものである。初手はうぶであったのが男に誘われるまま逢瀬を重ねて、いつしかかかさまの知るところとなってしまった。「おふくろに知れて娘はふとくなり」（五9）。バレちゃ仕方がないと開き直る娘もあるようだ。「おぼこだと思った娘いつかとど」（八四6）。娘の成長ぶりをいった句である。ボラは出世魚で、オボコ→スバシリ→イナ→ボラ→トドとなる。「よしなあ」の句は、拒んでいるようだが声はそんなに高くない。大声を出してもし人に聞かれたら困ると思っているのだ。こんな風な女の仕草はどうやらまだまだ脈があるのだ、もう少し粘り強く口説けばきっとうまくいくはずである。「出来ぬやつおよしなさいとかたく言い」（三41）。嫌な男だったらおよしなさいとはっきり拒絶するはずだ。「得心」の句は、イエスともノーともいわずに、ただ「ふふん」と意味深長に笑う娘はどうやら嫌ではないようだ。少しはその道の経験者でもあるだろう。男ってのはみんな同んなじなんだねえという意も含まれているかもしれない。「木《ママ》娘のうかいんにゃかわかりかね」（二三27）。生娘が口説かれて応えているが声が小さく曖昧で何とも煮え切らない。うう（イエス）なのかいんにゃ（ノー）なのかさっぱり分からない。この娘は持久戦に持ち込んで辛抱強くせめていく必要がありそうだ。

## 嫁と姑

そればかり着て出やるのともういじめ　拾二16
さあそこをかんにんしてと里の母　筥二20

賀の餅をばかばかしいと里で食い　　　　四〇26

「そればかり」の句は、嫁入り道具が少なくてろくな着物も持ってこなかったのを当てこすっている陰険な姑の言葉である。しかしまた別の解釈もできる。嫁がいつも自分好みの着物を着て出るのを見咎めて、どうしてそればかり着て出やるのと早くもいびり始めたのかもしれない。「これぱかり着てきやるのと里の母」(五26)。姑とちがって里の親の言葉となると、あれほど着物を持たせてやったのにどうしたのだろう。質にでも入れられてしまったのだろうかなどと同じ着物ばかり着て来る娘を心配しているのである。「さあそこ」の句は、嫁に行った娘が実家で姑の仕打ちを涙ながら話している。「声色でわれを叱って里で泣き」(明六)。母の前で姑のやかましさ意地悪さを訴えている。姑の自分を叱る言葉を真似して声色をつかって聞かせている。ほかに聞いてくれる者がいないから、誰にも言えなかったつらい思いが心にたまっている。「そうであろそうで有うと里の母」(拾九30)。おうおう可哀そうにお前が泣くのも無理はないと母も共に涙ぐむ。つらいだろうが何とか我慢してくれと慰め諭している里の母である。「猫をなでるを里の母見てかえり」(三二20)。「しうとばば客がかえると元のつら」(明四智)。里の母が娘の嫁ぎ先を訪れると姑はたいそうやさしそうで安心して帰るが、人がいなくなると猫なで声はたちまち地声になり顔つきもそれにつれて一変する。古川柳では姑は嫁をいびる存在になっている。「賀の餅」の句は、娘の嫁ぎ先の姑の長寿祝いに紅白の餅がふるまわれた。嫁の里にも届けられたが日ごろ嫁いびりをしている姑なので、なにが長寿の祝いかいまいましいと思ったのである。「ぼたもちをいさぎよく喰う嫁の里」(二21)。人が死んで四十九日の忌明けに牡丹餅をつくって親類へ配る。嫁の里では悲しみを新たにするどころか遠慮なしにさっさと食べている。死んだのは姑にきまっている。

## 庶民の生活

そりゃぁ草だぁなぁこんなのが嫁菜《よめな》　二三33
ししならばししと言やれと拭いている　桜19
そえ乳して棚にいわしがござりやす　一四19
こわい顔したとて高が女房なり　一五2

「そりゃぁ」の句は野掛《のがけ》（ピクニック）で、これ嫁菜？と聞かれて、ちがうちがうそれはただの草だこんなのがヨメナだと応えた。嫁菜はキク科で春先の若芽が野草のなかでもっとも美味だといわれ、味の悪い婿菜《むこな》に対して嫁に食べさせるなという意味でその名がつけられたと言われている。茎の根元はほのかに紅く香りが高い。あくも苦味もなく、天ぷら、おひたし、ヨメナ飯で食べるとうまいという。「しし」の句は、「しし」はおしっこ。子供が粗相をしたのである。おしっこがしたくなったら早めにおしっこがしたいと言いなさい。そう叱りながら股のあたりをふいてやっている。おしめがとれて間もない子供であろう。「人の見ぬ方へ二位殿ししをやり」（明四智2）。二位殿は清盛の妻。二位殿が壇ノ浦の船中で安徳天皇におしっこをさせている。人に知られたくない秘密があるので、安徳天皇の前を人目には見せなかった。帝は男の子だが女の子だという俗説があったことを踏まえている。「そえ乳」の句は、添い寝しながら子供に乳をやっている女房が、仕事から帰った亭主に、あんた棚に鰯がおいてありますからとって食べてくださいと寝たまま声をかけている。子ができると子が優先と言うことになって、亭主はセルフサービスすることになるが文句が言えない。長屋住まいの庶民の生活をかいま見せてくれる。「産あげく夫つかうが癖になり」（三20）。産前産後、一家は産婦中心に回転する。産婦は何かにつけて亭主に家事を手伝わせることが多くなるのだ。「あげく」は挙句である。「こわい顔」の句は、こわい顔をしたってたかが女房じゃないか恐るるに足らずだ。一緒に吉原へしけこんだ悪友たちに向かってずいぶん威勢のいいことを言っているが本当はどうであろう。「調法なもので邪魔なは女房なり」（四五13）。男の身勝手と思うが古今東西浮気男の真情であろうか。「喧嘩には勝ったが亭主飯をたき」（四八23）。夫婦喧嘩は女房に勝たせておいた方が結局は得らしい。亭主が勝つと女房はふて寝してしまって亭主が自分で飯を炊かなければならなくなる。「女房と相談をして義理を欠き」（初40）。有名な句である。何かの見舞とか祝いで出費を余儀なくされるとき、女房に相談すると女は世帯を大事にして始末するから、得てして出費をけちり義理を欠くようなことになる。こんなことまで女房に相談しないと決められない男は、男の風上にもおけない情けない男だ。

## 金銭に対する願望

これ小判たった一晩居てくれろ　初11
ああ欲しいなあ百両に人だかり　二〇31
大三十日《おおみそか》ここを仕切ってこうせめて　三14

「これ小判」の句は、金は天下の廻りものと言うが、庶民の暮らしは金が入ったと思うとあっという間に出てゆく。金よせめて一晩でもいいから我が家にいてくれろよ。庶民の偽らざる気持ちである。江戸時代は、江戸では金貨が、上方では銀貨が主に使用されていたが、銭はどちらでも流通した。例句の口調からして、この人物は長屋住まいの庶民のようだが、庶民などに縁があるのはもっぱら銭であって小判などとはほとんど縁がなかった。あるとすれば、今と同じように「富くじ」（宝くじ）にでも当たらない限り縁がなかったであろう。「ああ欲しい」の句は、富突きが始まる富場風景をよんだものだが一獲千金を夢見て人だかりしている。一の富は普通百両で江戸では谷中の感応寺の富が最も盛んであったという。当たりっこないと思うけれどいやいや万一ということもある。そんな僥倖を夢見てみんな買って行くのだ。もし百両当たったら何に使おうなどと取らぬ狸の皮算用をしてみたりする。富くじというのは今も昔も庶民が夢を買うものと決まっている。「富札の引きさいてある首くくり」（七22）。有名な句である。生活のために戦い必死に頑張り通し、血眼で金の工面に奔走もしたがことごとく失敗に終わってしまった、もう打つ手はない万事休すだ。切羽詰まった挙句有り金全部をつぎ込んで富札を買い人生のすべてかけてみたのだ。ところがそれもはずれてついに絶望して首吊り自殺をしてしまった。足元には最後の望みをかけた富札が引き裂かれてちらばっているのだった。「大三十日」の句は、大晦日は一年最後の決算日。庶民は借金の言い逃れに、商人は貸金の取り立てに躍起である。当時の家庭の買い物は、米、醤油、味噌、酒など掛け買いで半年払いになっていた。だから借財が山のようになるのである。「大晦日首でも取ってくる気なり」（三5）。掛取りが出かける時はまるで鬼の首でも取ってくるような意気込みで出かける。払ってもらわないとこちらの首が回らなくなるのである。「からめ手は女房のふせぐ大三十日」（拾初25）。からめ手は搦手で城の裏門のこと。女房は裏口を守備し亭主は大手（玄関）を担当して借金取りを撃退する策略を練っている。大三十日は攻守とも決死の覚悟で臨むのである。例句の「ここを仕切って」のせりふは『仮名手本忠臣蔵』第九段目山科の段の由良介のせりふの文句取りである。「かねて夜討ちと定めたれば、つぎ梯子にて塀を越え……ここを仕切ってこうせめて」。和歌、謡曲、漢詩、論語のなかのよく知られた言葉や芝居のせりふを使った句がよろこばれた。作者がこれらにかなり通じていたわけであり、よむ側にもそれに応ずるだけの知識があって楽しむことが出来たのである。

## アリンス言葉

言いにくうありんすねえ気味わるさ　拾七29
たった十五両でおすとあどけなさ　二六11
寄り給え上りなんしと新所帯　八2

「言いにくう」の句は、遊女が馴染みの客におねだりしようとしている。何でも平気で話せる馴染みなのに遊女が口ごもっている。尋常でない頼まれごとかと客は気味わるさを覚えるのである。吉原で上妓の使用する三枚重ねの豪華な布団を三蒲団《みつぶとん》というが、ひいき客から贈られるのが通例であるが、布団の費用だけでも大層なうえに（五十両ほどという）その布団のお披露目敷き初めにも相当な費用がかかり、金主としては大変な出費であった。「三ツふとんウンといったがそれっきり」（一七17）。遊女にしつっこくねだられたので仕方なくウンと言ってはみたがそれっきりである。「夜着ふとんあいそづかしが二三人」（一六5）。しつっこくおねだりしたものだから馴染み客が逃げてしまった。そうなっては元も子もないから、「本惚れと見ぬいて夜具をねだるなり」（二二24）となるのである。「たった十五両」の句は、大金を出す客の痛みも知らないで、馴染みの遊女があどけなく「たった十五両」と平気でいったらこのお客いかが応えるであろう。「山吹とかけてなんだか当てなんし」（六五15）。その心は、黄色の小判である。「金の切れ目が縁の切れ目」というがここは思案のしどころである。「寄り給え」の句は、新所帯は今ではもっぱら新婚家庭を指すが、古川柳では正式の結婚をしないで夫婦になった男女で、駆け落ちとか同棲の類である。この句もいわゆるアリンス言葉だから、馴染みの遊女を身請けして一緒になった夫婦ということになる。身請けするには大金がいるから大店の若旦那あたりで、世間体もあり晴れて夫婦というわけにはいかないのだろう。道で顔見知りに出会ったので自宅へ誘ったところ亭主は「寄り給え」女房は「上がりなんし」と誘っている。まだまだ遊女時代のアリンス言葉が抜けないのだ。廓ことばは地方出の娘が土臭いお国言葉を話すのでこれをあらためさせるために喋らせたものであるという。「あら世帯何を寄進にしょうと言い」（五20）。誘われた友人が新婚の贈り物に何をしようと聞く。新世帯だからほとんど何も無いから「あら世帯何をやっても嬉しがり」（初14）である。「あら世帯こわらしい手になりんした」（拾七15）。それまで家事などしたことがない女房だから炊事洗濯などそれなりに苦労が多いようだ。

## 一句すべて会話の句

いやならばいいがかかあにそう言うな　一五31
くそくらえつき合だからいったわい　明六満2
さんげさんげ間男をいたしました　一七7
ようがんす袂《たもと》の石はすてなせえ　金田一春彦『心にしまっておきたい日本語』より

「いやならば」の句は、おそらく下女に手を出そうとして不首尾におわった旦那の言葉であろう。このことが女房にばれたらことである。口説きに失敗して弱気になった旦那の表情がありあり見えるようである。「お前よく下女をと跡のむずかしさ」（一一7）。女房にばれたら難しい事態になるのは必至だ。古川柳に登場する下女はたいてい好色だがこの句の下女はめずらしく旦那の誘いを断ったようだ。「くそくらえ」の句は、吉原へ行ったことを女房に問いつめられて、返答に窮した亭主が開きなおってやぶれかぶれになっている。俺は好きでやっているわけじゃない、お前には分らんだろうが男には付き合いってものがあるんだ。「内にない物ではなしと女房いい」（二六27）。たしかに女房の言うとおりだ、内にあるものを何で高いお金を払って買いに行くのか男の気が知れないよ。「さんげさんげ」の句は、男が滝に打たれて懺悔しているのである。信心深い江戸人は大山詣《おおやままい》りといって講中を組んで大挙して相州大山石尊《おおやませきそん》へ参拝に出かけた。願文を書いた納太刀をかついで、口々に「六根清浄さんげさんげ」ととなえながら登山した。大滝で水を浴び身を浄めて平素の悪事をことごとく懺悔した上で石尊大権現に参るのであった。隠しごとをすると山が荒れると信じられていた。滝水の音で人には聞こえなかったので大声で懺悔したのである。「石尊で聞けば不実な男なり」（田辺貞之助『古川柳風俗事典』より）。懺悔だから不実なのが当たり前だ。「ようがんす」の句は、主人から預かった大切なお金を落としたか盗まれたかして、窮した挙句袂に石を入れて投身自殺しようとする男を引きとめた関取の言葉である。訳を聞いた関取が、なにも死ぬことはないそのくらいの金なら何とかしましょうと胸を叩いて言った言葉である。「ようがんす」という言葉で相撲取りであるとわかる。「一年を廿日《はつか》で暮らすいい男」（四四1）。江戸時代角力は女人禁制で明治になってから解放された。「角力好き女房に羽織ことわられ」（二13）。贔屓力士が勝つと羽織を投げる。あとで心附とひきかえる。

## 対話形式の句

正燈寺《しょうとうじ》おっと皆まで宣《のたも》うな　　傍二33

聞いたかと問えば喰ったかとこたえる　　二二21

「正燈寺」の句は、友人がやってきて、「正燈寺」と言いかけると間髪を入れず「おっと皆までのたもうな」と応えたのだ。「正燈寺」というだけですべてが通じたのだ。まさにツーといえばカーである。東陽山正燈寺は臨済宗妙心寺派の寺で品川の海晏寺《かいあんじ》と共に紅葉の名所で知られた所。浅草竜泉町にあって吉原が近い。「紅葉見にいきやしょうかと舌を出し」（拾七22）。紅葉狩りというのは吉原行きの口実にされることが多かった。「いつまで見ても紅葉だとそびくなり」（二三14）。こんなのただの葉っぱじゃないか何が面白いものか早く北（吉原）へ行こうとうそぶく。「野暮をはたらくなと紅葉へは寄らず」（安八梅1）。一直線に吉原へ行くなんていう猛者もいる。古川柳では花見や紅葉狩り葬式の帰りなどは、たいてい連れの男たちが一団となって遊郭にしけこむことになっているのである（大一座《おおいちざ》という）。「聞いたか」の句は、「目には青葉山ほととぎす初鰹」（山口素堂）の句を踏まえている。お前ほととぎすの鳴き声を聞いたか。うん聞いた。ところでお前初鰹喰ったか。愉快な句である。「時候たがわず鳥も出る魚も出る」（傍四18）。ほととぎすと初鰹は江戸の人たちに夏の到来を告げる風物詩であった。「聞くは聞いたが食う事はなんとして」（三一8）。ほととぎすの初音は聞いたが初鰹は高価なのでなかなか口に出来ない。「目も耳もただだが口は高くつき」（天二礼2）。青葉を見たり、ほととぎすの初音を聞くのは金がなくても出来るけれど、初鰹だけは「女房を質に置いても」とうてい口に出来るものではなかったのだ。

## その他の句

読んでやる文間《あいだ》にはちくしょうめ　二〇15

雪の供こいつがなんのしゃれだろう　一九2

仙人さまあとぬれ手でだきおこし　一九6

孝霊《こうれい》五年あれを見ろあれを見ろ　傍三17

「読んでやる」の句は、無筆の男へ女郎から恋文が来たので読んでやった。読み進むうち、恋し愛しの甘ったるい言葉に読み手はばかばかしくなるやら嫉妬するやらで、思わず畜生めうまくやりやがってと口走る。「腹の立つ文はいつでもねじられる」（拾七26）。腹が立っても他人の手紙はねじり捨てるわけにはいかない。「鼻もちのならぬ所で封を切り」（宝十三仁3）。愛しい人からきた手紙はこっそり一人で見るものだ。誰にも邪魔されたくないから、鼻もちのならぬ臭気の立ち込める便所で封を切るのである。皮肉な矛盾である。「雪の供」の句は、芭蕉の「いざさらば雪見にころぶところまで」のパロディーである。風流を解せぬものが雪見の供をしてもただ寒いだけである。この句の類句は多い。「子はこたつ親仁はころぶ所まで」（拾四11）。「いざさらば花見にのめる所まで」（筥二12）。芭蕉は古川柳が好んで取り上げている。「八九間空で雨ふる柳かな」（芭蕉）に対して「八九間空で屁をひる火の見番」（八九3）。「夏草や兵《つわもの》どもが夢のあと」と「いざさらば雪見にころぶところまで」を合併したパロディーが「此雪に馬鹿者どもの足の跡」（七九11）。「仙人さま」の句は、久米の仙人が女の脛《はぎ》の白きを見て天から墜落してしまったのを、驚いた女が抱き起こしている。久米の仙人は吉野で仙術を学んで飛行の術を会得したが、吉野川で洗濯する女の白い脛を見て神通力を失ったのだ。「黒い所まで見ようなら久米即死」（八七27）。「仙人をしろうとにする美しさ」（拾四15）。「干し物は下から通を失わせ」（拾四17）。物干しの女の白脛も目の毒である。上から見ても下から見ても男は神通力を失うのだ。「孝霊五年」の句は驚きのことばである。いったい何か起きたというのか。「一夜に地裂けて湖と成、同時に富士山現ず……善積一郡は已に湖とありて今はなし」（『東海道名所図会』）。孝霊五年（前二八六）人皇七代孝霊天皇の御代に近江国善積郡が陥没して琵琵琶湖となり、それが駿河で隆起して富士山になったという。それも一夜にしてなったというのだから驚天動地とはまさにこのことである。「アレあれを見よふしぎやな孝霊五」(五四13)。近江と駿河に出現した次第は早速孝霊天皇に奏上された。「絵に写し此山昨夜《このやまさくや》と奏聞《そうもん》し」(五三20)。富士山の絵を描いてこの山が昨夜出現しましたと申し上げた。「此山昨夜」は富士山の祭神「木花開耶姫《このはなさくや》」を掛ける。「咲くや姫日本一の山の神」(九六25)。「一富士二鷹三茄子」と言われるように富士山は初夢でも筆頭で日本一のお山である。その富士山の祭神は咲くや姫だから咲くや姫は日本一の山の神なのだ。

# 第五章　武家をよんだ句

## 大名旗本

大名は一年おきに角《つの》をもぎ　初22

三代将軍徳川家光は武家諸法度を発布して参勤交代を諸大名に義務付けた。大名は国元と江戸に一年おきに生活し妻子は人質としてずっと江戸に居住させた。「奥様は二の段で割る御一生」（三38）。したがって奥方は結婚生活を二で割ったのが実数なのである。「隔年に枕淋しき御内室」（四四32）。奥方は一年おきに空閨を余儀なくされ国元の妾に対して嫉妬の角をはやすわけである。その角をもぐのもまた大名の役目なのである。

大名の借りる道具は腹ばかり　拾三5

江戸時代の武家は、女性は後継ぎをつくるための道具で「腹は借物」という思想が一般的であった。何ひとつ不自由のない大名ではあるが子を生むことだけは女の腹を借りないと仕方がないのである。「借りものの部へは入れど手柄なり」（四11）。妾が男の子を生めば血統を保った功労者ということなる。

御毒断《どくだ》ち第一番に鈴を書き　拾二17
奥様もよろこびありや鈴の音　一七22

「御毒断」の句の毒断は、どくだち、どくだてで病気のとき身体の害となったり服薬の妨げとなる飲食物を避けることをいう。句中の鈴は、お殿様が奥方のいらっしゃる大奥に行くときその入口に大きな鈴がかけてあり、綱を引いてそれを鳴らすと御鈴口番という女中が扉を開ける仕組みになっていた。すなわち、お殿様がはげみ過ぎて身体が衰弱しいわゆる腎虚の気味となっていらっしゃるので、医者衆がお慎しみになられるよう書き立てているのである。第一番に女色を遠ざけられることを鈴で表現しているわけである。鈴は、古川柳ではもっぱら将軍や大名が奥方のところへ寝を共にするために行く合図として取扱っている。「毒断の一ツは聞《きき》も云いもせず」（拾三6）。腎虚の気味になっているとわかっていてもソレを慎みなさいとは言いにくいし聞きにくいものでもある。「毒だてを嫁が出て居ていい残し」（明二仁2）。本人のために言おうとしても腎虚にさせた当の本人がそばにいてはつい言いそびれてしまうのも人情である。「奥様」の句は、そのようなわけであるから鈴がなると奥様はたいそうお喜びになるのであるが、医者衆の言いつけを守って、殿様の足が遠のくとお気の毒であるがしばらくは休止となるわけである。謡曲『翁』に「おおさいおおさい、喜びありや喜びありや」とあり、この句はその文句取りである。

## 妾

若殿は馬の骨から御誕生　一〇13
おめかけの威勢は股で風を切り　二六12
いい妹《いもと》もって二《に》むらい様になり　一五22

「若殿は」の句は、「腹は借物」と言うが、由緒正しい正室に男の子が生まれずどこの馬の骨とも知れぬ女が男の子を産んだ。それが御当家の御世継ぎになりお家の将来を託すのである。仕える身にとっても何だかばかばかしいがそんな決まりだからしようがないのである。「おめかけ」の句は、お世継ぎを産んでお殿様の寵を一身に集め、権勢を奮う妾はかっこよく肩で風を切るのじゃなくて股で風を切っている威勢であるのだ。「めの字からへの字になるとつけ上り」（一三11）。お妾がお世継ぎを生むと御部屋様と呼ばれるようになる。「若殿のぬけがら奥でもてあまし」（三八24）。お殿様におねだりすることも度々で家中の者は頭を抱える。「いい妹」の句は、ついには自分の兄を侍に取り立ててくれるように甘えるのである。首尾よく妹のおかげで二本差しの侍にならせてもらった兄は、馬にもまともに乗ることが出来ずただしがみついているばかりである。こんな心得も教養もない俄か武士は「なまり武士」と言われたりするが、古川柳ではとてもサムライとは言えないせいぜいニムライだと嘲笑している。「なまりぶし」は、本来は鰹の魚獲が多すぎる場合などに保存のための加工をするが、蒸した鰹の肉を半乾にしたもののことである。生きのいい鰹よりずっと安く高価な初鰹とはまるで違うのである。

## 奥方

奥さまは正風体のおむつごと　二八13

正風体《しょうふうたい》は芭蕉の門流の蕉風のことである。奥さまはお育ちがいいからつつましく控えめな性格でいらっしゃる。「左様では逆と奥様おいやがり」（二七27）。閨房でも正攻法でいらっしゃり愛情表現にも乏しくお殿様には刺激がない。そんなこともあってか殿様はどこの馬の骨とも知れないそれしゃ（くろうと）上りに引かれるのである。

助平なつらだと奥で御あくたい　明四智6
妾《しょう》がへど奥中むねを悪くする　一〇15
奥さまを菖蒲刀で切りなびけ　一〇30

「助平」の句は、助平な面をしやがってと奥では泥水あがりだけれど男好きのする妾の顔に悪態をついている。「御主人と思わぬめかけ首尾がよし」（五四46）。ところがお殿様の方は、恐れつつしんで身をまかせる妾より奔放に振舞う小悪魔めいたおきゃんが気に入るのである。蓄妾の心理と言うべきか。「妾がへど」の句は、妾が妊娠してツワリで胸がむかついてへどを吐く。ゲエゲエと反吐を吐いているのを聞くと、奥中の者までが気持ちが悪くなって胸がむかむかする。奥方やその取り巻き連中の胸は腹立ちで穏やかでないからむかむかする。妾に男児でも生れると殿様の寵を一身に集めて一層権勢を張るだろうと思うからやりきれないのである。「妾《しょう》」と言うのは漢語だけに普通の妾よりも身分の高い武士のめかけのことをいう。「奥さま」の句は、さて悪い予感が的中して妾が若様を生んだのである。端午の節句の菖蒲刀で妾は若様を生んだ強味で奥様を切靡けたのである。「奥様の加勢立臼《たてうす》鍋の蓋」（初30）。臍を噛む奥様方の加勢はというと、長年かしずいてきた臼のような大きな尻の女や、盤台面《ばんだいずら》の醜い女たちで妾側と違って野暮ばかりで形勢はますます不利であるようだ。「立臼のわれも昔は姫小松」（一〇五32乙）。立臼がかつては小さな木であったように、今は臼ほどの胴まわりの私もその昔は姫小松のようになよなよと可愛らしい娘であったのだが。

## 家老

江戸家老は幕府の役人やほかの大名家との外交折衝のためにさばけたのが多かったが、国家老は殿の留守をあずかるので硬骨漢が多かった。奥家老は大奥の女中どもの取締りをする家老でだいたい六、七十の老人であった。

国家老江戸へかぶりをふりに出る　拾一〇8
猫またを退治て帰る国家老　七二30

「国家老」の句は、余りに浪費が甚だしいので国家老がお殿さまの放埒を諌言するために江戸へやってきたのだ。「国家老口をへの字にして坐り」（三五2）。頑固一徹で融通が利かない堅苦しい国家老の風貌を描いている。「その顔の甘みばしった江戸家老」（一六五2）。「江戸家老口を二の字にして笑い」（八八22）。いつもにっこりして愛想のいい不良の江戸家老も一緒に叱られているはずだ。「猫また」の句は、猫が年を重ねると尾がふたまたに別れ妖怪をなすといわれるが、春を売る女も猫と言ったのでここは妾のことであろう。悪い画策をする妾とその一派を退治して帰った国家老である。

花守の生まれかわりか奥家老　初6
さかな屋の猫の気でいる奥家老　拾三5

両句とも奥家老の謹厳実直さを皮肉っている。「花守」の句は、奥女中が大勢いて百花繚乱の有様である。そんな花の山におりながら一と枝も手折ろうとはしないで番をしている。たぶんそれは前世で花守だったからであろう。「さかな屋の猫」の句は、大好物の魚が山ほどあっても手をつけるわけにはいかないのだ。「奥家老羅切《らせつ》したのを鼻にかけ」（二14）。想像句であろうが支那の宦官のように去勢した忠臣をひやかしている。羅切とは男性自身を切るの意である。

しなびた松茸椎茸の守役　四三11
もののふもおえなくなると奥家老　六四7

奥家老は精力もなく欲望もない男ということにきまっていた。松茸は奥家老の持ち物で椎茸は御殿女中の仮名。おえるはエレクト。

## 武士さまざま

奉行職二枚一枚御聞き分け　明六義

江戸幕府の奉行職は勘定奉行、寺社奉行、町奉行の三つがあるが、中でも町奉行は江戸市中の行政、司法、警察をつかさどるので庶民とは最も縁が深い。町奉行は、北町奉行所、南町奉行所がおかれたが別に江戸を南北に分けて半分ずつ管轄したわけではない。各町奉行所で全江戸を管轄していたがそれは月番制であった。たとえば今月は北町奉行が月番とすれば南町奉行は非番となり、翌月は反対になるというわけである。南北両町奉行所は、連絡協議して奉行所間の処置に異同がないようにしていたが実際上は違いがあったようである。だから有利な取扱いをする奉行所の月番を待って願い出または訴えるというようなことも行なわれたようである。「奉行職」の句は、奉行は裁判の申し立て、人の陳弁や申し開きの真否を聞き分けるという。すなわち二枚舌か一枚舌かを判定するというのである。「さまざまに扇を遣う奉行職」（三30）。奉行の動作姿態を言っているが扇の上に賄賂をのせるのを暗示したとする見方もある。「むつかしい顔をうっちゃる袖の下」（宝九鶴）。こっちは歴然とした賄賂である。

御巡検《ごじゅんけん》ぎぎどう〳〵と芋を食い　拾初21

使者はまず馬からおりて鼻をかみ　初2

長噺《ばな》しとんぼのとまる鑓《やり》の先　初34

「御巡検」の句は、御巡検というのは地方を検分して歩く役人であるが、巍々堂々とした風采であるのに庶民の食べ物の中でも上等とはいえない芋、食ったらおならが出る芋を食っている。そのものの持つ概念と実際が不調和で予期に反したところに可笑味が感じられる句である。「美しい顔で楊貴妃豚を食い」（拾四18）。この句も同様の可笑味を狙っている。「使者」の句は、大切な連絡を承って早馬を乗りつけて先方に着くと、粗相のないように服装を整え気持ちを落ち着ける。使者の動作は実に慎重である。これこそ本の武士を見るようである。「長噺」の句は、武士が路上で知人と長話をしている。供の槍持ちは退屈して欠伸をしている。秋空が高く青い。平和でのどかな江戸の風景である。

はたし状泣くな〳〵と墨をすり　三25

首二ツ取って立派に恥をかき　拾二18

御無用ときみ悪くいう敵《かたき》もち　四40

「はたし状」の句は、このまま捨ておいては武士の面目が相立たぬ。そばで思い止まってくれと泣く妻をなだめながら決闘を申し込む果し状を書いている。「はたし状硯の水を入れ過し」（觽《けい》全）。死を賭した決意で顔面蒼白になり手がぶるぶる震えて硯の水をこぼしてしまった。引くに引けない武士の意地なのであろうがその偏狭と軽率さを皮肉っている。「首二ツ」の句は、妻と通じた相手を討つのが女敵討《めがたきう》ちで、法の上では正当な行為とされていたが、妻を寝取られて恥をさらした男の女々しい行為ともされた。姦夫姦婦を成敗して首を取ってはみたものの、それは戦場で大将の首を挙げたような名誉ではなく、かえって世間に恥をさらし物笑いの種となるに過ぎない。恥をかくということではまさに見事な恥だと反語的に表現し、もっと賢明で穏便な処置もあろうものをと嗤っている。前句は「いらぬものなり〳〵」

で首などというものはいらないものである。「女敵はうつ方が憎ていなつら」（一五26）。武士の面目にかけて妻と密通した男を討ち果そうと、虚無僧などに身をやつして行方を探るのである。ところが普通の仇討と違って敵よりも討つ方の人相が悪いと皮肉な見方をしている。言われてみればなるほどそんな気がする。「呪う奴どこぞか面《つら》に申しぶん」（三17）。丑《うし》の時参りなどで人を呪い殺そうとするような女も、申しぶんのない恐ろしい面であるのが常である。「御無用」の句は、尺八を吹いている虚無僧に御無用と門付けなどを断っているのだ。虚無僧が門口に立つと敵《かたき》を持つ身にとっては気味が悪い。「こも僧《ママ》の二日来るのも不気味なり」（明五）。俺のことを敵と疑って確かめに来たのか。「こも僧の出直して来る大さわぎ」（二四1）。着流しでなく襷鉢巻のきりっとした姿になって戻って来た。さあ斬り合いになるぞ。

蔵宿《くらやど》へ二百十一日に行き　九27
葉ざくらにしてかたづける御《ご》不《ふ》勝手《かって》　九25

「蔵宿」の句は、封禄米を換金する金融業を蔵宿と言うが、二百十日に台風が来たので、農作物の被害があって米相場があがったはずだから米を高く売ろうという魂胆でソレッとばかりに蔵前へ駈けつけるサムライである。「武士は食はねど高楊枝」。やせ我慢したり、金銭を不浄物と軽蔑して見せる彼等も、「背に腹はかえられ」ないわけで、卑しんでいる相場師と同じ真似をするのである。「葉ざくら」の句は、「不勝手」は経済的に困窮することでこれに御をつけて旗本など高位の人の不如意をあらわす。なにしろ手元不如意なものだから娘の結婚費用が出せない。ためにとうとう美しい花のような時期をのがして、桜なら花があせて葉の出る時分にやっと娘を片付けたというのである。おそらく武士の体面とか誇りとかいうのも差し引かざるを得なかったことだろう。「もののふは一字下から嫁をとり」（宝十一松1）。

一字下は士農工商の農。体面をすてててちょっとこましな農家から嫁をとった武士である。世間の思惑も気にはなるが現実的な道を選んだ若者もいたようだ。

たましいが研ぎ屋の見世《みせ》にならんで居　拾九11
いくさはないと見切ったで貸さぬなり　二一2
浪人は長いものから食いはじめ　六11

刀は武士の魂というが、泰平の世になると「武具よりも羽織に金のかかる御代」（八五31）。今の世は役に立たない武具を買い揃えるより身の体裁をよくすることの方が大事になったのだ。刀は無用の長物になってしまった。「たましい」の句は、刀を研ぎに出しはしたものの、研ぎ代金の都合がつかないまま打っちゃっているうちに、とうとう研ぎ屋の物になってしまった。そんな刀達が店の前に並べられて売り物になっている。「いくさ」の句は、泰平の世になってもういくさはないから武具は無価値だと質屋も低い評価しかしない。「抜いて見もせずに番頭百投げる」（一五6）。武士の魂の価値を見るために刀は抜いて見るのが当然なのに抜いて見もせずに番頭めが百文投げてよこした。無礼千万だがどうすることも出来ない。「内かぶと質屋へ見せる口おしさ」（一九9）。人の弱点を見抜くことを「内兜《うちかぶと》を見すかす」というが、兜を質入れしようとすると、質屋は内がわを調べたりして文字どおり内兜を見すかして、次にはこちらの弱みも見透かして少ししか貸さない。臍を噛む思いである。「浪人は」の句は、金に窮して武具を質屋にもっていって売り食いをするはめになってしまった。しかし刀だけは武士の魂だから手放さない。槍、長刀など長いものから処分し始めるというのである。「たましいをせっぱ詰まって質に置き」（三九28）。浪人の細々とした内職ぐらいでは収入はたかが知れている。そのうちすぐに魂も売ることになるに違いないのだ。

# 第六章　医者をよんだ句

## 医者

医は仁術といい医者はいつの世にも尊敬されてきた。江戸時代の医者にどれほどの医学知識と技量があったかわからないが、ともかく人の生命や身体にかかわる職業なので一目も二目もおかれて尊敬されていた。ところが、ことごとに皮肉な揶揄をとばす古川柳は医者に対しても辛辣である。

医者殿は結句《けっく》うどんで引かぶり　拾九26
代脈こたえて死生は天にあり　一四42
医者衆は辞世をほめて立たれたり　二15

「医者殿」の句は、患者には風邪薬を調合して渡しているのに、自分が風邪をひいたときは、自分の調合した薬は飲まずに、結局は熱いうどんを食ってふとんを頭からかぶって寝て直そうとしているのである。患者に渡している風邪薬はどうやら信用できない薬だったようだ。「匕《さじ》で天窓《あたま》をかきながら又殺し」（筥二35）。医者の匕加減で効用もあろうものを、匕で頭を掻きながら調合するのはちと不衛生だし自信もなさそうだ。また殺しとはよくよくの藪医者である。医者の内情を暴露した句である。「代脈」の句は、代脈は代診。死生云々は「死生命《しせいめい》アリ富貴天ニ在リ」で『論語』の文句取りである。つまり、人の死生は天命によるもので人の力ではどうにもならないということである。家人に病人の容態を聞かれて、それは本人の寿命しだいだとえらそうに論語などを引合に出して代診が応えているのである。しかし実のところは何事も行き当りばったりですべてを天にまかせてしまおうという魂胆なのである。「代脈がちと見直した晩に死に」（拾三16）。代脈が来てだいぶ良くなったなどと糠喜びをさせたがその晩に死んでしまった。「医者衆」の句は、病人が死ぬと枕辺にいた医者は用がなくなる。といってさっさと帰ってゆくわけにもいかない。そこで辞世などを誉めてきっかけをつくりそれをしおに退出するのである。これも職業意識であろう。

盛りあてた医者はほどなく痛み入り　拾一〇12
とどめをば余人にわたす匕《さじ》加減　拾三14
藪医者の入った家に殺気立ち　一三5
調合しさて御はなしの縁女の義　拾初35

「盛りあてた」の句は、調合した薬が偶然功を奏したまぐれあたりのことである。たまたま偶然にも薬の効き目があって病人は快復した。家人はさすが名医だと大喜びで医者に多額のお礼をしたのである。さすがの医者もこれには驚いて痛み入っているのである。「とどめ」の句は、医者は病人をずっと診てきたが日ごとに病状が悪化してもう助からない。そこでほかの医者にお見せなさいという無責任な医者である。責任を免れたいのだろう。「藪医者」の句は、藪医者の入った家に殺気が立ちのぼったとは物騒なことだ。どうやら有名な藪医者らしい。気の毒だが病人は助かるまい。「調合」の句は、薬の調合もそこここに患者の娘であろうか縁談の話に入ろうとしている。「仲人にかけては至極名医なり」（一三25）。医術はいまいちだが縁談をまとめるのは得意らしい。「十分一《じゅうぶいち》取るにおろかな舌はなし」（初31）。礼金もたっぷりもらえる。持参金つきの嫁を世話すると世話料が一割もらえるから如才なく弁舌をふるう。いわゆる仲人口《なこうどぐち》のありたけを尽すわけである。藪医者は本業よりこの方が儲かるのだ。

小児医者むだな脈から取ってみせ　六21
小児医者坊や坊やとにじり寄り　八5
小児医者匕《さじ》をとられて手を重ね　一一35

三句とも小児科医の悪戦苦闘ぶりの句である。最初の句は、頑是ない子供の診察は子供が怖がって泣き叫んだりしてなかなか手こずるものである。脈をとる時も子供を怖がらせないために関係ない母親とか乳母の手をとってみせて安心させるのである。「小児医者狆《ちん》の脈から先へ見る」（六三11）。時にはペットの狆の手をとってみせて安心させる。二番目の句は、やっと脈が済んでも子供はまだ警戒しているから、医者は坊や坊やと満面に笑みをつくってにじり寄るようにして診察をする。三番目の句は、医者の持つ匕を分捕る元気な子もいるわけで。返せこのクソ餓鬼とも言えないから、坊や返してくださいと手を合せて懇願している。「大切な屎《くそ》を見に来る小児医者」（八六30）。この句は葛飾北斎の句である。小児科の診断に便が重要なのは今も昔も変わりがないようである。

巻き舌で容態を言う外科の前　九28

そいで取りますと外科殿平気なり　一七40

外科の子の本道に成る臆病さ　六27

「火事と喧嘩は江戸の華」と言われる。特に喧嘩は祭りにはつきものだ。勇み肌の兄さんが酒を飲み、ハッピ鉢巻で威勢よく神輿を担ぐわけだから喧嘩がおきない方がおかしい。あっちこっちで派手な喧嘩がおっ始まり大騒ぎになるのだ。「巻き舌」の句は、若い衆が息せき切って外科医を呼びにやってきたのだ。血を流すような大喧嘩があって大けがをしたのがいるからすぐ来てくれと巻き舌で言っているのだ。「外科の供とかく委細を聞きたがり」（三11）。喧嘩でけがをした顛末を野次馬根性で聞きたがる供の男である。「そいで」の句は、外科医は悪性のできものの治療もする。職業柄切ることなど何とも思わないから、そいでとってしまおうと平気で言っている。ところが切られる方はどんなに痛いだろうとびくびくするのである。「痛いことないと外科殿針を出し」（一〇17）。外傷の傷口がひどいのでこいつはちょっと切り口を縫合わせる必要がある。外科医は針を取出して、痛くない痛くないと言いながら平気で傷を縫合している。痛さをこらえている男の顔はきっと蒼白だろう。「外科」の句は、本道は今の内科。外科の息子が親の後を継がず内科の医者になったというのである。切ったり縫ったりというけが人の扱いが怖くていやだったからだ。昔は切ったりけずったりする外科の方が内科より勇ましく上位に見えたらしい。

看病が美しいので匕をなげ　拾二28

医者さんにわたしが毒といわれやす　末三25

夫さえ知らぬ所を医者が知り　三〇3

「看病」の句は、美しい女房をもらったものだから、つい過房になり体力が衰弱していわゆる腎虚《じんきょ》という仕儀に相成った亭主である。医者が亭主の容態を見て慎みなさいと何度も言うが亭主は我慢ができないから一向に快復しない。そばでまめまめしく看病をしている内儀を見ると、亭主が我慢できない気持ちがわかるのである。色気たっぷりのいい女だ。「過ぎたるは医者の匕にもおよばざる」（一六24）。とうとう医者は患者の治療を見限ってしまったというのである。「医者」の句は、「お内儀へ口伝が医者の極意也」（四五23）。内儀へ医者が口伝をする。栄養物のことか薬の煎じ方なのか。愚考するにおそらく夫の夜の要求への注意であろう。あなたが毒だから……しっかり心得ていてください。「決してよ決してよとて医者帰り」（一一16）。なお念を入れて玄関でも医者は注意している。ところが我慢できない亭主にいくら毒だと言ってもいうことをきかない。「女房はそばから医者にいっつける」（四29）。翌日医者がくると、先生言いつけを守らないのです、今日はしっかり叱ってやってくださいという仕儀となるのである。「夫さえ」の句は、夫婦になって何十年いっしょに暮しても、女房の身体の隅々まで隈なく知ってるわけじゃない。亭主だって知らない部分があるわけである。それに日本の女性はつつましいからそうあけすけには見せない。それなのに医者どのときたら、人の女房の大切なところをつぶさにながめてやがるのだ。役得とはいいながら腹立たしくもねたましき限りである。

## 女医者　中条《ちゅうじょう》

転んだ疵を治療する女医者　八二40

いもじをぐっとまくりなと女医者　末二10
仲条はむごったらしい蔵をたて　三1

女医者は婦人科の医者である。古川柳では堕胎専門になっている。元来は豊臣秀吉時代の婦人科医中条帯刀の流れをくむものであったが、江戸時代には堕胎専門で女医者ともいい中条とも言った。中条は仲条とも書き「なかじょう」ともよむが、普通「ちゅうじょう」とよむことが一般的である。「転んだ」の句は、「おどり子は事ともせずに又おろし」（一二19）。両国の薬研堀や橘町は転び芸者の巣でそこに女医者の店（見世）があった。だから転んだ芸者がちょいちょい来ておろして行くのである。「仲条へ又来やしたはしやれたもの」（四33）。「いもじ」の句は、いもじはゆもじで腰巻のことである。腰巻をぐっとまくらせてから、「またぐらへ首ごと入る女医者」（末初22）となるわけである。「仲条」の句は、仲条は立派な蔵を建てている。あれは闇から闇へと子供をおろしたその残忍な手術の儲けがたまりたまってできたものなのだ。「中条は腹をへらして飯を食い」（六四10）。

間の悪さ中条の前を二度通り　二一28
中条の少し手前でフッと消し　明七梅1
仲条は物もうはむじきかぬ医者　八33

踊り子ばかりでなく善男善女も中条の厄介にならなくてはならない。「間の悪さ」の句は、夜も眠れず悩みとおした挙句、恥ずかしいのを我慢して決死の覚悟で中条に出かけようと思った。途中すぐに心がくじけそうになったがそのたびに思い直して中条の店にたどり着いた。ところが間の悪いことに店の前に人がいるではないかこれでは入るわけにはいかない。しかたがないから引き返してしばらくたってまたでかけるとまたまた人がいるではないか。なんとまあタイミングの悪いことなのだ。自分のやった行為を恨めしく思いいよいよ情けなくなってくるのである。二番目の句は、夜に入ってから人目を忍んでおずおずと中条を訪ねて行く。そして中条の店の手前で提灯をフッと消して行くというのは、なるほど実際の人情であろう。「中条の路次に手代の物案じ」（二二31）。中条に一人でやって来ると思いきやそうではなくもう一人責任者が付き添いでやって来る場合がある。こっちの方は路地裏で心配顔に待っているのであった。三番目の句は、堕胎専門医の中条では物もう（ごめんください）といった案内を乞う言葉は全然聞かれない。客（？）は皆こそこそ訪れる者ばかりだというのである。むじはまったくとか一向にとかいう意。「中条へたのみましょうはただの用」（一八32）。こんにちはごめんくださいと訪問できる人は何も後ろめたいことは持っていない人なのだ。

中条は這入勝手《はいりがって》を三所《さんしょ》あけ　二〇20
しずウかなとこで中条はやるなり　二四22
仲条の静かにくらす恐ろしさ　六20

最初の句は、表通りだけでなく裏の路地にも入口を二つこしらえたのだろう。それはすべて世をしのぶ人への心づかいである。現代のラブホテルも同様だろう。「仲条は手ばかり出して水を打ち」（初29）。秘密をモットーにする稼業だから長いのれんをかけて中を見えないようにし、家の前に柄杓で水を打つにものれんから手ばかり出して打つようにする。「しずウか」の句は、来る連中は人目をしのぶ身の上だからにぎやかなところではいりにくい。「いつどう来るか仲条は蔵を建て」（筥初39）繁昌していても人がどんどん押し寄せる風でもない。それでも蔵が立つぐらい繁昌しているのだ。三番目の句は、中条は商売柄忍びやかに暮らしている。見たところ人の出入りもなくひっそりしているだけにかえって薄気味悪い。この家で生身を引きさく手術が行なわれているのだ。そう想像すると不気味な怖ろしさをおぼえる。

# 第七章

# 僧侶をよんだ句

## 僧侶

仏教は徳川幕府の保護のもとに全国津々浦々あまねく流布し、民衆の心の中にその根を広く深くおろしている。この仏数を護持伝導してゆくという大切な職務にある僧侶の地位は、一般大衆のそれとはまたおのずから異なったものであるということはむしろ当然であった。僧侶や神官を監督するのは寺社奉行の仕事で、彼らの行状を監督し、寺社境内の相撲や見世物興行を監視し、風紀上問題のある興行などはびしびし取り締まった。このため神官や僧侶などは寺社奉行を恐れること一通りではなかったようである。僧侶には種々の厳しい戒律が課せられていた。なかでも、邪淫戒《じゃいんかい》を破るといわゆる女犯《にょぼん》の罪に問われ場合によって獄門、軽くて晒し者にされるという厳罰に処せられたのである。そんな立場であるにも関わらず、僧侶もやっぱり人間であるのでアノ道の誘惑には負けてしまう。生まれながらに身分が縛られる四民の階級を抜けるには仏門に入るのがいちばん手っ取り早い。また貧しくて口減らしのために幼時から寺に小僧に出されたりもした。厳しい五戒の規律を自覚して僧になった者は少ないわけで、遊里に通ったり隠し妻を置く僧侶も少なくなかった。「鑑賞編破礼句」の項でも僧侶の行状を述べているので参照いただきたい。

緋の衣着れば浮世がおしくなり　　初5

浮世を捨て、墨染の衣を身にまとい刻苦勉励し修行に励んだ坊さんが、出世して高い位にのぼり緋の衣を着るようになると、かえって迷いが出て捨てたはずの浮世への執着が強くなる。権勢欲、名誉欲、金、酒、はては女色にまで執着がおこるものだと矛盾を指摘している。僧侶は武士や医師、学者とならんで尊敬される職なのだが、古川柳は権威のある人物や威厳のある人物などの内面を暴露して、庶民の性情の水準に引下げ滑稽化している。「緋の衣着るがたぬきの化け納め」（宝十二義）。

村で聞きゃ大僧正も血のあまり　　拾三27
医ごころの無いは大僧正ばかり　　天二梅1

「村で」の句は、今では名僧の誉れ高い大僧正も、その出身地の村でその素性をただせば、かつてのむかし若気の過ちで罪を犯し、そのつぐないに出家をしたのがそもそもなのであった。「僧正になって枯木に花がさき」（二五1）。晩年になってその労が報われついに大きな花を咲かせたのである。「医ごころ」の句は、僧侶は戒律で女色は堅く禁じられていたが、あの道ばかりは守れないのでしばしば遊郭に行くのである。ところが僧侶の身なりでは行けないから、脇差を差し医者に身をやつしさも医心があるような振りをして行くのである。しかし僧侶も大僧正ぐらいになると、医者に化けて遊里通いをするようなケチな真似などはしないのだ。大僧正になるような人物はそこいらの僧侶とわけが違う。道徳堅固で僧の鑑であるのだと尊敬している。たしかに表面の意はそうなのだが実際のところは、心身共に枯れ切ってしまった年頃なので体力も気力もないから遊里に行かないのではなく行けないだけなのさと皮肉っているのである。

僧正は山ほととぎす青葉なり　一五4
僧正は堅つくろしく姪にあい　明元礼1

一句目は、山口素堂の「目には青葉山ほととぎす初鰹」の文句取りである。青葉とほととぎすは僧正も見たり聞いたりして初夏の訪れを満喫できるけれど、初鰹ばかりは道心堅固な僧正は戒律によって食べることができないのである。僧侶は肉食はもちろん魚類も禁制であった。「座頭の坊山ほととぎす初鰹」（一四1）。座頭は盲人だから青葉は見えないけれどホトトギスの鳴き声は楽しめ鰹だって食える。二句目は、寺への女人の立ち入りは禁制である。たとえ姪であろうとも若く美しい女性に訪ねて来られては修行の妨げになり世間の手前も憚られる。とりわけ道徳堅固な僧正にとってはまことに迷惑な話である。自然堅っ苦しい対面ということになるのである。「僧正の妹《いもと》ふたへになってわせ」（拾三30）。ところが女は女でも腰を二重に折りかがめた老婆が久方ぶりに兄の僧正へ面会に見えられたという光景となると、これはまたいかにもあたたかく和やかで誰憚ることもない。「わせ」はわすでおわすの意。

禅僧に未来をきけば知りませぬ　天五鶴1
呼んだから来たと禅僧いったよう　拾三31
禅寺はしらふの石碑出しておき　二二17

諸宗の僧の中でも特に禅僧というのは、悟道に熱心なだけ太っ腹でどこか飄然として枯れた風情がある。一句目は、来世というのは一体どのようなところでしょうと尋ねると知らないとそっけなく答える。「禅僧に薬を聞けば死ねという」（明元亀1）。禅僧のいう言葉はすべて簡単にして且つ正直である。褒める代り貶《けな》す言葉を使ったりもするらしい。「呼んだ」の句は、家を訪問しても改まって挨拶などしないで、呼ばれたので来てやったといわんばかりの顔をしてすましこんであがって来る。そっけないようであるがそれがいかにも禅僧らしくてたのもしい感じがする。「禅僧の愛想をいう見苦しさ」（天七鶯2）。もしこれが反対にお世辞が上手だったり愛想がよすぎたりするとかえっていや味であろう。三句目は、禅寺の門の傍らの戒壇石に「葷酒山門《くんしゅさんもん》ニ入ルヲ許サズ」と刻している。葷酒は酒と葷で、葷はネギやニラなど臭いのする野菜のことで、不浄なものや心を乱すものは寺門内に入ることを許さないということである。

旦那寺くわせて置て扨《さて》という　四24
笑い止む迄は高座《こうざ》で汗をふき　四19
引導を忘れたように和尚いい　二四4
なま出来な所《とこ》へ棚経《たなきょう》もう仕かけ　拾初20

「旦那寺」の句は、檀家の者に食事を出したあと、住職が居住まいを正してさてと切り出すのはおそらく寄進のことであろう。ご馳走を頂いた後だけにどうも断りにくい。お寺にも経営があるから住職も時と場合によっては策略を用いるのである。「笑い」の句は、お寺では春秋の彼岸とか仏祖の法会とかに談義僧というのを招いたりしてお談義場を開いたりするが、これも営業政策の一つである。「談義僧すしをつけるは手柄なり」（二六34）。聴衆が本堂一杯にすし詰めになってくれれば興行は成功で、したがってそうなれば当然その談義僧のお手柄ということになるわけである。この時代の高座は聞き手が退屈しないように可笑しい話もまじえ笑わせたのである。寄席や落語家はまだないころである。聴衆をどっと笑わせた僧がその笑いのやむ間汗をふきながらちょっと一息入れている。「引導」の句は、お寺にとっては葬式は最も大事な営業種目である。死者へ引導を渡すとき、和尚がとぎれとぎれに経をよむさまを忘れたようにと形容している。「びっくりさせるが引導しまいなり」（安五信3）。もごもご言ってて突然大音声でカアーッと言ったら引導の終いであるが、うとうとしてたのがいっぺんに眠気が覚める。「しっぽりと和尚のくやみなれたもの」（二五2）。お悔みの言葉を述べるのはなかなか難しいものである。消沈した先方の心を汲んで小声でつぶやくように言うのであるがどうもうまく言えない。ところが和尚はさすがに手馴れたもので、さも憂れわしげにすらすらとうまくやってのける。「なま出来」の句は、お盆はお寺の書き入れ時である。短時日《たんじじつ》に檀家廻りを残らず済まそうというのであるから忙しい。先さまの都合など構ってはいられないから、盆棚の飾りもまだ出来上らないうちにもうやって来て、さっさと読経をすましてお布施だけは間違いなく頂戴してはや次の順番へと脱兎のごとく去ってゆくのである。「棚経の供はもうかとのぞいて見」（明三天2）。供の者までがもう終ったのかとびっくりしてのぞいている。あきれるばかりの見事な放れわざである。

出家でもうけたを医者で遣いすて　一九25
土手を行く医者は上野か浅草か　六四29
医者で食う時は矢っ張り蛸といい　寛元誠2

吉原では坊主の登楼を許さなかったので坊主は医者に変装して行った。医者も坊主と同じで坊主頭であったから脇差を差し長羽織を着るだけで変装は簡単であった。「中宿《なかやど》の子は化けるのをじろじろ見」（拾六18）。中宿は遊所通いの中継茶屋である。坊主はここで医者に化けるのである。袈裟を付けた坊主がたちまち医者に化ける様子を中宿の子が不思議そうにジロジロ眺めている。「中宿へ出家入ると医者が出る」（一九5）。僧衣をつけた坊主が入って出て来る時は同じ坊主頭ながら脇差を差した医者の姿である。まさに手品を見るようである。「死んだ金いかして遣う品の客」（一九18）。品は品川。品川にも遊郭があり坊主は上得意であった。人が死んで葬式でもうけたお布施を遊郭で散財するということは生命の洗濯をするということで、これはまさに金の活かした遣いようである。「出家」の句は右の事情をよんでいるわけである。「土手」の句は、土手は「土手八丁」のことで吉原へ行くための道である。この医者はもちろん医者ではなく坊主の化けたのである。芭蕉の「花の雲鐘は上野か浅草か」をもじっているが、上野や浅草は寺が多かったからこの化け医者も上野だろうか浅草だろうかの意。「昼は釈迦夜は神農《しんのう》の弟子となり」（四七3）。釈迦の弟子はもちろん坊主。神農は医薬の神様でしたがってその弟子は医者である。「医者」の句は、蛸は精力がつくとして珍重されたが坊主は戒律により食うわけにはいかない。そこで、蛸の形が天蓋《てんがい》に似ているので蛸のことを天蓋といって内緒で食っていた。天蓋とは仏像のうえにつる絹笠でその形が蛸にそっくりである。すなわち天蓋とは坊主の隠語で蛸のことである。「酢《す》天蓋などこしらえて囲《かこ》い待ち」（二〇19）。寺の外に囲っている妾が坊主の好きな酢だこを作って待っているという句である。したがって例句の意は、医者に化けて遊里で食うときには遠慮がいらないから実名で蛸と言ったというのである。ついでながら、坊主が内緒で食う食べ物はいろいろあるが、卵は中に黄味（君）があるので御所車。泥鰌は踊り子。アワビは仏具にちなんで伏せ鉦。海老は緋の衣。河豚は説法などと言った。

お寺のは大根《だいこ》や神酒ですまぬ也　一三5
かの後家へ和尚桂馬と打たれたり　拾三7
茶のあわのためしもあると和尚抜け　末三15

「お寺」の句は、江戸時代真宗以外の僧侶は妻帯は認められなかった。しかし和尚も人間だからひそかに隠し妻を寺に置くことがあり、その梵妻のことを大黒と隠語で呼んだ。神様の大黒の方は縁日にお神酒と好物の二股大根を供えるくらいですむが、生身の大黒の方はそんなことではすまない大変な物入りなのだ。「大黒の親二俵づつ申しうけ」(三五7)。妻の実家への出費である。「二俵」は大黒天が乗る俵との縁。「大黒がないとお寺は富貴也」(四16)。富貴を呼ぶはずの大黒が逆に寺を傾ける。和尚の方も表には出せない弱味があるから、その弱味につけこんで散財させる悪妻もいたかもしれない。「かの後家」の句は、後家が亡夫の冥福を祈って月参りをしている。庫裏で和尚と語るときもあるだろう。和尚はかねて目をつけていた後家であるから、仏道の教えを説いたりしながらしだいしだいに後家の心に忍び入ってついにものにしたわけである。将棋の桂馬は他の駒と違い斜めから攻めて合い駒がきかず防ぎにくいものだ。そんな手練手管を駆使して後家をものにした和尚であった。「茶のあわ」の句は、近江の国の茶屋の娘が休みに来た旅僧に恋慕した。旅僧が去って後その飲み残した茶を飲んだところたちまちはらみ男の子をうんだ。三年後のことであるが、娘がその子を背負って川で大根を洗っていたところへ例の旅僧が通りかかり、事の次第をききその子をひと吹きすると泡のように消えうせたということである。その旅僧は弘法大師であったという(『近江輿地誌略』)。和尚も寺の門前の茶屋の娘をはらませながらこの故事をひいて言い逃れをしているわけだがはたして娘は納得するであろうか。

# 第八章

## 詠史句《えいしく》

詠史句というのは歴史的事実や伝説を素材にしてよんだものである。江戸時代人は、読み物や講釈あるいは演劇などを通じて歴史や伝説について豊富な知識を持っていたので実に膨大な数の詠史句がよまれており、その範囲はわが国だけでなく中国や印度にまで及んでいる。詠史句は単に歴史的事実や伝説をよむばかりではなく独特の穿《うが》った観察を加えているのが特徴である。想像をたくましくして昔のことを眼前に見るように情景を活写し滑稽と皮肉を生み出していたり、あるいは往時の貴人、武将、英雄もしょせんは庶民と同じ人間にすぎないとしてその喜怒哀楽を描き、これに共感と親愛の情を示しあるいは虚飾をはぎとっている。また表面は過去の歴史をよみながら、その裏には作者の生きる時代を描く意味を含んでいたりする。学問研究といった真面目な眼で見れば異論百出となる句がほとんどかもしれないが作者はそんなことはおかまいなしによんでいる。そこがまた古川柳のおかしさなのである。

### 神話伝説の世界

か様遊ばせと鶺鴒《せきれい》びくつかせ　五八27

『日本書紀』の世界である。伊弉諾《いざなぎ》は伊弉冉《いざなみ》に言った。「吾《あ》が身のなり余れるところを汝《な》が身の成り合わざるところに差しふたぎて、国生みなさんと思う」。ところが初めてのことなので「その術《みち》を知らず」うまくいかなかった。そこへ鶺鴒が「飛び来たってその首尾を動か」したので両神は要領を会得されたのであった。伊弉諾《いざなぎ》、伊弉冉《いざなみ》の両神に男女和合の法をお教え奉ったのがほかでもない鶺鴒なのであった。「あ、なるほどと伊弉諾の尊乗《みことの》り」（一四四13）。アアなるほどそういうことかと納得なされてお乗りになったのであった。「尊乗り」は言うまでもなく「詔《みことのり》」と掛詞になっている。「鶺鴒の教えた外を色いろに」（『類字折句集』宝十三）。覚えがよいのみならず創意工夫もなさったのであった。さすが鶺鴒も、「鶺鴒は一度教えてあきれはて」であったという（六八25）。「古今東西の文学中夫婦の道をこれほど精細にまたこれほど的確に描写したものは他にほとんど類例を見ない」。『日本書紀』を評してさる大学教授がおっしゃったと古川柳研究者の岡田甫《はじめ》氏は述べておられる。

神代でも女でなけりゃ夜が明けず　一二四86

天照大神《あまてらすおおみかみ》が弟の素戔嗚尊《すさのおのみこと》の乱暴にご立腹なさって岩戸に隠れると世界は闇になり、その岩戸をあけるために女の天鈿女命《あめのうずめのみこと》が神がかりとなって「胸乳《むなち》をかき出で」半裸体で踊り狂った。神々が喜んで大騒ぎしているのを聞きとがめ、一体何を騒いでいるのかと大神が岩の隙間から覗かれたところを引きずりだして、これでやっと夜が明けたのであった。昔から「女ならでは夜の明けぬ国」と言われる由縁である。

どっちらもすきで大蛇《おろち》はしてやられ　拾五6

乱暴者の素戔嗚尊《すさのおのみこと》が大蛇《おろち》退治をしたとき女装して大蛇に近づいた。大蛇は女を侍らせていい気分で大酒をのみ酔いつぶれて殺されてしまったのだ、大蛇ってのはまったく馬鹿な奴であることよ。「神代にもだます工面は酒がいり」（初七）の句もあるが、しかし大蛇ばかりを笑ってはいられない、人間の男だって酒は勿論女がいるといとも簡単に騙される。昔から酒も女も男にとっては実に危険きわまりない代物なのである。「世の中は酒と女がかたき也どうぞかたきに巡り合いたい」（『巴人集拾遺』）。はるか後世になってこんな歌をよんだ男もいるわけで、世の男ってのは危険とわかっていても性凝りもなく酒と女に手を出して身をあやまる動物らしい。

戸がくしは油の値段ぐっと下げ　　拾四3

戸隠《とがくし》の神とは手力男命《たぢからおのみこと》のことである。天照大神が天の岩戸に隠れたとき岩戸をこじあけた神で、彼のおかげで常闇《とこやみ》の世が再び明るくなったのである。明るくなって油の需要が少なくなったので油の相場は暴落しただろうというのである。神話の出来事に平気で現代的解釈をほどこしている。「戸がくしも神楽《かぐら》の間ひげを抜き」（拾四2）。戸がくしは岩戸の前に陣取って神楽を舞うウズメノミコトの踊りを横目で見ながら、岩戸の隙間の開くのを今か今かと警戒していたのだが、なかなか開かないので退屈しのぎに髭を抜いていたのだとまるで見ていたような光景を言っている。なお、手力男命が放《ほう》り投げた天の岩戸が飛来してできたのが信州の戸隠《とがくし》山であるといわれ手力男命はそこの戸隠神社に祭られている。

緋の袴召さぬとみんなすきとおり　　一〇六13

衣通姫《そとおりひめ》は第十九代允恭帝《いんぎょうてい》の妃の妹。肌の輝くのが衣を透して見えるほどであったことからその名がついたということである。「十二枚召しても御身が透き通り」（一六二16）。十二単《じゅうにひとえ》も物の役にもたたなかった。この衣通姫と允恭帝の恋愛譚は有名である。妻の妹であるので帝は嫉妬を恐れてたびたび訪れることができなかったのだが、ある夕暮れに久しぶりにお出かけになられひそかに様子をうかがうと、姫も帝を慕って独り言のように口ずさんだ。「わが背子《せこ》が来べき宵なりささがにの蜘蛛のふるまいかねてしるしも」（『古今集』巻十四）。愛しい人が今宵おいでになるようです。それは蜘蛛の動きがそれを予告してくれていますから。蜘蛛が目の前に垂れ下がってくると、思う人に会えるという俗信があったようである。帝はそれを見ていよいよご寵愛なされたとか。「ささがに」は蜘蛛にかかる枕言葉である。「わが背子が」の歌は好まれたものらしくこれをよんだ句は実に多い。

蜘蛛の巣を見ている目もと美しき　明五松1
ささがにの振舞い膳をすえて待ち　二五25
間男の来べき宵なり酒肴《さかな》　四六41

女形《おんながた》そのはじまりは日本武《やまとだけ》　天五智
峠にて橘姫を懐かしみ　八六16
日本武《やまとだけ》碓氷峠でしたくなり　明六亀

「女方」の句は、日本武尊《やまとたけるのみこと》は乙女の姿になって九州の熊襲《くまそ》を討ち取ったがこの女装こそ歌舞伎の女形の元祖であるという解説調の句である。「峠にて」の句は、日本武は碓氷峠で今は亡き弟橘姫《おとたちばなひめ》を追想した。東征の途次海を渡ろうとしたところにわかに嵐がおこって船が進まない。これは海神の祟りと姫は一身を犠牲にして海中に身を投じ船の安全をはかったのであった。ことごとく東夷を平定して碓氷峠で姫を恋うて「吾妻《あづま》はや」とミコトはお嘆きになった。「吾妻はや」は「わが妻はナア……」ということで妻を懐かしんで嘆き給うたのである。そしてそれ以来関東を「吾妻」と言うようになったという。「わが妻に縁もウスイと御嘆き」（六三13）。最後の「日本武」の句は、英雄や貴人が苦難にみちた流浪の旅をする話のことを折口信夫《おりくちしのぶ》は貴種流離譚《きしゅりゅうりたん》といったが、光源氏の須磨配流、業平の東下り、義経の逃避行などみなそうだが日本古代の英雄日本武もその一人である。神聖なもの高貴なもの美しいものを凡俗世界に引き下ろすのが古川柳の常套手段だが、こともあろうに英雄日本武が橘姫をしのんでいるうちに「したくなった」はずだと、下品な想像をしている。

## 奈良平安時代

道鏡はほんに男の玉の輿　　宝八満

八世紀後半、孝謙女帝の寵愛を受けて太政大臣から法王にまでなった怪僧弓削道鏡《ゆげのどうきょう》は、女性ならば玉の輿ともいうべき異例の出世を遂げた。

道鏡は坐ると膝が三つ出来　　宝十三桜

巨根の持ち主だったから、孝謙女帝の寵を受けて出世したというチン説がある。坐るとまるで膝が三つあるようだ。

あればあるものだと女帝御満悦　六八5
公家めらが焼きおりますと道鏡いい　天三信

前九年ひっぱりあって一首よみ　八40

前九年《ぜんくねん》の役《えき》に八幡太郎義家は敵将安倍貞任《あべのさだとう》を衣川《ころもがわ》に追いつめ、「衣のたてはほころびにけり」とよみかけた。貞任はすぐに「年を経し糸のみだれの苦しさに」と付けたので、義家は貞任の素養に感じ追うのをやめ貞任は命が助かった。やぶれ衣の布地をひっぱり合うような縁語の応酬であったわけである。「ほころびる命を歌で縫いなおし」（二三1）。

梅の花公家衆が持って出てなあに　一八40

前九年の役に捕われて都に引かれた安倍宗任《むねとう》に、公卿たちが梅の花を示してこれは何かと問うたのである。未開野蛮の地と思われていた奥羽言葉を嘲るつもりだった。「ソリャハァ梅だんべいと言わせる気」（一二六74）。素養のある宗任は「我が国の梅の花とは見つれども大宮人はいかがいうらん」とよんで見事に応え公卿たちは恥をかいた。「いうらんとよまれて梅をもうじもじ」（九八44）。

雑兵はまた来ましたと後三年　五4
凱陣の時は奥州ことばなり　二三6

いかさまの元祖は小野の小町なり　安三

伝説の美女小野小町は、「関寺《せきでら》小町」「鸚鵡《おうむ》小町」「草紙洗《そうしあらい》小町」「卒塔婆《そとば》小町」「通《かよい》小町」などの謡曲もあり日本歴史上最大のヒロインである。「また文かそこらへおきやと小町いい」（筥四8）。恋文も多く来た小町だが庶民は無責任にも勝手に小町の肉体に欠陥があったと決めてしまった。すなわち……穴のない待ち針は小町針とよばれているのである。小町に恋慕した深草少将はそれとは知らず熱心に通ったがはじめ体よく断られた。しかしついに「百夜わが門に通い給えばお心に従う」と小町が言ったのである。「少将は少し風邪気もおして行き」（拾四17）。少将は小町の言葉を信じて雨の日も風の日も体調がすぐれない日も通い続けたのであった。「気強いと気の長いのが九十九夜」（拾四10）。「少将は一夜《ひとよ》で胆をつぶすとこ」（三九37）。少将は疲れはて九十九夜目で死んでしまったが、もし死なずに百夜目に行ったら小町は性的不能者だからびっくりしたはずだ。「ほれ帳を九十九夜めに消しておき」（三18）。少将が死んでしまったので、小町は「ほれ帳」をひろげて少将の名を墨で塗りつぶしている。小町を遊女めかすことで滑稽味を強調したもので詠史句上の英雄、高僧、佳人の類はこういう取扱いを受けているのである。

さりとては又といふ時かきくもり　拾二12

雨乞いをしたとき小町はうたをよんだ。「ことわりや日《ひ》の本《もと》ならば照りもせめさりとてはまた天《あめ》が下《した》とは」。小町がこのようによむと一天俄かにかき曇り待望の雨が降ってきたという。まことに「口先で日和《ひより》をくずす美しさ」（三6）であった。

ことわりを小町一生言いとおし　四八31

小町は男を一生拒んだのでここにいう「ことわり」は拒絶の意だが、右の小町の雨乞いの歌の「ことわり」にも掛けている。

見た事もなく業平のようと誉め　藐二三
業平の時分《じぶん》金には惚れ手なし　筥四4

美形の男のことを業平《なりひら》のようだといって誉めるが、実際業平を見たことも会ったこともないのにおかしなことだね。今どきの女どもはたとえ業平のような美形であっても金持ちでないとなびかないが、金さえ持ってりゃ三枚目だってもてる時代さ。業平は金がなかったと勝手に決めている。

つれてにげなよと二条の后《きさき》いい　二〇4

二条の后はのち清和帝の后となる藤原高子《たかいこ》のことである。『伊勢物語』では業平と駆け落ちしたことになっているが高貴な女性が女郎のような口のきき方をするのがこの句の趣向である。「笏《しやく》はわたしに持たせなとおぶっさり」（四七5）。これも女郎口調だ。「やわ〳〵とおもみのかかる芥川」（初34）。有名な句である。業平が女を背負って芥川《あくたがわ》を越える場面である。必死の逃避行で疲れも知らなかったがさすがここまでくると疲れが出てきたようだ、上流の女のあたたかい艶めいた重さが伝わってくるのだ。「芥川指がうごくと襟をしめ」（宝暦　露丸評）。おぶった后のお尻を業平の手が妙な撫でかたをするので、およしなさいと襟を後ろからしめつけた。

から衣ぬいめ縫い目に骨をおり　　拾四31

業平は三河の八橋でカキツバタを見て折句《おりく》の歌をよんだ。「から衣きつゝなれにしつましあればはるばる来ぬるたびをしぞ思う」。衣の縁語で「縫い目」とし、「折り」で折句を暗示したのであろう。

梅の木の化けそこないと時平《しへい》いい　　三四2

菅原道真は藤原時平《ときひら》と関白の地位を争い時平の策謀によって筑紫に左遷されてしまった。時平は『菅原伝授手習鑑』では典型的な公家悪として登場して名はシヘイとよばれた。道真は生まれつき非凡で梅の木のまたから生まれたと俗信があるので「化けそこない」と悪口したのである。

悪筆がよって筑紫へやるくめん　拾五14

道真は空海、道風とともに三聖といわれるほどの能筆家であるが、追放を策謀する連中は書の点ではとてもかなわない悪筆の者どもであった。

御はなし段〱雷の声になり　二二23

菅公は筑紫で死ぬと亡魂が雷電となって京の内裏を襲った。それは讒言した公卿どもを蹴殺すためであった。菅公の旧師法性坊《ほっしょうぼう》は帝の命により菅公とあってとりなそうとしたが菅公の声は恐ろしい雷声になった。

ぴっかりというと僧正はりあげる　六22
僧正の七尺わきへひとつ落ち　五24
僧正について廻るが確かなり　明七義

師の法性房の七尺わきへもひとつ雷が落ちたが「七尺去ツテ師ノ影ヲフマズ」という成語があるから師には危害は加えない。だから僧正にくっついて身の安全をはかるのだ。

その時の雷へそに目をかけず　拾四21

雷が臍をとるという俗信を使って戯画化した。時平の臍なんかいらない、いまは奴を蹴殺すばかり。

どの蚊屋へいっても時平つき出され　拾五14

雷の時に蚊帳の中に隠れると安全という俗信があるのでみんな飛び込むが時平ばかりはどこへも入れてもらえない。

晴天になりそこに時ここに平　五四25
くわらりっと晴れて時平をとりあつめ　拾四
きざはしにへそをおさえて死んでいる　明八信

雷電一過もとの青空にもどったので時平の死骸が五体ばらばらになっているのを収容する。史実ではその後も時平は活動しているが庶民の感覚では死なないと気がすまないのである。

## 源平鎌倉

義朝は雑煮の箸がぽきり折れ　明五梅4
きんたまをつかめ掴めと長田下知　三32
義朝はぬき身をさげてうち死し　二33

義朝は湯かんを先へしてしまい　拾五21

源義朝は平治の乱に敗れて関東へ落ちる途中尾張の国の長田《おさだ》忠致《ただむね》の屋敷に立ち寄った。正月三日、入浴中に襲われて殺されたのでその朝雑煮を食べる箸が折れて不吉な前兆があっただろうというのである。風呂場で格闘が繰りひろげられたが、義朝は猛将として知られ手強い相手であって簡単には討ち果たせない。焦った長田は男の急所を掴めつかめと下知をした。義朝は抵抗をしたが多勢に無勢ついに力尽きた。刀ならぬ自身の抜き身をさげて討ち死にしたのであった。死者は湯灌をするが義朝は先にひと風呂浴びていたのである。

義朝とおれとはどうだなどと濡れ　拾六7

義朝を亡ぼして、清盛はその愛妾常盤《ときわ》を捕えて意にしたがわせた。義朝とこの清盛とどっちがいいかと好色漢らしい言い草でからかった。常盤は今若、乙若、牛若の三児の命乞いのために身を許したのであった。「牛若の目がさめますと常盤いい」（明八智）。牛若は言うまでもなく後の源義経のことである。常盤は時に二十三歳。「九条院の后たちの御時、都の中よりみめよき女を千人そろえて、その中より百人、又百人が中より十人すぐりいだされける。その中にも常盤一とぞきこえける」（『平治物語』）。常盤は絶世の美女であったから好色の清盛が彼女を見逃すはずがない。「千人に一人の後家を入道しめ」（筥二追2）。それに敵将義朝の愛人であったのだから征服者としての満足感もまた最高に味わえるというものであった。戦乱の世に生きた女の悲劇であった。

清盛の医者ははだかで脈をとり　初16
湯にはいる時入道はジウと言う　拾六2
入道はひえた女を〱と　拾六7
入道は真水をのんで先へ死に　拾三16

清盛は熱病にかかった。猛烈な熱なのでさぞかし医者もそばへ寄ると熱かっただろう。平家は壇ノ浦の海中に沈んだが清盛は先に死に水を飲んだので海水は飲まないですんだのだ。

弥生とさつきごたまぜの壇の浦　二六36
一門はどぶり〲とそうもんし　初17

平家一門の最期を三月と五月の節句のきらびやかな人形にたとえている。幼い安徳帝は「浪の下にも都のさぶらうぞ」と言う二位の尼に抱かれて入水。『平家物語』の最も哀れな場面である。続いて一門の者も入水して海底の幼帝に奏聞しただろう。壇の浦の平家の断末魔である。

おつむりをやっと入れると鳩がとび　三二2
ふし木から出るとしこたま小便し　拾六3

源頼朝は石橋山に敗走し伏木の洞《ほら》に隠れた。追手が来たが山鳩が洞から飛び立ったので人はいないと思って立ち去った。頼朝は危うく命拾いをしたのであった。頼朝は頭が異常に大きいという俗説があった。あのでかい頭が洞に入ってくれたから命拾いできたのである。息をひそめて隠れていた緊張から解放され、さぞかしのびのびと小便をして気持ちよかっただろう。

佐殿《すけどの》がすればしびれる膝まくら　宝十三梅
大あたま振って舎弟を寄せつけず　明八鶴

佐殿は頼朝のこと。膝に重たい大あたまをのせられたら政子さんもさぞかし弱ったことだろう。平家を滅亡させて鎌倉入りしようとした義経を腰越で足どめして兄弟不仲のはじまりとなった。

義経の弓はあらめにひっかかり　三三9

義経の弓流しは屋島の戦で、弱い弓を敵に奪われるのは武門の恥と命がけで弓を拾いもどすとその弓には海草がからみついていただろうという想像句である。「弓ながす日も鎌倉はふところ手」（拾五15）。義経がこんな風に懸命に戦っている時も兄の頼朝は危険な戦場に赴かず鎌倉で怠けていたとされている。古川柳ではこんな句にも判官びいきの心情があらわれているようだ。

義経は八艘とんでべかこをし　拾五22

八艘飛《はっそうと》びという人間業とは思えない活躍をした英雄豪傑義経だって生理現象は抑えられなかった。飛んだ拍子に力み過ぎておならがでてしまった。

湯の意趣を水でかえすは源九郎　三32

平家を壇の浦の水中に葬った源九郎義経は、入浴中に殺された父義朝の湯の仇を水で返したわけである。

門院は入水《じゅすい》のほかに濡れたまい　一四二40

安徳帝の生母建礼門院は入水したが助けられ、義経がこれを丁重にもてなしたのであらぬ臆測がおこなわれ、海で濡れたあとで義経と濡れ場があったろうと勘ぐっている。

義経はお好き弁慶きらいなり　五〇20

義経は女はお好きだが弁慶は女嫌いであった。「武蔵坊やっとお妾《めか》を引っ放し」（四21）。義経の一行は頼朝の追捕をさけて西国へ渡ろうとした。弁慶は義経と離れたがらない妾静《しずか》に対して荒天を理由に同行を阻止した。

女に目のある男はむさし坊　三二32
へんてつもないと弁慶それっきり　五八9
弁慶が倅《せがれ》けんごに出家する　四二10

女に目がないなら義経のように女好きだが、弁慶はその反対の女嫌いで女と契ったのは生涯にただ一度だけでそれ以後は女と接触しなかったという伝説がある。幕末の『しん板なぞ〳〵合』に「武蔵坊弁慶とかけて、関取の立ち合いとく。心は、一番勝負」（岡田甫『川柳末摘花詳釋』より）とあるそうで弁慶の女嫌いはつとに有名であった。「弁慶と小町は馬鹿だなあかかあ」（見利評万句合　寛政）。こんないいものを知らない弁慶や小町は馬鹿だよなあかかあそう思うだろ。最後の句は、坊主の女犯《にょぼん》は禁じられていたが坊主も人間なので掟を破るものが多かった。しかし弁慶の倅は堅固に戒律を守っているというのである。倅は弁慶の持ち物のことである。

武さし坊とかく支度に手間がとれ　初5

有名な弁慶の七つ道具である。「むさし坊水車《みずぐるま》ほどしょって出る」（三12）。武蔵坊弁慶を描いた絵は七つ道具をしょっているが、まるで水車のような形である。「むさし坊あったら事に上《かみ》言葉」（四39）。弁慶のような荒法師に京言葉はちょっと似合わないようだね。

遠くからつっ突いて見る衣川《ころもがわ》　拾三16

死んでもまだ立っている弁慶の立往生である。敵はこわごわ近寄ってつっついてみて死んでいるのを確かめる。

やれ根太はよしやれ〳〵と最明寺　　拾五25

最明寺《さいみようじ》入道北条時頼は、民情視察の旅の途中上野の佐野のあたりで大雪に悩みとあるあばら家に一夜を借りた。主の佐野源左衛門常世《つねよ》は薪がないので秘蔵の鉢の木を焚いてもてなした。「源左衛門サボテンなどはとうに売り」（拾五26）。サボテンは江戸時代の流行で謡曲『鉢の木』の時代にはなかったが時代を無視する滑稽は古川柳の常用手段である。鉢の木を焚き終わってもう焚くものがないので床の支えの根太《ねだ》をこわして焚こうとした常世をあわてて制止する最明寺の慌てぶりがおかしい。「最明寺むずがゆいのをかぶって寝」（明三梅）。変な臭いがする汚いふとんなのだが寒いので贅沢は言えない。

あごで蝿追うような馬常世《つねよ》持ち　　一四30

佐野家は貧しいから馬もやせ衰えていた。「人なればとうに出て行く佐野の馬」（一二15）である。

源左衛門鎧を着ると犬がほえ　　初12
佐野の馬戸塚の坂で二度たおれ　　八12
佐野の馬さて首をたれ屁をすかし　　初34

佐野の馬下馬《げば》に置くうち人だかり　七37

時頼は鎌倉へ帰ってから関八州の大小名を非常呼集し、源左衛門も馳せ参じたがやぶれ鎧を着ると犬が怪しんだ。馬は鎌倉に近づくとすきっ腹でとうとうへこたれ戸塚の坂で二度たおれた。やっとのことで鎌倉へたどり着いたのだが、やせ細ったよぼよぼの馬に珍しがって人だかりがしたというのである。古川柳は、先行作に追随して少しずらして積重ねるのを楽しむ傾向がある。俳諧ではこれを「等類」として非難するが、川柳ではそれがまたさらに滑稽効果を高めるのである。

かの馬に乗って来たかと最明寺　拾五25
佐野の馬甘露のような豆を喰い　初35
鉢の木を大木にして御へん礼　九20
戻りには下に〳〵で源左衛門　明四松

最明寺は鉢の木の梅桜松にちなんで、加賀の梅田、越中の桜井、上野の松枝の領地を常世に与えた。

神風に豚や羊のへどをはき　一九20

弘安四年の蒙古襲来である。博多の近海で台風にあい退却した。この神風の時に船中の兵どもは気味の悪い豚肉や羊肉のへどを吐いただろうという想像句である。

とっぷりと暮れて西行沢を立ち　　明六桜

「心なき身にもあはれは知られけり鴫立《しぎたつ》沢の秋の夕暮」。ものの情趣を感じとることの鈍い私のような者にもこのしみじみとした情感は知られることである。西行がこの歌をよんで沢を後にした頃はもう日もとっぷりと暮れていた。「同じ刻限に三人淋しがり」（二六2）。三人とは西行、藤原定家、寂蓮法師のことである。三人とも秋の夕暮れの歌をよんでいてこれを三夕《さんせき》という。「見わたせば花も紅葉もなかりけり浦のとまやの秋の夕ぐれ」（定家）、「さびしはその色としもなかりけり槇立つ山の秋の夕暮」（寂蓮）。寂蓮の歌は「村雨の露もまだひぬ槇の葉に霧立ちのぼる秋の夕暮」とする説もある。

## 室町戦国

正成は鼻をふさいで采《ざい》をふり　　拾五17

楠正成は智略の名将で、千早赤坂城に立て籠った時寄せ手の敵軍に糞尿や熱湯を浴びせてこれを防いだが、さだめし鼻をつまんで采配をふっただろう。「楠は立てかけて見ておかしがり」（拾五21）。多勢に無勢の正成は、藁人形を作って味方の兵が多いと見せかけて敵をおびき寄せて打撃を与えた。これは藁人形の出来映えに我ながら感心しておかしがっている。両句ともちょっと漫画的想像である。

山吹の花だがなぜと太田いい　　二二17

太田道灌が鷹狩に行きにわか雨にあって民家で蓑を借りようとしたところ少女が山吹の一枝をさし出した。「七重八重花は咲けども山吹のみの一つだになきぞかなしき」。古歌を知らない道灌は、それって一体どういうことって反問したであろう。「雨やどりから両道な武士となり」（筥二39）。道灌はのち歌を学び、「急がずば濡れざらましを旅人のあとより晴るる野路の村雨」と立派によんだ。

信玄はしこたまかりてやきころし　　拾六8

武田信玄は曾我五郎の生まれ変わりだという俗説があった。そして曾我兄弟は極貧であった。一方、古川柳の時代は盲人の金貸しが多く貸し金の取り立てはことのほか厳しいものであった。信玄は領内の盲人を無用の者として焼き殺した男だが、これはきっと貧しい曾我兄弟が盲人から借金してずいぶん苦しんだにちがいないから、五郎の生まれ変わりである信玄はそれを根にもって盲人を焼き殺したのだ。というずいぶん手のこんだ謎句である。

愛宕からあそこだなあと本能寺　　一一38

京都の愛宕山から明智日向守光秀は市中を見おろし、あそこが織田信長の滞在している本能寺だなあと感慨深く眺めている。光秀は事件の数日前に愛宕山で連歌師紹巴《じょうは》たちを相手に連歌を巻き、「ときは今あめが下知る五月かな」とよんだのであった。この発句に信長を討つ決意をこめていると言われている。光秀は土岐《とき》氏の正流であるので、トキを苗字の「土岐」と時節の「時」にたとえて、今こそ自分（土岐）が天下（あめが下）を治める時だというのである。「花落つる池の流れをせき止めて」。光秀の発句に対して紹巴は第三《だいさん》（三番目によむ句のこと）をよんでいる。連歌における第三の句は「らん」で留める場合が多いが紹巴は「て」で留めた。「五月雨をさすが紹巴はてで止める」（四〇3）。これは光秀の謀反に気が付いて、手で止める意を掛けてよんだ第三だと穿った見方をしている。「本能寺紹巴横手をはたと打ち」（一二29）。後日、本能寺の変を知った紹巴はやはりそうであったかと横手をはたと打ったという。川柳子はまるで傍で見ていたようである。

本能寺寝耳にときの声がする　　一三4

明智の本姓の土岐《とき》と、本能寺を夜明けごろに襲う軍勢のときの声とをかけた。かくて主君を攻め亡ぼした光秀は京都を占領して天下人となったが、急ぎ戻った秀吉に敗れて小栗栖《おぐるす》の竹藪で土民の竹槍で殺された。「槍の出た藪は小栗栖ばかりなり」（拾四27）。「藪から棒」ならぬ「藪から槍」であった。光秀のいわゆる三日天下であった。

竹の子を盗んだように明智され　　二二20
天が下知るは知ったがあっけなさ　　安五鶴1

ふんどしを帯にして出る本能寺　　安五満2

信長は謀反の首謀者が光秀とわかったがもはやどうすることも出来ず、近習のものと最後の抵抗を試みるのである。その時の信長の装束は「白き綾の単衣に一重帯引きしめ給い」（『太閤記』）であったが、信長は慌てていたのでふんどしを帯にして出る始末であった。「畜生めなどと鼠を馬はいい」（寛元宮2）。光秀に対して信長はきっと「畜生め」と言ったはずだ。光秀は子歳。信長は午年生まれである。「城ならで寺を枕に不覚なり」（四九28）。負け戦でも、いさぎよく城を枕に討ち死にするのが武士の本懐であるのだが……。

猿の腰かけ松下が最初なり　　一三八13

木下藤吉郎、幼名日吉丸の最初の奉公先は松下嘉兵衛であった。「信長へお国ものだと申し上げ」（五5）。藤吉郎が信長にお目見えした時に同じ尾張生まれで同郷者でございますと卒なく言ったことであろう。

日本勢人参蔵《にんじんぐら》でつかみあい　　六23

秀吉がおこした文禄慶長の役で朝鮮遠征の時、高貴な薬として珍重された朝鮮人参の倉庫で、日本軍の兵たちはわれ勝ちに取ろうとして味方同士がつかみ合いをしただろう。大将の小西行長が薬種商の出身だったことが句の背景にある。

その筈じゃないと言う間に堀を埋め　五八17

大坂冬の陣の和睦の条件として城の外濠を埋めることになったが、徳川方は条件を無視して豊臣側の抗議に耳をかさず内堀も埋めてしまった。

銭の遣いよう大坂知らぬなり　一六15

真田幸村の定紋は六文銭。大坂方は戦上手な幸村の進言を用いなかった。「おあしの旗が真田のかと淀殿」（天五智）。淀君が大坂城に馳せ参じた真田幸村の六文銭の旗を見て言ったという句である。銭を女房詞でおあしとしたのがねらいである。

## 江戸時代

御気はみじかいに袴は長いなり　安八

元禄十四年三月十五日殿中松の廊下で浅野内匠頭がかっとなって吉良上野介に切りつけたが、長袴で素早くは動けなかった。「たんき故名代の塩も人のもの」（明二礼）。浅野はこの短慮の刃傷事件のために死を賜い播州赤穂五万石の所領を没収された。

お烏帽子がないと事だと外科は縫ひ　安元礼

内匠頭に切り付けられた吉良上野介である。烏帽子をかぶっていたから軽傷で幾針か縫っただけですんだけれども、そうでなかったら真っぷたつになっていたはずでございます。

大石がほかはけころも買わぬなり　安四

大石内蔵助の遊蕩は吉良方を欺くためというが結構楽しんで得もしているはずだ。他の者たちは安い私娼である蹴転《けころ》さえ買わないのに不公平なものだよ。

よい見世が出たと家中のうっそりさ　六23

赤穂浪士は町人になりすまし吉良邸の近くに酒屋、米屋などの店を開き偵察したが、吉良方は気づかずサービスがよいと喜んでいたとはぼんやりしていたものだ。「五十ぜん程と昼来て金をおき」（三42）。赤穂浪士は討ち入り前にそば屋に集合したから席の予約もしたはずである。

さっぱりとそうじをさせて首を取り　六13

赤穂浪士が本所の吉良邸を襲って上野介の首級をとったのは元禄十五年十二月十四日の夜だった。江戸時代には十二月十三日は煤払いの日と決まっていたからきれいに掃除をしたあとに来て首をとったわけであった。「親子して四十五人の下知をなし」（二二9）。表門は大石内蔵助、裏門は倅主税が指揮したのをよんだ数字パズルの句。「知れているものをかぞえる泉岳寺」（五18）。墓の数は知れているのに一つ二つと数えてみるのも人情のつねである。

五右衛門はなまにえの時一首よみ　二6

大盗賊石川五右衛門は捕らえられて三条河原で釜茹での刑に処せられた。「石川や浜の真砂は尽きるとも世に盗人のたねはつきまじ」。辞世の歌をよんだのは生煮えの頃だっただろう。

あさってといって七書をよんで居る　一六14

「あさって」は「紺屋のあさって」。七書は孫子などの兵法書。すなわち駿州由井の宿の紺屋の倅由比正雪のことである。正雪は幕府をくつがえそうとした野心家であった。「手前ものだけ菊水の出来のよさ」（八5）。正雪は楠氏の子孫と称し菊水の紋を用いた。紺屋の倅だから染め物も上手なはずだ。

兼好はあのつらでかとなぐり書　七14

足利尊氏の重臣高師直《こうのもろなお》は塩谷判官《えんやほうがん》の妻顔世《かおよ》御前に横恋慕した。艶書を『徒然草』の著者吉田兼好に代筆してもらって送ったことは、『太平記』以降忠臣蔵ものにも取り入れられて世の人の知るところである。あのまずいつらで柄にもなく恋文かと兼好は舌打ちをしながらなぐり書きをしたというのである。「ただもいられず師直は墨をすり」（三三39）。代筆を頼みはしたもののじっとしてはおれない師直であった。ところが顔世の方は「文と手をほめたばかりで承知せず」（筥初5）であった。こりもせず、師直はひそかに塩谷の妻の湯上り姿をのぞき見をするのである。「ゆかたにてふくを師直よっくみる」（一〇26）。出歯亀《でばがめ》の師直である。「御よだれをおふきなさいと侍従いい」（二二22）。侍従は塩冶判官の妻顔世御前の湯あがりの姿をのぞかせた女である。

## 中国故事伝説

もう五年おそいと達磨首ばかり　　二六27

面壁趺坐《めんぺきふざ》九年、足が腐ったという。「人の見ぬ間には達磨も蝿を追い」（宝十三）。

喰ますかなどと文王そばへより　　拾五6

太公望は大才を抱きながら釣りに日を暮らしていた。周の文王《ぶんおう》は彼を迎えようと歩みよった。聖人とあがめられる文王の言動が、どこにもみられる釣り好きのおじさんのような下世話のくだけた口調でおかしい。聖人君子であっても庶民レベルまで平気で引き下ろして笑いものにするのが古川柳である。

七人は藪蚊を追うにかかってい　拾四16

俗界を逃れ竹林にかくれて清談を事とした七賢人も藪蚊には閉口したに違いない。

きついもの四百余州に本がなし　一五4

秦の始皇帝の焚書坑儒《ふんしょこうじゅ》である。ひそかに書物を壁に塗りこめて隠したのが後世になり『論語』などが出て来た。「何だなと壁土《かべつち》はたき〳〵よみ」（一三6）。「壁にいわくの有る事が後に知れ」（三九26）。「いわく」は「子の曰く」を掛け『論語』などの聖賢の書を暗示する。焚書坑儒の時ひそかに書物を壁に塗りこめてかくした特別の事情があったというのである。

そう申しゃ御《おん》がてんだよと貴妃はいい　一九5

玄宗皇帝の使いが冥界の揚貴妃に会い皇帝に報告するために会った証拠の品が欲しいというと、妃は髪飾りを与えたがこれは世の中に似た品があるから証拠にはならないと言うと、そう言えばそうだと妃は合点して「比翼の鳥、連理の枝」と昔皇帝と語り合ったことを教える。高貴な女性が下町女の口調で言うのがおかしい。「美しい顔で楊貴妃ぶたを喰い」（四23）。麗人と豚肉とはちょっと不似合いだ。不釣り合いのおかしみである。

ぶりがれん真似るで孟母店《たな》を変え　一三38
おっかさん又越すのかと孟子言い　三七26

孟母三遷《さんせん》である。最初は寺院の隣、次は市場の隣、最後に学校の隣に転居したところ環境がよいので定住した。「ぶりがれん」は魚の数の符牒で、「ぶり」は二「がれん」は五で「ぶりがれん」と続ければ二十五になるわけである。魚屋の勘定を覚えるので孟母はあきれて転居した。よい環境に育てられたので孟子は聖賢になれたのであった。

# 第九章　吉原《よしわら》

慶長の大坂夏の陣が終結し「元和偃武《げんなえんぶ》」と呼ばれる平和の時代が到来して二年後の元和三年（一六一七）、遊女屋の主人庄司甚右衛門の願いによって江戸市中の中心部葺屋町《ふきやちょう》に遊郭の開設が許可された。「よしの根は絶えて後には女郎花《おみなえし》」（四八26）。この頃の葺屋町あたりは一面の湿地帯で葭《よし》や葦《あし》が生い茂りとても人の住めるような土地ではなかった。それを切り墾き埋め立てて遊郭としたので葭原《よしわら》というような呼称も自然と生まれ、それを縁起をかついで「吉原」と称するようになった。ところが明暦三年（一六五七）正月十八日の大火（明暦の大火）で葺屋町の遊郭も全焼したので、今度は浅草日本堤《にほんづつみ》下（現在の台東区千束四丁目）へ移転することとなった。「日本の果てへ傾城ところがえ」（筥四26）。新しい吉原は明暦三年（一六五七）八月から営業を始めるが、これを境として旧来の吉原を元吉原、移転後の吉原を新吉原と呼んで区別している。江戸の北の端に引っ越してしまったから新吉原のことを「北」などというようになった。遠いので市内からは馬に乗ったり船で遊びに出かけたりしたから、山谷通《さんやがよ》いなる呼称も生まれた。

## 吉原

吉原をよんだ句は非常に多い。これを除いては古川柳を語ることも楽しむことも出来ないといってよいのではないか。

よまれている内容は、むろん誇張もおおいにあるだろうが世の男の心はすべて吉原に向かっている様子が描かれている。歓楽と悲哀の象徴の場所が吉原なのである。

日に三箱喰ったり見たりしたりなり　　五二5

箱は千両箱のこと。一日に千両の金が落ちるのは世界一の人口（百万人）を抱える大江戸の台所をあずかる魚河岸と芝居町と吉原遊郭である。「夜と昼朝とへ落ちる日千両」（六四6）。同じことをよんだ句である。朝は魚河岸、昼は芝居、夜は吉原である。魚河岸は、本船町を中心に本小田原町、安針町、長浜町、伊勢町、瀬戸物町、それに日本橋北詰の品川町を加えて七町でできていた。「見物の宵に寝かねて叱られる」（一四4）。芝居見物の前夜はもうすでに興奮して目がさえて眠れない。比較的娯楽の少なかった江戸人の芝居好きは現代のわれわれには想像もできないほど熱烈であったようである。「繁昌さ女郎と役者ぶらさがり」（三四18）。浅草観音には芝居小屋や遊郭の奉納した大提灯もぶら下がっていた。

大門を鷹もじろりと見て通り　　拾六11

大門《おおもん》は吉原の大門のこと。吉原廓《くるわ》の出入り口はこの大門ひとつであった。その門前に高札場《こうさつば》があり、「覚　一、前々より制禁の如く江戸町端々に至る迄遊女の類隠し置くべからず。一、医師の外何者に寄らず乗物一切無用たるべし。附《つけたり》、鑓長刀《やりなぎなた》門内へ堅く可為停止者也《ちょうじなすべきものなり》」とあったという。遊女はここ吉原以外おいてはならない。乗り物無用。刀剣類は持ち込むべからずというものであった。この句の鷹は将車家の鷹狩りの鷹であるが、あのするどい目で大門のなかをじろりと監視しながら通るというのは表向きで、実は鷹狩の一行が行列して日本堤を通ってゆくとき、供侍などがああの女《こ》は今頃どうしているだろうとめいめいに大門の方を横目で見て通ると、鷹狩りの鷹もその方をじろりとみるというかにも実景のような面白い描写である。

月花《つきはな》の定座五町《じょうざごちょう》の徳場《とくば》なり　　一二13

五丁町《ごちょうまち》とは元吉原以来の江戸町《えどちょう》一、二丁目、京町《きょうまち》一、二丁目、角町《すみちょう》のことだが、新吉原に移転ののち揚屋町《あげやちょう》ができ、さらにその後に堺町《さかいちょう》、伏見町《ふしみちょう》ができたのちも習慣上五町（丁）と呼ばれていた。俳諧には月の座、花の座などの「定座《じょうざ》」があってそれぞれ腕前を発揮すべき「徳場《とくば》」になっている。この句の「徳場」というのは儲《もう》け場所というほどの意味であろう。吉原にも春の夜桜、秋の月見などの紋日《もんび》があって、それが儲け場所になっているというのである。このように定座と徳場（紋日）とを対比させて、いずれも月と花に結びつけている。「雪見とは仮りの名なりと丁へ行き」（明八梅）。五丁町を略して「丁」といったので、雪見に行くという口実で「丁」へ行く者もいた。

闇の夜は吉原ばかり月夜かな　　其角『五元集』

これは古川柳ではなく宝井其角の句である。闇の夜でも吉原だけは明るい灯をつらねて月夜のように明るいというのであるが、「闇の夜は吉原ばかり」と続けてよむと、月夜でも吉原ばかりは闇の世界だとの解釈もあってどちらの解釈も成り立つようである。その両方とも吉原の姿であり、吉原はこの二面性をもっていたと思われる。

## 吉原への交通

吉原へ行くためには日本堤《にほんづつみ》に出なければならない。浅草聖天町より三輪《みのわ》（蓑輪）へ至る荒川の堤防を「日本堤」というが、吉原通いが盛んになると廓通いの専門の道としての「土手八丁」という俗称で呼ばれるようになった。「日本を八町行くと仙女界」（一三一36）。徒歩でやってくる者も勿論多かったが、歓楽と愉悦を求めて心急く遊客たちはてっとりばやく駕籠に乗って大門口まで走らせたり、また柳橋から猪牙舟《ちょきぶね》に乗って行ったりした。「猪牙《ちょき》と駕《かご》われても末は仲の丁」（觹二五25）。これは百人一首崇徳院の歌、「瀬をはやみ岩にせかるる滝川のわれても末にあはむとぞ思ふ」の文句どりである。

やくそくを直きにちがえる四つ手かご　安七礼3
三分一《さんぶいち》土手をのこしてねだるなり　一二23
日本の地へ踏込むと酒手なり　傍三31

駕籠かき連中のタチのよくなかったことは事実のようで、客の足元をみて駕籠代のほかに多額の酒代をも要求するのである。

ちょきのふみ翩翻《へんぽん》としてよんで行き　一三33

猪牙舟《ちょきぶね》は先がとがり細長く屋根はなく船頭と客が二、三名乗る舟足の速い舟である。船の名は長吉という船頭が有名だったのがなまったものとも、形が猪の牙に似ていたからともいう。船宿から猪牙に乗るのだが船宿には女郎から来た文が届いている。女房には知られたくない文だから男は皆細心の注意をはらって船宿気付にしてあるのだ。その文を川風に翩翻とひるがえしながら鼻の下を長くして読んでいるのだ。舟の速さも言外にあらわれていてなかなか愉快な句である。「猪牙の霜小楊枝《こようじ》で書く夕べの名」（一六三9）。こちらは早朝にご帰還の光景である。襟にさした小楊子を手に、船べりの霜に前夜の相方の名を書いたりしていまだにあのときの余韻を楽しんでいるのだ。この男昨夜は上々の首尾だったにちがいない。

舟宿の女房深みへついとつき　八4
猪牙で小便千両もすてた奴　一三16
猪牙に酔うとは天命につきた奴　一〇21

吉原へ船を出す船宿は柳橋と山谷堀でズラリと軒を並べていた。灯ともしごろから船宿は忙しくなる。「舟宿」の句は、次から次へと客を送る女房はニコニコ愛想をふりまきながら、船頭が棹をさすのに合わせて「機嫌よう」と猪牙舟の艫《とも》を「ついい」と押し出すのである。川の深い方と恋の深間《ふかま》へ突き出すのを掛けた句である。猪牙舟には薄べり、煙草盆、煙草に点火するための火縄箱を必ず積み込む。川風の冷たい折には蒲団も積むのである。「猪牙で小便」の句は、猪牙舟はスピードが出るが横揺れもひどかった。すわっていても船の縁をしっかり握っていないと落っこちそうになる。それをこともあろうに平気で立小便するなんて信じられないことだよ。一体どれだけ猪牙で通った男なのだろう、千両も使わないとあんな芸当ができるわけはない。「ひらり乗る猪牙は元手の入《い》ったやつ」（五13）。猪牙は細身でしかも揺れるから乗るにもコツがいる。「ひらり」と苦も無く乗り移ることができるのは吉原へ通いなれた男だろう。「猪牙に酔う」の句は、そんな猪牙船だから船酔いする男がいても不思議じゃない。ところが江戸っ子は酔うやつに同情するどころか反対に嘲笑する。吉原に行くのに舟酔いを起こす野暮夫は「天道」に見放された野郎だ。こんな野暮天が女郎買いに行くとはちゃんちゃらおかしい話だぜ。

衣紋《えもん》坂夜は壱人《ひとり》明け二人《ふたり》明《あけ》　拾八6

衣紋坂は吉原の土手から大門《おおもん》にむかう坂で、遊客が吉原遊郭に入る前にここで衣紋を改めたことからの名である。「衣紋坂」の句は、翌朝は未明から帰宅したものらしい、後朝《きぬぎぬ》の別れの後一人またふたりと帰ってゆくのである。「衣紋坂四斗樽《しとだる》ほどな日があたり」（拾七4）。昇ったばかりの朝日がずいぶん大きく寝不足の目にはまぶしい。ちっとばかし後ろめたい気持ちのある朝帰りである。衣紋坂から大門《おおもん》にいたるまでの途中を五十間《ごじっけん》と言い両脇に引手《ひきて》茶屋があり、さらに大門をくぐると中央通りを仲の町《なかのちょう》と言った。「吉原の背骨のような仲の町」（三〇2）。両脇にはずらりと遊興の家屋が並んでいた。

## 張見世《はりみせ》

吉原では、暮六つ（午後六時）から夜間の営業が始まるがこれを夜見世といった。妓楼では屋内に祀ってある縁起棚に燈明をあげ鈴を鳴らす。それを合図に三味番の新造か内芸者が清掻《すが》きをじゃんじゃんにぎやかに弾きたてるのである。

清掻は三味線をにぎやかに弾きたてるが唄はなくにぎやかなだけである。この間に遊女たちは格子の間《ま》に出て居並び遊客の見立てを待つのである。これを張見世という。

中にかからせ給うのが三分也《さんぶ》　傍二9

三分は昼三《ちゅうさん》とも呼び揚げ代が三分の吉原の上妓《じょうぎ》である。遊女の階級と揚げ代の実態は案外に分かりにくく諸説があるがここでは省略する。最高の上妓はかつては太夫《たゆう》であったが柄井川柳が活躍した宝暦のころには太夫も揚屋も存在していない。宝暦の頃の最高位は昼三だが、実際にはとても三分で済むものではなく付随的な諸費用心づけなどで相当の散財となった。昼三は最高位であるので張見世でもでんと中央にすわるのである。それを寺社などのありがたい宝物を拝見したりするときのように「中に掛からせ給う」と女郎を宝物あつかいしている。「あれがさせるかというような三分也」（籠三24）。目くるめく美々しく神々しくおそれ多いようで、本当にお相手をお願い出来るものであろうか。

江戸町《えどちょう》へ戻れば初手の顔はなし　二13

遊客が江戸町でいったんあの女と見立てておいて、もっといいのがいるかもしれないとほかの張見世を物色してまわったが、やはり一番先きに見つけた江戸町の女がよかったと思って急いで取って返したのだが、時すでに遅くその女はすでに客がついて張見世から姿を消していたという。前句は「口惜しい事〳〵」でまことに男にとっては残念なことであった。

相ぼれは顔へ格子の跡がつき　初19

張見世で男と遊女が格子をへだてて顔を寄せ合ってひそひそ話をしている。二人は深い仲だが男はあいにく金がなくて登楼出来ないのだ。次は必ず来るからなどと約束しているのであろう。女郎も名残りを惜しんでしばし客を引き留めようとする。その結果離れたときには双方の顔に格子の跡がついてそこが凹んでいるというのである。実景描写をしているようである。

八文字《はちもんじ》あれはこの世の人でなし　宝十三

元吉原当時の遊女屋は、遊女が日常生活している置屋《おきや》と客が遊女を呼んで遊興する揚屋《あげや》とが別になっていた。客は揚屋に登楼して置屋から遊女を呼ぶのである。遊女が置屋から揚屋まで足を運ぶことを花魁道中《おいらんどうちゅう》と言った。花魁道中は実に物々しいもので、露払いの金棒引きを先頭に二人禿《ふたりかむろ》、引舟新造《ひきふねしんぞう》、遣手婆《やりてばば》などが続き若い男が背後から大きな傘を差しかける。遊女は豪華な衣裳を身にまとい片手を若い男の肩にかけ、もう一方の手は高々と褄《つま》をとり、三本歯の塗下駄をはいて足の運び方を八の字をかく形に踏んでしゃなりしゃなりと歩くのであった。遊客はそれを見て天女か女菩《にょぼ》薩《さつ》かと驚き有り難がっているのである。

徒然なるままに昼見世《ひるみせ》文を書き　六〇28

昼見世はよく笑う子を借りにやり　三3

元吉原時代の寛永十七年（一六四〇）以来夜見世は廃止されて昼見世だけであったが、新吉原移転後は昼夜の営業が許可された。「徒然」の句は、昼見世は夜見世のように登楼する客も多くなかったのでひいき客に手紙を書く遊女の姿も見られた。手紙は男の家に直接届けると奥方にばれてしまうので船宿気付にしてあるのだ。「昼見世」の句は、客が少なく遊女たちも退屈なので、禿などに命じて廓内の商家などから幼児を借りて来させ皆であやしたりして退屈をまぎらす。当然人見知りせずよく笑う子に人気が集まるわけである。「手の筋を格子の外へ出して見せ」（一〇8）。近所の子供と遊んだり格子の前を通りかかった顔見知りの手相見に手相を見てもらったりと遊女たちはひまをもてあましていた。

## 素見物《すけんぶつ》

別に遊女を買う目的もなく冷やかし半分に漫然と見物して歩くのを素見物といい、その客を素見客というがいずれも略して素見とも呼んでいた。

むく鳥が来ては格子をあつがらせ　　初8

椋鳥《むくどり》は農閑期に信濃から江戸へ出稼ぎにやって来る大飯喰らいのいわゆる「信濃者」の異名ということになっているが、おそらくそれが原義で、さらに信濃以外の田舎者にも広く用いられた蔑称である。田舎者の一団が吉原見物に来て、遊女屋の張見世の格子の前にちょうど椋鳥が群れをなすように立ちふさがって無遠慮にじろじろ遊女を眺めているのである。風通しは妨げられるし第一いやな感じなので中の遊女たちはうっとうしがり暑がるのである。江戸市民は江戸が最高の町と自負する都会人的優越感から吉原見物の地方人を嘲笑し戯画化しているのである。「素見が七分買うが三分なり」（天二鶴）。登楼する者よりも素見のほうが七分三分と多かったのだから、素見は吉原の華やかさを盛りあげる役割を果たしていたのである。

素見物買わばあいつと指をさし　　三37

遊女や遊里の状況を見て歩くだけでひやかしのくせして、もし俺が買うとすれば絶対あの女だなどと指をさしている。金もないくせになかなかうるさいことをいう男だ。「素見物そのくせ念に念を入れ」（三22）。一軒一軒熱心に見世を見て回り、あの女はこうこの女はああとなかなかうるさいことをいう。「素見物見ている顔をあげられる」（四23）。いい女だと思って見ている女が買われてゆくと、畜生めあの野郎うまくやりやがってと素見でも口惜しく思うのだ。次の張見世に移り所々で同じような経験をするのだろう。

## 遊女（傾城）

遊女という言葉は公娼を指す呼称である。公娼というのは徳川幕府が営業を公認している遊女のことで、営業の場所として遊郭が許可されているわけで公許以外の私娼はすべて売女《ばいた》と称した。吉原以外はみな私娼だから深川あたりの女郎でも普通遊女などと呼んだりはしない。傾城という言葉は、「北方に佳人あり、絶世にして……ひとたび顧れば人城を傾け、ふたたび顧れば人国を傾く」と『漢書』外戚伝にあるように、元は傾国傾城の美人といって美人の形容だったのが後に遊女のことを言うようになった。「傾城は三人あとは遊女なり」（二二41）。傾城という言葉どおり城を傾け国を傾けた大名がいた。仙台伊達綱宗は高尾、尾張徳川宗春は春日野、姫路から越後高田に移封《いほう》（国替え）された榊原式部大輔は高尾である（高尾の名は代々襲名された）。この三人の遊女は文字どおり国を傾けたので傾城で、あとはただの遊女だと言っている。

はなやかで美しく、また苦しくて悲しいのが遊女の姿である。男をたぶらかす偽りの手練手管を弄し、性の切り売りをする明け暮れの中にも、やはり人としての自然な感情が生きているはずである。「寝入った顔の凄き傾城」（眉斧日録《びふにちろく》二）。夜半にふと目がさめた客が見た傾城の顔である。はげかけた濃い紅、白粉が不気味である。歓楽のあとの疲れで熟睡しているためばかりではなさそうだ。粋だの通だのといっておだてあげ、言いたくもない嘘をつき演技をして男から金を巻き上げるが、それもこれも、自分や家族が生きてゆくためにやむを得ずやっているのである。

傾城の枕一つは恥の内　　三10

腕のいい遊女は多くの馴染客を持っており、どの客とも上手に交際しどの客にも好かれる技量を持っていた。遊客にしてもそういう遊女でなければ遊んでも面白くないわけである。家庭から男を奪うことを建前としている遊里は、一般社会と異なった廓の制度や言葉を考案し洗練された技巧を磨き、これを廓の情緒と称し男心をくすぐったのである。古川柳はこうした廓の情緒をごく短い言葉で表現しているのだが、吉原のことをよく知らない後世のわれわれには、古川柳の言っている吉原の本当の味というものはまだまだわからないことが多い。さて、句の「枕一つ」、つまり独り寝は傾城には恥になる。金ゆえに肌身をゆるすのは社会的には恥だが吉原ではこういうモラルが逆になるのである。

夢に見んしたと真赤なうそをつき　拾七11

遊女は嘘をつくものと決っている。大好きなあなたの夢を昨夜見んした。そしたら信じられないことだけどこのようにあなたは目の前にいるじゃない。今日は最高に嬉しい日だわなどとそらぞらしい嘘を平気でつく。のぼせてしまった客はコロリとまいってそんな嘘を信じてしまうのだ。「嘘つかぬ傾城買うて淋しがり」（拾七7）。嘘とわかっていても嬉しがらせを言って貰いたいのが人情だし、そんな嘘をつく女がまた可愛く思うのが男心なのだ。傾城はそれを承知で振舞っているのだ、相手は一枚も二枚も上なのだ。「勤めでもわっちゃ嘘はとおつにつき」（二五29）。こんな商売はしているけれど私は嘘はつかないなどと女郎はおつなことをいうがそれがすでに嘘である。「傾城に嘘をつくなとむりを言い」（一六29）。

まあでなくはっきりうんといいなんし　八七9
どうでもしいすから下に居なんしょ　一九26

「まあでなく」の句は、金の無心だろうか男の返事が曖昧で歯切れが悪い。「うんといいなんせんとつめりんすによ」（三一20）。男が煮え切らないので女はひと押しに押してくるここが女の腕の見せどころだ。「三蒲団《みつぶとん》うんといったがそれっきり」（一七17）。三蒲団という三枚重ねの最高級の蒲団がある。普通遊女が馴染みの大尽から贈られるものであったが実は無心して買ってもらうのである。縮緬や緞子などで作った立派なもので莫大な値がしたものである。この蒲団に初めて枕を並べることを敷き初めと称して楼内一同へ蕎麦を振舞ったものであった。「誰にもこうすると思いなんすなよ」

（末三1）。その夜はおそらく反対給付として濃厚なサービスがあるはずで男は天にも昇る心地になるはずだ。「どうでも」の句は、お腹立ちはわかるが私が何とでも話をつけるからまあそういきり立たずに座ってて下さいよ。男は甘っちょろく見られてなめられたら沽券にかかわるから、女の手前ちっとばかしキリリとしたところを見せたいのだ。「よういろいんな事いいなんすのう」（二一5）。次から次へよくまあ無理を言って困らせるお人だねえ。しかしあまりやり過ぎると「過ぎたるはなお及ばざるが如し」で女の方もあきれてしまう。花魁《おいらん》（アリンス）言葉は、地方出の娘が土臭いお国言葉を話すのでこれを改めさせるために喋らせたものであった。

くぜつ文《ふみ》半分頃で畜生め　　五38
あいみては文ほどにない女郎也　　傍二9
傾城の手跡大かた信田流《しのだ》　　五七15
文を書いては取っといて病み出し《いだ》　　二一7

遊女はまめに手紙をかいたらしい。客の呼出し、金の無心はもちろんだが気にくわない客を振るために寝床を共にしないで手紙を書き続けることもあった。「くぜつ」の句は、口説は男女間でかわされる痴話喧嘩みたいなものである。少し足の遠のいた男に遊女がその不人情をせめているのであろう。恨みつらみがめんめんと述べられているのである。それは男に対する女の心の丈を精一杯述べているのだ。その手紙の半分ばかりよむと男はもう嬉しくてうれしくて、思わず、畜生め、なんて可愛い女なんだ……。これじゃすぐその晩飛んで出かけるに決まっている。「あいみて」の句は、「逢い見ての後の心にくらぶれば昔はものを思はざりけり」（藤原敦忠『拾遺集』）の文句どりである。手紙ではいかにも恋い慕い首を長くして待っているように書いてあったけれど、出かけてみると何だ手紙ほどでもなかったじゃないか。「傾城」の句は、手紙には男心を酔わせ惑わせる甘い言葉が面々と連ねられているけれどそんなのはみんな嘘っぱちだよ、なにせ傾城は狐の生まれ変わりで嘘がうまいのだから。遊女は昔から狐にたとえられているからここは「信田流」なのだ。「文を書いて」の句は、遊女はいやな客なので相手をしたくない。だから客の寝ているそばで文を書いているのである。客の方は催促して野暮な男と思われたくないから女の好きなようにさせているが内心はうずうずしているのだ。見栄っ張りの男はしかし平静を装うために寝たふりをするのである。「空軒《そらいびき》こころで笑い文を書き」（一三30）男が狸をきめこんで空軒をかいている。それを馬鹿な奴だと心で笑いながらいつまでもいつまでも文を書く遊女である。ところがいつまでも書き続けるわけにもいかないからほどほどで止めたいが、やっぱりこの男の相手はご免である。そこで奥の手を打つわけだ。顔をしかめ急に癪《しゃく》が起ったように病気を装うのである。可哀そうなのは男である。「居るもごうはら帰ればねからの損」（一六26）。こん畜生め腹の立つ女郎だ、と言って何もせず帰れば丸損だ。これほど嫌われた男も哀れである。

江戸へ来て国の縮《ちぢみ》へ手を通し　　四八25

縮織は遊女の故郷である越後の名産である。貧しくてそれを着たことはなかったが吉原へ売られてきて初めて身につける身分になった。何だか嬉しいような悲しいような複雑な気持ちである。「角兵衛獅子廓《くるわ》で姉に廻り合い」（一〇六34）。越後獅子も越後の芸能である。角兵衛獅子の少年が諸国をめぐってたまたま吉原にたどり着き芸をしたのである。そこで思いもよらないことに、今は女郎になっている姉にばったり出会ったのである。何年ぶりのことか思わず息をのんで顔を見合わせ駆け寄る姉と弟であった。芝居の舞台を見るような光景である。

## 初会　裏　三会目

初会にはみだりに台へぶちまける　八31

客が遊廓において始めて遊女に逢うのを最初の出会いという意味で「初会《しょかい》」という。客は敵娼《あいかた》（相方）を定め引きつけと称する一室でその敵娼なる遊女に対面する。酒肴を取り寄せて客と遊女が一献くむようなことがある。「十人が十人初会たべんせん」（拾七19）。遊女は客とは離れて坐り、酒は飲むかと聞かれると十人が十人とも「たべんせん」というそっけない返事をするのである。「たべんせん」は「お酒はいただきません」という廓言葉である。さされた酒も飲まず食台の盃洗にぶちまけて置いて客に返盃したりするのである。「初会の夜まず商売と年をあて」（三二43）。初対面同士で共通の話題がないから客の職業や年齢をあてる程度の会話であったであろうが、短い会話の間に互いに相手を観察していたであろう。次いでその遊女の案内で遊女の居室である二階座敷に通される。客を寝所の蒲団に入れると遊女は着換えると称して一旦奥へ引き取るがその後なかなか出て来ない。客に気を持たせているのだ。客も初会とはこういうものなのかと成り行きに身を任せるしかないのである。

後《のち》のシテしごきでばたりぐ〵来る　五22

さきの遊女が、寝間着である緋縮緬の長儒絆に紫のしごき帯を前結びにして懐に鼻紙をのぞかせぶ厚い上草履を素足につっかけて、ばたりばたりと廊下を響かせながらやって来る。一旦楽屋に入った能舞台のシテが着付けを改めて再出場することを「後のシテ」もしくは「後《のち》ジテ」というが、遊女のやってくる情景を能舞台の「後ジテ」の出にたとえたものである。上草履の「ばたりばたり」という音を客は寝床の中で聞き耳をたてて、さあいよいよだと胸をときめかせているのだ。

初会には道草を食う上草履《うわぞうり》　初4

遊女が着換えるとか夜食をとるとか口実を設けて出て行ったまま長時間帰って来ないのは他の客と逢っているのである。すなわち、廻し床と称して他の客の寝床に入っているのである。一方待ちぼうけをくわされた客は、廻し床を承知しつつ遊女の用務のすむのを待っているわけである。それは、互いに口に出しては言わない廓の公然の秘密であったのだ。これを俗に粋《すい》とも達引《たてひき》（意気地を張り合うこと）ともいわれる廓の情緒であったわけである。

みす紙を寝なんしたかと下に置き　二24

遊女が出て行ったなりなかなか帰って来ないので、客もついに待ちくたびれてうとうとと半ば眠ってしまう。その頃に遊女が寝室に入って来て「もうお休みですか」といいながら懐ろに入れた小一帖の鼻紙を出して枕もとに置くというのである。女郎の来るのが遅いので客は腹を立てて寝ていたらしいが、前句が〈うきうきとする〳〵〉だから実は狸寝入りだったようだ。「みす紙で小言ぬぐって取《とつ》たよう」（四九21）。待たされて不満だったとしてもなにすぐ機嫌を直してみせます。

うらの夜は四、五寸近く来て坐り　　拾八1

はじめては初会で二度目を「裏」（二回目）といった。初会が一回の表とすれば二回目はその裏に当るわけである。「裏を返す」という言葉もある。二回目に客が同じ店に登楼すると、同じ遊女が相手に出て来るのが廓の習わしであった。初会にくらべれば親近感も生まれるわけでちっとばかし身近に座る。三回目になると客と遊女は一段と親密の度を加えるからこれをなじみといい「三会目」などともいう。

国府《こくぶ》より手ざわりのいい三会目　　二三9

「国府」は、民謡の「花は霧島たばこは国府」の国府で薩摩刻《きざ》みともいい最高級品の煙草である。匂いもよく刻みも細かく手ざわりの軟らかな得もいわれぬ感触の煙草である。その国府より手触りがいいという評価を下しているのが三回目で、これによって何ものかが象徴されているわけである。それは俗界にないほどに洗練されしかるべく手入れもされていてまさにこれこそ極楽というものであろう。「三会目箸《はし》一ぜんの主になり」（二一21）。三会目には客には専用の箸が出る。箸袋には客の紋や名が記され遊女の部屋の茶箪笥に置かれるという。いい気分にさせられますます金を使わされることになる。

寝なんすとつめりいすと三会目　　筥初9

男の肌はあざだらけである。きわめて親密な有り様である。「三会目わたしゃつめとうありんすよ」（一九ス4）。「三会目わっちゃふとっていんすによ」（二二15）。……という次第であった。

きぬぎぬの口舌《くぜつ》は帯を手にからみ　　明二
きぬぎぬの跡は身になる一と寝入り　　七14

一夜を共にした男女の翌朝の別れを後朝《きぬぎぬ》という。それぞれ自分のきぬ（着物）を着て別れるからだという。前夜の哀歓の名残があり、客の心をつかんでまた来る気にさせられるかどうかここが遊女の腕の見せどころである。口舌は痴情の口論みたいなもので、恨み言やいやみを言ったりひねくれたり腹を立ててみたりする色気たっぷりの駆け引きまじりのやり取りである。帯に手をからんで離したくない素振りをするのも客の心をとらえようとする遊女の演技である。後の句は、客と同衾していては身も心も窮屈で眠れない。寝不足だし疲れているから客を見送るのはつらいけれどこれも商売だから仕方がない。やっと客を送り出した遊女は急いで温かいふとんに飛び込むのだ。さあてさてやっと客は帰った一人になれた、これから手足をのばしてゆっくりと寝直すとしよう。

## 新造《しんぞう》

新造とは新造女郎のことで十六、七の若い女である。禿《かむろ》あがりでまだ振袖もとれない遊女の見習いのような者で振新《ふりしん》（振袖新造）といった。またその古参を番新（番頭新造）といい、いまだ一本立ちの部屋持ちでなく遊女付の妹女郎といった格である。

新造は入れ歯をはずして見なという　　拾六30

古川柳では新造の客は老人ときまっている。新造はまだまだ子供で世間知らずであどけないから、老人客には何をいっても愛嬌として許されるらしい。老人が入れ歯をつけたりはずしたりするのは子供心には不思議に見えるものだが、おじいちゃん入れ歯をはずして見せてよと、とんでもない所望をしている新造である。「奥底のない子と隠居大はまり」（七37）。それでも隠居は怒らずに、無邪気で悪気がないと大いにご満悦である。

新造をひや水が来てあげる也　　傍初20

年寄りらしくない粋興な行為をすることを年寄りの冷水という。年甲斐もなく女郎買いとはまさに年寄りの冷水である。「新造は小便ごとに杖の役」（宝十二宮）。年よりは年が年だからなにが近い、新造はそのつど杖になって付き添うことになる。「提灯を下げて宝の山をおり」（宝八天）。提灯は年よりの持ち物のことである。せっかく宝の山に入りながらむなしく下山せざるをえなかった。「ひや水を呑んで息子にしかられる」（筥四30）。どら息子が女郎買いをして親父に叱られるというのは世間ではよくある話だが、この家では息子は真面目な男なのだろう、息子が親父の女郎買いを叱っている。

新造は振る気ではなし寝る気なり　八20

新造は古川柳ではいつもねむたがることになっている。若くてねむりたい盛りだから寝床に入るとすぐに眠ってしまうのだ。この句も客を放りっぱなしにして白河夜船だがそれは別に振る気ではなくてともかく眠りたい一心なのだ。しかし客は完全に振られた形で興ざめしてしまっているはずである。「酒は冷め新造は眠る日は消える」（八五16）。これは最悪の事態だ。いったい俺は何をしに来ているというのだ。帰りたくなるのは当たり前だ。「新造の鼻をつまんでかえりけり」（宝十二）。新造の客は隠居の老人が多く早起きである。新造は首をとられても目が覚めないばかりに熟睡して客が帰るのも知らない。隠居は新造の鼻をつまんで帰って行く。

紙燭《しそく》して見たを新造くやしがり　七29

蚊帳の中の出来事である。新造は姉女郎に頼まれて名代《みょうだい》となって客の床に来ている。名代というのは遊女に客がかさなった時に妹女郎の新造が代理として客の部屋へ行くことである。「名代をもう帰ろうの番につけ」（傍初47）。あてが外れた客が待ちくたびれて帰りたくなるのを防止するために名代を出すのであるが、客は名代女郎には手をふれることは出来ない習わしなのであった。そんなのないよと思うがこれが廓の習わしであった。夜半に蚊帳の中に紛れ込んだ蚊が気になって寝つかれない。客はやむを得ず「紙燭」に火をつけて蚊帳の中で蚊を追い廻わしていた。その時ふと新造の寝乱れ姿が紙燭のあかりに浮び上って見えた。しかし紙燭の炎ではよく見えない。半ば好奇心で紙燭を近づけると新造が急に目を覚して紙燭をひったくったのである。さては熟睡している間に大切なところを見たに違いないと大いに腹を立てたというのである。この句の前句は「見えわかぬ事〳〵」となっているからこれがそのまま客の返事になっている。ハハハおこるなおこるな。はっきりは見えなかったよ。お前は寝相がよくて見えるはずがないじゃないか。

笑わせなんなと新造来てすわり　一六2

新造は十六、七で箸が転げてもおかしい年頃なので客の前で笑ってばかりいる。しかし笑うと苦しいから笑わせてくれるなと坐る前からことわる。「もう笑うまいと新造かしこまり」（一四9）。新造が笑っても別に誰にも迷惑がかからないのに勝手に笑わないと決めてかしこまっている。「わらわせて見なと新造しゃちこばり」（二〇19）。箸が転げてもおかしい年ごろだが、今日はめったなことでは笑わないからとキリリとした表情で座り、さあやれるものならやってみなといっている。そういう傍からもう笑い出しそうな新造だ。

鼻息の序破急《じょはきゅう》新造伝授され　九九107

序破急は能や人形浄瑠璃などでいわれるが、序は導入部でおもむろに、破は展開部で変化に富ませ、急は終結部で短く躍動的に演じることだが、遊女は客を喜ばすために心得なければならない第一番目の極意は鼻息であり、事に当っていかにも感応したかのように緩急よろしく鼻息をきかせる法があるらしく、新造はそれを姉女郎から伝授されるというのである。「有たけの智恵で新造くぜつ也」（六八14）。口説は痴話喧嘩の口争いのようなものでこれも手練手管の一つだ。口説を上手にやることによって客の気持をひきつける。姉女郎の客との応酬を見習ってまだ幼いがありったけの智恵をしぼって口説をならべる。「新造のはや胸ぐらを取覚え」（田辺貞之助『古川柳風俗事典』より）。客の胸ぐらをつかんで、マアようもようも……と焼きもちをやいて大立ち廻りをするのもこれも手練手管のひとつなのだ。こうして新造はだんだん色の道の修業をつんで行くのである。

## 禿《かむろ》

禿から目にもろもろの罪を見て　二6

禿はかむろともかぶろともいう。七、八歳から十三、四歳までの少女で遊女の身辺の世話をする少女である。まだ無邪気なところもあるのだが、行く行くは狐と狸の化かしあいのような遊里でいっぱしの遊女となる身である。幼くても色事には敏感で少しは気転もきく。「目にもろもろの罪」は、「目にもろもろの罪を見て、心にもろもろの不浄を思わず」という三社託宣《さんしゃたくせん》の文句取りである。およそ仏教でもろもろの罪とされるものを「禿」はことごとく見ているというのである。

禿よくあぶない事を言わぬなり　初9

遊女というのは色々の秘密をもつが、その身辺にあって雑用をする禿は差し障りのあることは本能的に知るとみえて客の前では決して口にしない。子供ながらも充分に躾けを受けており、それに敏捷で利口であるから目にもろもろの罪を見ても絶対に口外しないというのである。年端もいかないのにかしこいものである。「物になる禿即席嘘《そくせき》をつき」（二九32）。正直をつくなと日頃禿は言われている。嘘で固めた世界だから正直は厳禁なのだ。実に見どころのある禿である。

禿こうべをたれて古郷《こきょう》をおもう　　安五

李白《りはく》の「静夜思《せいやし》」の文句取りである。「牀前《しょうぜん》月光を看る《み》　疑うらくは是れ地上の霜かと　頭《こうべ》を挙げて山月《さんげつ》を望み　頭をたれて故郷を思う」。寝床の前に月の光が白く差し込んでいるのを見て、地上に降った霜ではないかと見まごうほどである、頭を挙げて山の端にかかっている月を眺めているうちに故里のことを懐かしく思いおこされ、頭は知らず知らずうなだれてゆくのであった。幼い禿も故郷や父母を思って懐かしくまた淋しい時があるであろう。「手がききんせんとめそめそ禿泣き」（七39）。小さい禿が寒い日に水働きをさせられ手がかじかんできかないと泣く。「つめられぬようにと禿願《がん》をかけ」（八7）。吉原の東側奥の河岸通りに九郎助《くろすけ》（黒助）稲荷というのがまつられ女郎たちはそこで願をかけた。「九郎介へ化けて出たいの願ばかり」（拾六14）。女郎は狐と称されるのでその縁語で「化けて出たい」と稲荷（狐）に願をかける。身請《みうけ》されて人妻か妾に化けて廓を出るか、あるいはまた男装して廓から逃げ出すか女郎は願をかけるのである。ところが禿もそれをまねて願をかけるのだが、可憐にも、なんと、つねられないように……と願をかけるのだ。

隅《すみっ》こへ来ては禿の腹を立て　　初10

遣り手婆々《やりてばば》にひどく叱られでもしたのだろうか不満を聞いてもらえるような相手もいない。物陰でひとり憤慨している。「しかられた禿たんすへ寄りかかり」（初41）。禿はしゅんとしてタンスにもたれている。叱られてばっかりでもう嫌になっちゃう。

文の末禿の風《かぜ》も書いてやり　拾六23

あなたに逢いたいとか金の無心をするとかが女郎の手紙だが、手紙の結び前に禿の風邪をちょっと書き添えてやったというのである。自分つきの禿を贔屓にしてくれるなじみの深い客なのであろう。こういう調子の手紙はいかにも打ちとけた気分があって男の心をとらえそうである。「温石《おんじやく》を淋しく禿焼いている」（明二礼）。温石はカイロの役をした石である。唯一の味方の女郎が病気になったのであろうか、女郎を暖める温石を焼く禿は女郎を気づかって淋しがっている。

戦国時代を経て徳川の天下となり江戸が武家政治の中心になると、徳川に従って諸国から集って来た武士たちを住みつかせ発展をはかるためには、まず食い物屋と娼家が必要であった。これはいつの時代いづれの土地においても新開地の発展には常識とされていた。江戸の娼家はまず江戸城の周辺に発生し勤番の武士によって発展した。慶長の頃には外堀を取り巻く風呂屋の続出で湯女《ゆな》がまずあらわれ、寛永の中頃から売女化したがその他の私娼家も所々に散在していた。遊女街は市中のそこここに秘かに発生していて特に定まった場所があるわけではなかった。これを一廓にまとめたのが吉原遊廓で、元和三年（一六一七）に官許となり元和四年十一月吉原遊郭が開設された。ここにわが国の「公娼」制度が始まったのである。吉原遊廓が開設されてから江戸末期まで二五〇年。明治大正へとつづき昭和三十三年（一九五八）

の売春防止法が完全施行された終焉期までを通算すると優に三四〇年を数える。

吉原遊廓が開設された時、幕府が吉原遊廓に対する基本方針を明示したのがいわゆる「元和五ヶ条」であった。「傾城町の外、遊女屋商売致すべからず、並に傾城町囲の外へ、何方より雇来り候とも、先々へ傾城をつかわし候事向後一切停止たるべき事」など、吉原遊廓を許可した代りに今後は市中の娼家は一切認めないと云うのであった。問題の多い遊郭ではあったが徳川幕府はむしろ娼家の温存政策を考えていたのである。吉原は、新興都市江戸の発展とともに歩み、文化、風俗、言語、その他もろもろの時代相の底流として流れつづけた。明暦三年（一六五七）、日本橋の地から山谷へ移って以後の新吉原時代は名実共に江戸文化の中心であり江戸庶民の一大社交場となった。多くの新興文芸がこの地を基盤として生まれ、浮世絵もまた多くはこの廓を母体として花を咲かせた。しかしそのはなやかな文化の流れの底によどんだ淵にうごめく多くの人々のいたことを見のがすわけにはいかない。実際、この特殊地帯を構成する人間模様は必ずしもきらびやかでも艶《あで》やかでもなかった。そして、この明暗両面を把握してこそ真の吉原が理解されるのである。

# 第十章　破礼句

古川柳はそのよまれた内容によって高番句《たかばんく》、中番句《なかばんく》、末番句《すえばんく》に分類される。高番句というのは国家、慶賀、神仏、当世讃歌等をよんだ句で、どちらかといえば真面目で四角ばった内容のものである。中番句というのは世態、風俗、人情等の人事百般を題材としたいわば気楽な句で、末番句というのはいわゆる艶種で、恋愛、性愛、あるいは花町の消息などのいわば下品に属する句で一般に破礼句と呼ばれている。

性愛は民衆にとって興味ある題材である。これは誰でも経験としてもっているので容易に笑いをひき出すことができる。しかし、社会一般の常識として、下品の部類に属する性愛についてのことは通常はつつしんで差し控えることが多い。ところが万句合《まんくあわせ》（学習編参照）において比較的公然と発表する機会があるとすれば、ひとつやってみようかという気になるのである。人前で秘すべき事柄を臆面もなくよむのは確かにスリリングな挑戦である。そして実際この性愛をよんだ破礼句を集めて『末摘花《すえつむはな》』という句集が出版されている。しかし、やはり性愛を題材にしたものは色眼鏡で見られがちであるので、猥褻性のみをよんだのでは世間から顰蹙を買うことにもなり、また芸のないということになるので、下品な句はそれをカバーするかのごとく高度な知性を働かせている。ともあれこれらのいわゆる下ネタをあつかった句は、ずいぶん下品ではあるが江戸の文化風俗を鮮やかに写し出しており、古川柳の特徴を遺憾なく発揮していること

とは間違いない。

## 貝のこと

蛤《はまぐり》は初手《しょて》赤貝は夜中《よなか》なり　末初2

『末摘花』初篇の最初の句である。婚礼ではその祝儀膳に蛤の吸い物をいただくことから始まる。お婿《むこ》さんは初めに蛤の吸い物をいただき、宴果てて後、初夜の床でこんどは赤貝をいただくという句である。貝の名を二つならべて洒落たのがこの句のポイントであることは言うまでもない。貝というのはすべて女性の大切な場所の異称であるから、この句は破礼句の要件をあからさまに備えている。ところが、卑猥な雰囲気をかもしだしておきながらおめでたい場にふさわしく明るくまとめている。これが江戸っ子の粋《いき》好みであろう。

蛤に婿殿ばかり二度すわり　安二智4
蛤がすむと雀を立てまわし　九八70

前の句は翌年に出た句である。古川柳は類句が実に多くこれなども二番煎じであるが、軽妙に譬喩的に表現しているのでどちらかといえば性が明るく表現されている。後の句は、床入りには普通寝所を隠すために雀形《すずめがた》の屏風を立てまわす習慣があった。

婚礼に蛤の吸い物を出す習慣は八代将軍吉宗の頃からはじまったといわれる。

蛤貝《はまぐり》は三千世界を尋ねても、外の蛤貝と合ぬもの也とかや　高田與清『松屋筆記』巻五三

蛤の殻はほかの蛤と合わないので夫婦以外のものに心を通わさない戒めの意味が込められていて、婚礼には上下ともこの吸い物を用いるのが習慣となっていった（岡田甫『川柳末摘花詳釋』）。そして、吸い物はその汁を吸うだけで身は食べないのを礼儀としたのは左の句でわかる。

蛤は吸うばかりだと母教え　三一18
蛤吸物を喰って叱られる　安四叶2

ところが、この習慣は江戸だけのことで上方では主として鯉汁を用いていた。古川柳はすべて江戸人の生活を中心として考えねばならないことは留意すべきである。

さて、貝にこだわって恐縮であるが、女性の大切な場所を貝類にたとえるのは昔からのことで古川柳に限らない。貝は発音が開に通じるからでもあるがむしろ形からの連想であろうといわれる。古川柳ではこの貝について数多よまれており、洒落やうがちをきかせ江戸人の粋《いき》好みや通《つう》好みを知るうえにおいて参考になると思うので今すこし例句をあげてみたい。しじみ、あさり、はまぐり、あかがい、とりがいなど貝の種類もいろいろで、それぞれ、幼女、少女、適齢期、

成人、商売女という風に言い分けている。

筒井筒《つついづつ》そばにしじみととうがらし　八四30
あさりの軍功蛤を申し受け　八四3
蛤に追いかけられてほらの貝　拾四16
蜆に松茸釣り合わぬ急養子　一一七10
蛤になったに母はしじみの気　田辺貞之助『古川柳風俗事典』より
蛤の出るまでまくる潮干狩　六三2
蛤に母は幟《のぼり》をふかせる気　拾二12

「筒井筒」の句は伊勢物語第二十三段の世界である。田舎めぐりの行商の子供たちが仲良く井戸のそばで遊んでいた。「とうがらし」は男児のことで「しじみ」は幼女である。「あさりの軍功」の句は、鎌倉の武将浅利与一（義遠）が、巴御前とともに女傑の代名詞として巴板額《ともえはんがく》として知られていた板額御前《はんがくごぜん》を源頼家からたまわった歴史的事実をいう。「蜆に追いかけ」の句は、道成寺伝説の安珍清姫の世界である。「蜆に松茸」の句は、幼女と成人男子の結婚だが釣り合うようになるまでしばらく時間がかかりそうである。「蛤になったに」の句は、母にとって娘はいつまでも子供にみえるということ。「泣くことはないとにわかに小豆飯《あずきめし》」（拾一38）。娘が初潮で驚いて泣くのをなだめて、一人前の女になったのを祝うために母親はいそいそと赤飯を炊く。「蛤の出るまで」の句は、しじみやあさりは割に浅いところにいるが蛤は裾をまくらないと採れない深いところにいるわけで、あまりまくると別の蛤が顔を出しますよとふざけているのである。「蛤に母は幟」の句は、蛤は蜃気楼を吹き出すと言われている。「蛤にふかせる」とは蛤に色気を吹き出させることであり、「幟をふかせる」とは男の子を生んで鯉の吹き流しをあげさせることをいう。すなわち、蛤になった娘を奥女中に出し、はやくお手をつけてもらって男の子を生んでお部屋さまになってくれたらよい。そんなことを目論んでいる母親である。

## 女房と亭主

夜ふけては内儀ずいぶんころし泣き　明二桜
そこかいてとはいやらしい夫婦なか　末初3
寝たふりで夫にさわる公事《くじ》だくみ　末初2
女いかんとする其声よし　末四30
そちは二世あれは三月四日まで　明八桜

「夜ふけて」の句は、夫の横暴や姑のいびりにあって辛い日々をおくっている奥方が夜中にひとり涙しているわけではない。普段はとりすまして気取っている女でも閨房ではこうなのだ、お高くとまっていてもどうせ女の正体はこんなものさと愛欲の世界を暴露しているのである。「そこかいて」の句は、細君が人前もはばからず、アア痒い痒いお前さん背中をちょっとかいておくれ、……もうちっと下、ンそこ〳〵などと亭主に背中を掻かせている場面である。そばにいる者など当てられ気味で、仲のいいのも結構だがこう手放しではちょっといやらしいよ、いいかげんにしてくれろと言っているのである。この句は為永春水の人情本『春告鳥《はるつげどり》』(天保八年)にも出ているとのことで、『末摘花』の流布がどの程度まで及んだかを知る一例証になる。「寝たふり」の句は、公事だくみは普通訴訟をおこすことだがこの場合はおねだりをすること。寝たふりをしながら寝返りを打った拍子に亭主に触る。もちろんなにの要求に決まっている。要求は男からするもので普通は女からしない。そんな前提をくつがえす暴露趣味である。「気が悪くなると女は冷たがり」(安三桜3)。女が欲しがる時には、アアなんだか寒いわぁとか何とか言って身を縮める。亭主は、おい大丈夫か風邪でもひいたんじゃないかと抱き寄せ温たためる。抱き合っているうちに亭主も催してくるという計算である。「蒲焼の謎を亭主は晩に解き」(安八義8)。女房が亭主に蒲焼きを食わせた。こりゃ旨いこんなご馳走はめったに食えるもんじゃねえと喜んでパクパク食った。ところが、待てよこんな値のはる蒲焼きをなんで俺に喰わせてくれるのだ。首をかしげながら寝床にはいった亭主はたちまちその謎が解けたのであった。「女房のすねたは足を縄にない」(二28)。女房を怒らせてストライキをおこされてしまっては亭主は困る。「またぐらをひっぱたげるが亭主負け」(末初7)。力ずくで意に従わせようとしてもだめなものはだめである。古川柳は、歴史、古典、芸能などの文句をもじった句が少なくないが、「女いかん」の句もまたそれらの技巧を用いている。論語の「鳥のまさに死なんとするやその鳴くこと哀し、人のまさに死なんとするや其の言うこと善し」のもじりである。「そちは」の句は、亭主が下女に手を出して女房に詰め寄られて言い訳をしている場面である。お前と俺とは夫婦なのだ。夫婦は二世といってあの世まで一緒の仲だが下女は三月四日が出替《でがわ》りで先が知れている。まあそうおこるなよとなだめているのである。言葉使いから察すると武士のようでもある。出替わりは、奉公人が雇用期限を終えて入れ替わることで三月五日と九月五日であった。すなわち、下女は三月四日でいなくなるからすぐに縁が切れると苦し紛れに言い訳をしているのである。親子は一世、夫婦は二世、主従は三世という言い伝えがある。いかに気の利いた洒落やうがちをきかせて句をよむかが腕のみせどころなのである。「またぐら」

の句はちょっと乱暴であったが、露骨、直截的でなく婉曲、暗示的でとぼけていて猥褻性より滑稽味が感じられるように思う。

## 男と女

又かえと女房は笑いくより　末初7

新婚生活である。やさしい女房をもらって息子は有頂天である。誰に憚ることもなくいつでもどこでも夫婦生活を満喫できるのである。「嫁が来て息子の顎《あご》を団扇《うちわ》にし」（宝十三義5）。女性に過剰に接触して体力が衰弱することを腎虚《じんきょ》というが、励み過ぎて体力がないものだから「顎で蝿を追う」と言うように、寄ってきた蝿を手で払うのも億劫になって顎で蝿を追う始末になる。

薬《くすり》喰《ぐ》い見ている顔のうつくしさ　二九31

弱った身体に精力をつけるため獣肉を喰うのが薬食いである。獣肉を喰う男の様子を心配そうにみつめている女房は、男の精力を衰えさせただけあって美人である。「美しい女房は後家の相が見え」（七一20）。なにを節制しないと男は衰弱してついには死に至ることがある。そんなことになれば美しい女房は後家になってしまうのだ。「生水《いきみず》も死水《しにみず》もとるいい女房」（七一32）。辛抱できなかった男はとうとう衰弱死してしまった。後家になった女房は死水をとっているが、亭主の生前はたっぷり生水もとっていたのであった。悲しい話だが男にとっては実に本望であったであろう。

口説くやつあたり見い〳〵そばへ寄り　　四37

口説くとは直接的に肉体関係を要求する気分のものであった。それだけに口説く方も口説かれる方も緊張した。人に聞かれるとまずいから近くに人のいないことを確かめるのは口説きの必須条件である。「口説き出す前にしばらくだまってる」（一九23）。口説きを言いだす前につばきをごくりと呑みこんだのであろう。「口説かれて娘は猫にものをいい」（四38）。口説かれた娘は返事に困って恥ずかしそうにしているが、ミイちゃんどうしたらいいかねえなどと猫に相談するのは、こいつはちょっと見込みがありそうである。「こころみにつめって見れば無言なり」（七30）。返事をしないで黙っているので、男は催促するようにちょっと女をつめってみた。手を払いのけないぞ、こいつはいよいよ脈がありそうだ。「口説かれてあたりを見るは承知なり」（拾二26）。男の要求を受け入れるときは、あたりをキョロキョロ見渡して人に見られていないことを確かめるのだ。口説き成功である。「口説かれて紺屋のようなうそをつき」（拾11）。「紺屋のあさって」。空約束でその場のがれをする女もあるからしっかり見極めることが大切である。「遠くから口説くを見れば馬鹿なもの」（一八26）。当人たちにとってみれば真剣だが、口説く光景を関係のない第三者がそれらしいと思ってみれば実に滑稽に見えるであろう。「内ももでちらり〳〵とわなをかけ」（二〇30）。男ばかりではない、中には積極的で大胆な女もいるわけで、着物の裾からうっかり太ももが出てしまったような素振りでチラリ〳〵とみせる女もいるらしい。たいていの男は女のそんな悩殺にはコロリとまいるのである。

忍ぶ夜の蚊はたたかれてそっと死に　拾二7

人目を忍ぶ逢瀬は普通夜であろう。蚊が寄ってきてパチンッと力まかせに叩くと物音がして人に居場所を知られて困る。それも勿論あるが、せっかく二人で味わっている甘いムードが艶消しになってしまうではないか。だから蚊をそっとつぶすように打つのである。そっと死にとよんだのが技巧であろう。

寝てとけば帯程長いものはなし　三39

急にその気になって抱き合って横になった男女である。横になったまま女の帯を解こうとするのだが、たぐってもたぐってもなかなか解けないのだ。心急くというのに帯というのはなんと不便なものであることか。「床でとく帯たぐってもく〳〵」（五八38）。「寝て解く帯は何所までも帯」（『俳諧觿《けい》』一八）などの句もある。単純な表現だが味の濃い句である。

囲炉裏にて口説き落として麦の中　末初23
麦畑ざわざわざわと二人逃げ　末初4

「囲炉裏」の句は、囲炉裏で女を口説いた男が麦畑で逢引をして思いを遂げたというのである。冬に囲炉裏で口説いて夏に麦畑で逢引をするというのはちょっと気の長い話だけれどそんな穿鑿は野暮であろう、ここは素直に二人を祝福することにしよう。麦畑は若い男女が逢瀬を重ねる格好の場所であった。「麦畑」の句は、二人が愛し合っていたところ誰か人が来たのでびっくりして麦の穂をかき分けてあわてて逃げだした光景である。「瓜田《かでん》より大きな不埓《ふらち》麦畑」（六三22）。「瓜田に履をいれず、梨下に冠を正さず」といって人にあやしまれることはするなと古人は教えたがこっちの方はそんな意ではない。瓜畑では姿をかくせないが麦畑なら姿をかくせるからどんなけしからん遊びでもできるのであるという。「馬子唄に二人ひれふす麦の中」（九27）。大名行列ならひれふすのも仕方がないが、馬子唄ごときにひれふすのは屏風がわりの麦の丈がまだ少し低いからであろう。「まじまじと馬の見て居る麦畑」（九三17）。この馬は二人が相乗りにしてきた馬だろう。馬を麦畑の奥まで乗り入れてその下で愛し合っている。馬は長い顔をのばしてまじまじとながめている。「でけえからやあだと麦をふみちらし」（末初25）。「なびかぬと鎌でおどかす麦の中」（一一22）。ちょっと物騒な句である。「あからむと出合の屏風刈り取られ」（末三25）。あからむは麦が茶色になるので麦秋である。そうなるといままで密会の屏風がわりをつとめてくれた麦が刈りとられる。さて「これからはどこですべえと麦を刈り」（末初19）。

## 後家

若い身で安請合《やすうけあい》の後家をたて　八25
若後家で七日〳〵のにぎやかさ　一八2
若後家のたよりになってやりたがり　一五21

「若い身」の句は、亭主に死に別れた若い嫁が後家で通してみせますと言っている。勿論本人は真剣にそう思っているのであるが、前句をみると「馬鹿なことかな〳〵」で、そんな馬鹿なことが通せるはずはないよと端から笑っていることになる。初七日から四十九日までの七日ごとの法事に人が集まって来る。若後家だけに町内の男たちの関心が高いのである。同情だけではないのはもちろんである。「若後家のたより」の句は、そうであろう男なら誰でも若後家のたよりになってやりたがるものである。それが純粋で献身的であれば美談にもなるのだがはたしていかがなものであろう。「後家の生酔《なまえい》させそうで〳〵」（末二2）。若後家が酒に酔ったりするとちょっと砕けた調子になって男とも気安く話すようになる。「おれをしたかろうと思ういい女」（安六）。親しく話すので後家のやつ俺のことを好いていそうだと男のうぬぼれがあたまをもたげる。男が勝手にそう思っているだけだが「据え膳食わぬは男の恥」で、手出しをしないと損するかもしれないなどと迷いもするのである。

あれとかと呆れるやつと後家は出来　　二〇20

「ご亭主と懇意だったとにじり寄り」（一九10）。「こんぱくが屋根にいるのにもうくどき」（傍初34）。亭主が死んだあと死者の魂塊《こんぱく》は四十九日家の棟にとどまるというが亭主が死ぬとすぐに口説く男がいても不思議はない。そんな節度も心得ない男にろくなのはいないけれど、あの若い後家がそんなのとくっついたのを見ると、世間の男は先を越された口惜しさで口走ったであろう。しかし、昔から「蓼食う虫も好き好き」とか「縁は異なもの味なもの」と言うからどんな男と出来ようと不思議はない。そんな男に引っかかったというのも後家には選択の余地がなかったから苦し紛れに一番手近な奴をつまんだのであろう。「柿八年桃栗三年後家半年」（『新編柳多留』三八11）。桃栗三年柿八年というが後家は半年で落城したという愉快な語呂合わせの句である。

させそうな身ぶりで弟子がやたらふえ　　一二42

色っぽい音曲師匠の営業政策である。「させそうも無いで岡ざき切りでやめ」（天三）。男の弟子は初心者用の「岡崎」一曲を習っただけでやめにした。そりゃそうでしょう、謡なんか習いたくて来たわけじゃないのだから。

三味線はあい付けたりとばちでぶち　　一五10

お前は芸はつけたりであっちの方が専門だろうと意地悪な客にひやかされた。ええ〳〵私なんかどうせそうですよ悪かったねえ。「三味線をひいてさみしいしら芸者」（一七8）。転ばないのが白芸者で芸もしっかりしていて品もあるが派手さはないし金もない。「三味線の下手はころぶが上手なり」（末三28）。「当時はとかく一ころび二声なり」（安七）。「三味線のかわりに枕二つ出し」（末三16）。古川柳では踊り子も三味線弾きも芸はまずいものにされていてもっぱら副業の枕の方が主になっているのである。

## 間男

お白洲《しらす》でばれをいい出す馬鹿亭主　　一八18

破礼句のばれという語をそのままよみ込んだ句である。女房の不貞を表沙汰にして奉行所で裁きを受ける場面である。場所柄もわきまえずにしゃあしゃあとみだらな言葉をしゃべる亭主であるが、こんな馬鹿亭主だから間男されてあたりまえだと作者の嘲笑をかっている。「間男を見出して恥を大きくし」（初41）。こういうときは落ち着いて穏便に解決するのが上策なのだが、現場を見つけて大騒ぎしたりして隣近所に知れわたって恥の上塗りをする。だいたい間男をされるような亭主は間抜けな男なのだ。

店中《たな》で知らぬは亭主ひとりなり　七18
間男と切れろと亭主ほれている　末初22
扨《さて》はおれゆえけがすかと亭主いい　一二15

「店中」の句は、「町内で知らぬは亭主ばかりなり」で一般によく知られている。「旅帰りあたりほとりでひいやひや」（藐追7）。亭主が旅に出ている間に女房が不貞を働いたが長屋の連中はさあ女房の不行跡がばれて騒ぎになるぞと、ひやひやしながらもある大きな期待をもって成り行きを見守っているのである。「ぬけぬぞと女房をおどし伊勢へ立ち」（末初10）。夫の伊勢参りの留守に姦通すると神罰で男女の体が離れられなくなるという俗信があった。「乳の黒み夫に見せて旅立たせ」（初16）。不貞を疑われないための妻の心得。「乳の黒み」はすでに妊娠している証拠である。「旅がえり来そうなやつが今に来ず」（明八）。挨拶に来ねばならぬ男には来られぬ理由《わけ》があるのである。「間男」の句は、「またもとのさやへ納める馬鹿亭主」（二四31）。女房を寝取られた気の毒な亭主を古川柳は知能が低く魯鈍だとして馬鹿亭主といって嗤っている。「以後見のがしにせぬぞと馬鹿亭主」（傍三6）。「足音をどたくかえる馬鹿亭主」（明八）。「五人めで間男をしる馬鹿亭主」（籠三30）。「馬鹿亭主湯で聞かじり大おこり」（一九3）。不義密通を働いた男女を亭主が発見した場合重ねておいて四つに切るというように現場で成敗しても罪に問われなかった。「間男と亭主抜き身と抜き身なり」（末初35）。「抜いて逃げ抜いて亭主はおっかける」（七五26）。亭主のは正宗の名刀で間男のは女泣かせの逸品である。「間男をとらえて見れば美男なり」（明八）。そりゃあそうでしょう。「扨《さて》は」の句は、女房は夫の立身出世のため夫にかくれて好きでもない男に身を任せたのだと弁解した。底ぬけに好人物の夫はそうとは知らずに責めたのは悪かったと改めて感謝する。「されども彼の人ていしゅの為に成」（五四16）と女房はしゃあしゃあとしたもの。句は謡曲『三輪《みわ》』の「さればこの人、夜は来れども昼見えず」の文句取りである。

## 出合茶屋

出合茶屋あやうい首が二つ来る　六13

出合茶屋は今でいうラブホテルで夫婦でない不義密通のカップルが行くところである。露見したら首が胴から離れるかもしれないから命がけである。ところがそれでもいってしまうのが人間の滑稽であるようだ。

出合茶屋あんまりないて降りかねる　末初17
出合茶やあんまりしないつらで出る　末三2
お気の毒今朝からといふ出合茶屋　明五梅

合傘で出るとはふとい出会茶屋　明五
出合茶や二つにわれて帰るなり　明三

どの句も説明は不要と思うが、「お気の毒」の句は、待ちに待った出合いなのに女が今朝からナニと男に告げる。「合傘」の句は、人目をはばかって別々に帰るのが普通なのに相合傘で帰るなんてなんと図々しい奴らだ。

## 首代《くびだい》

太いやつ金はないから首をとれ　四〇22

しのび合う恋は用心の上にも用心をしなければならない。万一不義密通が露見してしまったらその場で殺されても文句が言えなかったのである。しかし現場をおさえられた間男のなかには命乞いをする輩もいるわけで、そんな場合首代と称して金で解決することもあった。そのときの示談金は古川柳では五両（一時的に七両二分）と相場が決まっていた。しかし中には間男をしながら開き直る太いやつがいるのである。「太いやつ」は、もちろん図々しい男のことをいっているが男の持ち物にも掛けている。元文五年（一七四〇）刊『軽口おかし』（京都版小咄本）の咄にこんなのがあるという。間男して見つけられた男が金の工面に窮して、本妻に「たった一度だったのにばれてしまった」と打ち明けたところ、本妻はこともなげに「続けておやりなさいませ」と言ったという。「このたびは案ずることはないほどに、向う様から差し引き金十両取ってござれ。妾《わし》はあのお人と三度じゃもの」。亭主は一回だが女房の方は三回だから、差し引き二回分金十両がとれるわけである。

## 美人局《つつもたせ》

本当にほれまいぞやと亭主いい　安二

首代の五両と言うのは当時としては相当の大金であったから、中には夫婦共謀による美人局があった。言うまでもなく美人局とは夫婦なれ合いで妻がほかの男と姦通し、亭主が現場を押さえて金をゆすり取ることである。女房が男にほれたふりをするのだが、嘘から出たまことで本気になってはいけないぞと馬鹿亭主が女房に注意している。

据えられて七両二分の膳を食い　末三13
雑作なくほどける紐に五両だし　傍三5
女房喜べ手まえにも二両二歩　三八8
うなづいた五両を二人して遣い　安六正
抜き上げた太刀御無用と五両出し　『川柳雑俳の研究』麻生磯次より

「据えられて」の句は、「据え膳喰わぬは男の恥」で、女に誘われた男がしめたと思って楽しんでいるところへ亭主が現れ首代を脅し取られた図である。「雑作なく」の句は、男が誘ったらいとも簡単に女は帯を解いてくれたのである。

世の中にそんなうまい話などあるはずがないのに、そんな話に乗った馬鹿な男もいるものである。「女房をゆるくしばって五両とり」（安四）。亭主が現場で二人を捕らえて縛り上げるが、なれあいの女房には手心を加えてゆるく縛っている。「女房喜べ」の句は、首尾よく脅し取った首代五両を山分けしているところである。芝居の『菅原伝授手習鑑《すがわらでんじゅてならいかがみ》』の四段目寺子屋の段松王丸のせりふ、「梅は飛、桜は枯るる世の中に、何とて松のつれなかるらん、女房悦べ、悴はお役に立ったぞ」の文句取りである。「うなづいた」の句は、女房とうなづきあって演じた騙しにうまく引っかかった助平親父が、脅されて五両の大枚を払うと仕方なくうなづいた。「抜き上げた」の句は、掛詞仕立てになっていて、亭主は太刀を抜き上げて間男を一刀両断にしようとしたところ、間男もまた女からなにを抜いて、待ってくれ五両出すから勘弁してくれと言っている。

## 下男下女

昼見れば夜ばい律儀な男なり　一九25

有名な句である。いやしい夜這いをするような男が昼は何くわぬ顔でまじめに仕事をしている。夜這いはけちで下品な行為だが、吉原で遊ぶような度胸も金もない男で見るからに律義な様子なのだ。

その手代その下女昼は物言わず　初25

関係のできている手代と下女は昼は知らん顔して他人の顔でいる。前句は「むつまじい事〳〵」である。「下女の尻つめればぬかの手でおどし」（宝十一）。つめるのは直接的に肉体関係を要求する気分のものであった。「好きな下女そのくせ初手はいやといい」（明六天）。古川柳では、下女は田舎者で不器量で好色に仕立て上げられている。この独善と高踏は古川柳作者に共通する姿勢である。「若旦那夜はおがんで昼しかり」（明三仁）。昼は何ごともないように下女を叱っているが、夜になると形勢逆転して下女をくどく身勝手で好色な若旦那である。「這《は》ったあす下女も内儀も無言なり」（明六）。家の中に険悪な空気がただよっている。

乳母が恋氷砂糖のとけるうち　　明三

こどもに氷砂糖をあてがっているうちに、ちょっと抜け出して男と手早くことをすませる。「かくれんぼ乳母せわしない事をする」（安五宮）。子供を鬼にして自分は隠れている間にさっさと男と事を達成する。「ばけもので度々乳母はりくつする」（末初四）。坊ちゃんあそこにはこわいお化けがいますから行ってはいけませんよ。「子をあやすふりで夕べはだましたの」（一二三30）。乳母が抱いた子をあやすふりで男に近づき、小声で、昨晩は来るといっていながら来なかったなと恨みごとをいう。

さがみ下女気が違ったか嫌《いや》といい　　明六礼
つんとしたふうでしつこい御殿者　　明四梅3

「さがみ下女」は相模の国から出た下女で、古川柳では愛慾の標本のように仕立てあげられている。すなわち、誰が言いよっても嫌とは言わず百発百中必ず諒解してくれる色好みなのだ。そんな相模であるのに嫌とは一体どうしたというのか信じられないことだよ。「君命を恥かしめざるは相模」（二九5）。お殿様に要求されれば必ず忠実に君命に応じてお殿様に恥をかかせないのが相模なのである。「つんとした」の句は、ご殿者はつんとした表情で男にはまったく興味がないような振りをしているけれど、いざ男と接触するややたらしつっこいのである。「ご守殿は男ぎらいのように見え」（安元）。御殿女中で高位の者を俗に御守殿と呼んだ。服装もいかめしいほどで志操堅固で男ぎらいに見える。ところがなあにあれで本当はなかなか男好きなのさ。「御守殿は陰間《かげま》をえらい目にあわせ」（一九28）。禁欲させられているから羽目を外すと実にしつっこい。陰間というのは男娼で江戸の芳町《よしちょう》に多くいた。歌舞伎役者の卵も沢山いて男色《なんしょく》の相手をつとめたり女性にサービスを提供したりした。

## 武士の世界

浅黄うらちぎられるだけちぎるなり　　安八梅
いやな男も来ようなと浅黄言い　　二〇2
もてた晩あさぎ夢みし心地なり　　四六20

浅黄裏《あさぎうら》は略してあさぎとも言い田舎侍の異称である。着物に浅黄木綿の裏がついているのでこのように言われる。田舎侍はまた武左《ぶざ》とも新五左《しんござ》とも言われいずれも江戸勤番でやってきた野暮な田舎武士の蔑称である。諸藩の江戸勤番の武士は家族を国元に置く独身暮らしのため女に対してしつっこく、しかも方言でいばりくさるから遊里などでは評判がわるく必ずふられる存在に仕立てあげられている。その軽蔑には当時の支配階級であった武士への反感も多分に感じられて愉快である。最初の句は説明の必要はないが、「ちぎられるだけちぎ」ったあと、「いやな男も来ような」と自分がそれとも知らないでしゃべっているわけで田舎者の野暮さ加減を嘲笑している。「もてた晩」の句は、何かのはずみで偶然浅黄がもてたので夢心地になっているのをひやかしたのだが、イロハの「あさきゆめみし」にかけていてはかない偶然的な好運という感じが出ていて戯画的な効果がある。「ひぐらしは憎うざんすと浅黄もて」（一二〇2）。明烏《あけがらす》が憎いというのが普通だが昼遊びの浅黄だから門限の暮六《くれむつ》が近いと知らせる蜩《ひぐらし》が憎いと女郎が言ったというのである。もてないと決まっている野暮天の浅黄をもてさせて、そんな僥倖をかえって嘲笑の種にしていてこれも戯画的である。

お湯殿でそちもは入れとおじゃらつき　　八12

湯殿でお殿様が腰元を誘惑する。「お背中をきつくながすが返事なり」（九19）。今晩忍んで行くがよいかとお殿様が言ったが腰元は無言である。けれどもお背中をきつく流すのは応諾なのである。「お湯殿はももへおしろいぬって出る」（明八）。腰元の方で誘いかけるのもある。「事ありと見えてお湯殿しずかなり」（六12）。水音もしないなんてかえってあやしまれる。「にげのびた腰元前をよく合わせ」（七39）。けしからぬ殿様からほうほうの体で生還した腰元である。

妹のおかげで馬におぶっさり　　明二

お殿様のお妾の兄が武士に引き立てられた。馬は苦手でその背にしがみついて無様な姿をさらしている。「親類にろくなのはない玉のこし」（拾三8）。お妾は貧しい家の出身である、親戚にはろくなのがいない。「若とのは馬の骨からご誕生」（一〇13）。素性の知れぬ者をあざけって馬の骨というが、お世継ぎの若殿の生母はそういう出身なのである。

## 僧侶

音のせぬように和尚はどらを打ち　一八37
中宿《なかやど》の内儀おどけて脈をみせ　拾七3
酢天蓋などこしらえてかこい待ち　二〇19
背に腹をかえる和尚の不行跡　九18

僧侶の内情を暴露した句である。「音のせぬ」の句は、和尚はお経をよむ時に銅鑼《どら》を打つがどらには遊蕩をするという意味もある。遊蕩の方は邪淫戒にそむくから内密にやらなくてはならない。表面は道心堅固に見せて裏面では結構遊んでいるのである。「中宿」の句は、医者に化けた坊主に内儀がおどけて脈を見せているのである。「医者に見えようかと和尚初心なり」。坊主は公然と遊里へ行けないので脇差などさして医者に変装して出かけるのである。医者は帯刀を許されていたのである。おかみどうだ医者に見えるだろうかと初心の坊主が尋ねている。「馬鹿坊主めがと心では中宿」（天五智9）。内心ではこのエロ坊主めがと内儀は思っている。「似せ医者と人に語るな女郎花《おみなえし》」（拾四11）。「名にめでて折れるばかりぞ女郎花われ落ちにきと人に語るな」（僧正遍昭）の文句取りである。「酢てんがい」の句は、寺の外に妾をかこっている坊主である。妾は酢だこなどを作って坊主の来るのを待っている。僧の隠語で蛸を天蓋《てんがい》という。たこ入道のような破戒坊主と蛸が二重写しになっていておかしい。僧は魚類も禁制なのでひそかに栄養をとるのに苦労したのである。「背に腹」の句は、女犯《にょぼん》は厳禁だから背中にて用を足し我慢していたけれど、「背に腹はかえられない」ので「背に腹をかえる」仕儀と相成ったのである。男色《なんしょく》のほうは元禄前後には追及されたが宝暦以降天明までは陰間《かげま》の最盛期で黙過されていた。「和尚様草履取にもお手がつき」（四35）。寺小姓は僧侶の身の回りの世話をする少年であるが、しばしば別の御用などを仰せつけられることもあったらしい。

僧侶には種々の厳しい戒律が課せられていたが、なかでも邪淫戒《じゃいんかい》を破るといゆる女犯《にょぼん》の罪に問われケースによって獄門、死罪、遠島、軽くて晒し者にされるという厳罰に処せられたのである。邪淫戒を犯さないことを一生不犯《いっしょうふぼん》というが、人間である以上あの道だけは古今東西を問わず守れないのが常であるらしい。「なま臭いいが栗の出る日本橋」（一〇二31）。すなわち、女犯《にょぼん》をおかした坊主は年代によって異なるが寺持ちの住職は遠島に、所化僧《しょけそう》（修行僧　僧侶の弟子）は日本橋のたもとに三日間みせしめのため晒し者にされたのであった。ただ浄土真宗（門徒宗　一向宗）だけは他宗にくらべてその宗旨により俗にいう肉食妻帯の自由がみとめられていた。

いい宗旨酒と肴と穴かしこ　　七八34
五戒をばしんらんなどとしゃれた寺　　七一34

後の句は開祖の親鸞と知らんとを掛けている。「みな色と金だとえんま帳をくり」（四二5）。閻魔大王が帳面を調べると人間の悪行の原因は金とそして色なのであった。

## 医者

よい後家が出来ると話す医者仲間　五8

女房が美しいと亭主はみな励み過ぎて腎虚になるのは古川柳的世界である。医者だけに誰よりも早く亭主の病状がわかるわけで、美人の女房が後家になるのをまるで期待するかのように医者仲間と話題にするのは下心があるからであろう。

やわらかなやげんで命おろす也　八〇33

薬研《やげん》は薬を粉にひく舟形の中が深くくぼんだ堅い金属製の器具で、病気を治し寿命をのばす道具だが、世の中には形は同じだが寿命をすりへらす金属製に非ざる柔らかい薬研もあるから用心しないといけない。

## 芸能

秋の月梯子《はしご》の下で由良拝み　五〇37

『仮名手本忠臣蔵』七段目。お軽が茶屋の二階から梯子で降りるのを庭の由良之助が下から見上げてからかう。「あほ言わんすな、船に乗った様で恐いわいな」「道理で船玉様が見へる」「おお覗かんすないな」「洞庭の秋の月様を拝み奉るじゃ」。「船玉」は女性自身の異称。洞庭湖は中国の有名な湖。洞庭湖の月を下から拝むとは好色な隠語で当時の芝居にはずいぶんと露骨なせりふがあった。

天人へ舞えとはかたいゆすりよう　初12

謡曲では漁夫は衣を返してやる条件として舞いを要求するのだが、何もそんなお堅い要求はせずにもっと色っぽいことを求めればいいのに間抜けな漁師であることよ。

扨《さて》あじもかわらものと保名《やすな》いい　末初9

さてさて、あれが白狐であったのか。味をみれば人間の女とちっともかわらなかったものだがなあ。伝説「葛の葉」。安倍保名の妻、葛の葉に化けた白狐は本物の葛の葉が訪れると知ると、障子に「恋しくば尋ねきてみよいづみなるしのだの森のうらみ葛の葉」と書き、五歳の子を残して身を隠した。狐は油揚げを好むので油揚げを使うすしを稲荷ずしというが、信田ずしともいうのはこの伝説によるものである。

古川柳は、武士や僧侶、儒者、医者など社会的地位の高い知識人や、亭主や女房、後家、下女などの一般人の愛慾を暴露したものが数多くある。人間というのはみな同じに色好みであるが、ことに知識人などしかつめらしい顔をしていても底を割ってみれば結局こうだといって、人間の醜悪な一面をわざと誇張して示している。性的な暴露は一般の人々にひどく喜ばれるのでそういう句が量産されるのである。こういう破礼句はとりたてていうほどの価値のあるものではないが、ただ古川柳の性的な取扱いはいかにも軽妙である。露骨な表現をさけて遠廻しに匂わせたりほのめかしたりしている。婉曲で暗示的になっていたりしてちょっと理解に苦しむような句も少なくない。私たちをまごつかせるだけの作意をもっていてその技巧だけは認めないわけにはいかない。このような破礼句の傍若無人振りは現代のわれわれの目には軽佻浮薄に映る。なんとまあ江戸時代の人たちは好色であったことかとあきれる。しかし間違ってはならないのは、これらの句は江戸時代の人々の良識とも必ずしも合致していなかった。古川柳は、遊びを旨とする人間が洒落やうがちそれに粋好みや通志向でもって制作したものであって、生《なま》の生活感情との間には一定のスタンスが確保されていたと見るべきである。

## 破礼句について

さて、破礼句集といわれる『誹風末摘花《はいふうすえつむはな》』はこれは四篇まで刊行されたが、明治以降は第二次世界大戦後まで猥褻性が高いとされて発禁されたしろものである。『柳多留』は「川柳評万句合勝句刷《せんりゅうひょうまんくあわせかちくずり》」から選句して編まれたが、『末摘花』はそこから洩れた恋愛句だけを抜いて編集したと序文にある。しかし洩れた句だけを選んだといっているが実際は相当数の句が両者では重複している。編者は初篇に序文を書いている星運堂花屋久次郎《せいうんどうはなやきゅうじろう》らしいが異説もある。刊行は七年から十年おきぐらいに刊行されていて約十年に一冊では商売にはならないからこれはおそらく書肆《しょし》の主人の道楽仕事として出したものにちがいないと研究者は推測している。『末摘花』の書名は末番句だけを集めたところからつけられたもののようであるが、「行く末は誰が肌ふれん紅の花」という芭蕉の句があり、紅花という植物は末摘花の異称であり紅をとる植物であるので恋愛にも関係があり、また『源氏物語』の「末摘花」という章名も幾分かはこの書名に影響したことであろうといわれている。

『末摘花』全四篇に収められた古川柳は、二十九年間〔宝暦一一年（一七六一）〜寛政元年（一七八九）〕という長期にわたってよまれたものであるが、この期間の最初期は、柄井川柳が登場して一挙に文芸としての高みに達した時期であり、最後期はこの文芸が一部の愛好家の専有物化する傾向を見せて普遍性を失ってゆく時期にあたる。すなわち、最初期と最後期では古川柳と一口にいっても内容にだいぶ違いがある。そういう変化は当然破礼句の内容にも形にもあらわれている。時代区分でいえば前者は宝暦、明和の古川柳の上昇期であり、古川柳の人気が次第に降下して行く安永、天明、寛政の時代が後者といえる。

古川柳は年代が進むにつれて情感よりは表現の巧みさに比重を置いた句が多くなってゆき、それにともない素朴な句柄があまり見られなくなってゆく。数多くの句が発表されるなかで従来にない新味を出そうとすると一通りの技巧ではすまなくなるのである。十七音の短詩型である古川柳はもともと技巧に走る性質の文芸なのである。単に技巧の冴えを見るには痛快かもしれないが、文芸を作者と読者が感興を共にするものであると考えた場合はこれは欠陥ある文芸といわざるを得ないのではないか。過度の言語遊戯、卑俗な裏面暴露、挑発的な情事描写など破礼句が古川柳の本体であるかのごとき感を呈していく。そして、安永も中頃になってくると破礼句も意味のわかりやすい句が多くなってくるが、意味がわかりやすいというのはそれだけ直接的な表現をしているからで、いわば芸に乏しく余情に欠け江戸人の粋《いき》志向や通《つう》志向がまったく影をひそめ猥褻な句に堕していったということである。破礼句は題材が題材であるだけにあまり露骨な表現は純朴な庶民の顰蹙を買う。扇情的な好色本と同様に見られてしまう。そうなっては普遍性も庶民性も失われやがて好事家《こうずか》仲間の内々の句会に軸足が置かれるようになり大衆参加の文芸という特質は失われてゆくのであった。大田南畝（蜀山人）の記録にもあるそうだが、立派な教養人によって破礼句の会という催しがあったらしい。そうなった句を初期盛期の古川柳と同様に考えるのは無理があるため、多くの川柳研究者たちはこれを狂句という呼び名をつけて古川柳とは区別している。「猥褻な川柳」といわれるものの多くは狂句であって、古川柳の範疇に入るものは少ないというのである。低俗な句はポルノグラフィーとして社会風俗史的に意義があるにすぎない。さて、漢字表記の「破礼」については、これは当て字であるが『誹風柳多留拾遺《はいふうやなぎだるしゅうい》』初篇の凡例には、「物名《ぶつめい》のかけたるは最破禮《さいばれ》をもて補う」と「破禮」という漢字を当てた語を使用しているがこれが漢字表記の最初ではないかと推測する研究者がいる。そうであれば寛政八年（一七九六）頃には通用する言葉であったわけである。ところで、川柳点の末番句から「恋句」を拾い集めた『末摘花』には猥褻性がないのに採りいれられている句が含まれているが、古川柳における「恋句」という範疇は非常にひろく若い女が句中にでてくるとか赤い紐がでてくるだけでも恋愛には関係なく恋句に入れる習慣だったようである。これを、『末摘花』の句だからもっと猥褻な意味が含まれているはずと考える研究者もいるようである。古川柳は洒落や穿ちをきかせ粋好み通好みをこめてよんでいて発想思考のちがう現代人にとっては理解できないことが多くあるわけだから、あるいは見落としているのではないかというのであるが、それは考えすぎであり、間違いであると岡田甫《はじめ》氏は述べておられる。

# II

学習篇

# 第一章

# 古川柳への道程

## 第一節　俳諧の勃興

古川柳は、俳句のルーツである俳諧から派生した雑俳前句付《ざっぱいまえくづけ》という文芸として誕生したものである。それゆえ、俳句と古川柳とは血縁関係にある文芸であるといえる。前句付というのは、連歌を学ぶ初心者にその前段階として、付句の練習をさせる方法としてあらわれたもので、俳諧が盛んになってもなお俳諧上達の練習として受け継がれ、この長短二句（五七五あるいは七七）の付合からなる文芸形態がさらに分化して、俳諧とは別種の雑俳という文芸となる。その雑俳の一つが柄井川柳の前句付で、これがいわゆる古川柳（江戸川柳）と言われるものなのである。ここでは、俳諧の勃興から古川柳が誕生して行く歴史的過程をたどってみることにしよう。

### 連歌と俳諧

連歌は和歌の一形態であり問答の形で始まったと言われる。その起源は、通説によると『古事記』『日本書紀』にみえる日本武尊《やまとたけるのみこと》と火焼翁《ひたきのおきな》（秉燭者《ひともしびと》）との問答であるという。

新治筑波《にいばりつくば》を過ぎていく夜か寝つる

日日並《かがな》べて夜《よ》には九夜《ここのよ》日《ひ》には十日《とおか》を

日本武尊《やまとたけるのみこと》が東征の帰路甲斐の国酒折宮《さかおりのみや》で「常陸国の新治、筑波を出てもう幾日になるだろう」とよんだのに対して誰も応える者がいなかった。そこへ火焼翁《ひたきのおきな》が現われて「日を指折り数えてみますとすでに十日にもなるようです」と答歌した。連歌中興の祖と仰がれる二条良基《にじょうよしもと》は『筑波問答《つくばもんどう》』の中でこの問答歌を連歌の初めとした。この故事から連歌を「筑波《つくば》の道」というようになった。（「筑波の道」に対して、和歌は「敷島《しきしま》の道」という）

ところが、この歌は五七七の問いかけに同じく五七七で答えるいわゆる片歌《かたうた》問答だから連歌ではない、最古の連歌は『万葉集』巻《まき》八、一六三五所収の尼と大伴家持による唱和とすべきであろうといわれている。

佐保川《さほがわ》の水を堰《せ》きあげて植えし田を　　尼

刈れる初飯《はついい》はひとりなるべし　　家持　以上『万葉集』巻八、一六三五

尼の「佐保川の水をせき止めて水かさがますようにして自分の方にだけ引いて植えた田を」に対して、大伴家持は「刈って食べる新米は当然一人であろう」とよんだというものである。これは、短歌の上の句の五七五に下の句の七七を付けたものだが、これとは逆に七七に五七五を付けることも行われるようになった。要するに二人で一首の短歌をよむのだ

が、興味の中心はその短歌の出来栄えにあるのではなく二人で問答唱和する当意即妙の機知にあったのである。連歌は発生の時点においてすでに機知即興の性格を有していて滑稽への志向を含んでいたといえる。なお、この歌の解釈はほかにもあって、娘を稲にたとえてよんだものであるとして、「丹精して育てて美しく成長した娘……」というのに応えて、「私はその娘が欲しくてたまらない、他人に取られてしまっては困るから早く私にください」という解釈もあるようである。

衣のたてはほころびにけり　　源義家
年をへし糸の乱れの苦しさに　　安倍貞任《さだとう》

有名な問答歌である。前九年の役で源義家が衣川《ころもがわ》の館を攻め、逃げる安倍貞任を追いつめた時の両者のやり取りである。衣川の館《たて》も滅びてしまった覚悟をしろと義家は呼びかける。「衣川の館」の「衣」にひっかけて、衣川の館と、衣服の経糸《たて》という掛詞で言い掛け、さらに「衣」の縁語として「滅ぶ」という意味にひっかけて、「綻《ほころ》ぶ」という言葉を用いたものである。掛詞と縁語の技巧を用いて相手に呼びかけるのが連歌における常套手段であった。貞任はうしろを振り返って返歌した。呼びかけた義家が「衣―経糸―ほころぶ」という縁語の技巧を用いているので、これに応ずるように「糸―みだれ」という縁語をもって返している。義家は、東夷《あずまえびす》には珍しい貞任の風流をめでて助けたという。『古今著聞集』にある逸話である。

ちはやぶるかみをば足にまくものか　　神主忠頼

これをぞ下《しも》の社とはいふ

和泉式部『金葉集』

和泉式部が藁沓《わらじ》に足をすりむいたので、一時しのぎに紙をあてがっているのを下賀茂の神主が見て、もったいない、神（紙）を足なんかに巻いてよいのでしょうか。和泉式部応えていわく。いいえ、ここは下の社だからかまわないのです。

平安末期になると二句の唱和であった短連歌は次第に長く続けられるようになり、五七五と七七を交互に三句以上連鎖的に連ねてゆく鎖連歌《くさりれんが》が現れた。鎌倉時代には五十韻、百韻、百二十韻などの鎖連歌（長連歌）の形式が成立するのである。南北朝時代にいたって、二条良基は救済《ぐさい》とともに「応安新式《おうあんしんしき》」と呼ばれる連歌の式目《しきもく》（規定）を制定し、室町期には宗砌《そうぜい》、心敬《しんけい》、宗祇《そうぎ》、宗長、紹巴《そうちょうじょうは》らすぐれた連歌師たちが現れ連歌の文芸性は一挙に高まり最盛期をむかえ、ついに純正連歌の完成をみるのである。相手に唱和する連歌の形式は答歌の機智の巧みさを楽しむもので公家、武士、僧侶らが一座に会して付合文芸である連歌を嗜んだ。

里村紹巴《さとむらじょうは》らの純正連歌は完成しはしたがその反面の固定化が現れた。連歌は和歌についての深い素養が必要であり、また連歌は雅語すなわち「やさしき詞《ことば》」（貞徳）だけで作られるものであり、またいろいろと煩雑な規則にしばられ窮屈なものであった。人間というのは四六時中絶えず緊張や感激を持続していけるものではない。その間には弛緩や退屈も生じるものである。そのような時文学的遊戯をもって気晴らしするのもまた自然の勢いである。そんな連歌の余興として俳諧という文芸が興ったのである。

発生の当初から機知即興の性格をもっていた連歌は、当然のごとくにして俳諧を生み出した。ある意味では俳諧は連歌とともに始まったといえるかもしれない。連歌の中に俳諧連歌があり、また純正連歌があって互いにその性格を明確にしてゆく。俳諧の起源は連歌との交代にあるのではなく同伴者であった純正連歌との決別にあったといえる。

## 新撰犬筑波集《しんせんいぬつくばしゅう》

俳諧は「俳諧の連歌」の略称である。「俳諧」という名称はもともと「滑稽」を意味する言葉であって、正式の純正連歌に対してくだけた滑稽の連歌のことをいうのである。連歌そのものが和歌の堅苦しさからの離脱という性格をもっていたわけだが、俳諧はさらに、固定化した連歌からの解放であったといえる。自由な俳諧連歌がさかんに行われ、山崎宗鑑《そうかん》の『新撰犬筑波集』、荒木田守武《あらきだもりたけ》の『守武千句《もりたけせんく》』（俳諧之連歌独吟千句《はいかいのれんがどくぎんせんく》）、さらに『竹馬狂吟集《ちくばきょうぎんしゅう》』などが刊行された。それらにみられるものは純正連歌の煩わしい法式や狭い美意識からの自由である。室町時代天文八年（一五三九）山崎宗鑑《そうかん》は難題への奇抜な付句を集めた俳諧撰集『新撰犬筑波集』を編んだ。

　切りたくもあり切りたくもなし
　盗人をとらえてみれば我が子なり　『新撰犬筑波集』以下同様

盗人を捕らえた親の複雑な心境である。前句からみごとに滑稽化していて人口に膾炙《かいしゃ》しているが多くが川柳と思っておられるようである。

　さびしくもありさびしくもなし
　世をそむく柴の庵《いおり》に銭もちて

人の世が嫌になって人里離れた所に一人で住んでいるけれどさびしいようだがさびしくない。なぜなら、お金をいっぱい持っているからさ。

かすみのころも裾はぬれけり
佐保姫《さほひめ》のはるたちながら尿《しと》をして

前句は水辺の霞をいい、霞の裾が水面に接しているので裾が濡れると洒落ている。霞は春季なので春の女神である佐保姫が登場し、立ったままで小便をして衣の裾を濡らしてしまった。とんでもないふざけた趣向に仕立てている。

仏の前にせすりをぞかく
さながらにしたくぞ思う文殊師利《もんじゅしり》

仏陀の尊厳や菩薩の信仰をも踏みにじるような放言をして憚らない。

毛のある無きは探りてぞ知る
弟子もたぬ坊主は髪をじそりして

前句は卑猥を連想させるような句で読者はドキッとしながらある期待を抱く。それを坊主が髪を自剃りしていると巧みに意味を転じて読者の期待を裏切る滑稽な句にしている。

内は赤くて外はまっ黒
知らねども女の持てる物に似て

「内は赤くて外はまっ黒」。そのようなものはよくわかりませんが何とも女の持っているものによく似ておりますなあ。前句は謎々のような句で、塗り椀、祝い膳、炭焼き窯などいろいろ連想するが、とんでもないものの見立てで応じている。「知らねども」などとわざととぼけているのもまた大笑いをさそう。猥褻でありながらそれほどいやらしさは感じない。この句には「ある尊き聖《ひじり》の付け給いけるとぞ」と左注《さちゅう》がつけてあって滑稽性を一層高めている。勃興期の俳諧である『犬筑波集』の格調はこのようなもので在来の連歌に比べるとかなり自由奔放なものになっている。卑俗な句が非常に多く恋の部は殆んどすべてが卑俗である。

宗鑑の『新撰犬筑波集』は宗祇の『新撰筑波集』〔明応四年（一四九五）〕という連歌の集になぞらえた名称で、ことさらに「犬」という字をつけたところに作者の意図があるようである。犬というのは犬侍の犬と同じような意味で、自分の選んだ連歌は純正の連歌ではなく犬連歌であるというのである。ところがしかし、これは謙遜というより犬連歌であることにかえって誇りのようなものを感じているようである。

俳諧は「俗言《ぞくごん》」をも取りこんでつくられるものであった。「俗言」は当時「俳言《はいごん》」とも言われ、俗語、漢語、俚言や当世語（流行語）、卑俗な言葉など和歌や連歌では用いない世俗的な言葉でよむものであった。平安朝の連歌にもかなり滑稽味があったが主流は優雅によむものであった。他者との機知に富む掛け合いやなぞなぞ的な前句にうまく応じたり、前句との付合を工夫したりと、滑稽味と庶民性とを帯びた俳諧によって人々は知的情緒的満足を十分に満たされたに違いない。

宗鑑は浮世に愛想をつかして出家したが、そこで彼は一切の俗事を否定して世上の万事を茶化してかかろうとした。そしてそのはけ口を俳諧に求めたのである。型にはまった在来の連歌ではその奔放な思想を表現することができないのであった。宗鑑の出現した時代は戦国の世であって破壊の空気がみなぎっていた。戦国的な破壊の精神が俳諧調の勃興の気運をうながしたわけである。この俳諧の卑俗をいとわない庶民性が戦国末期の頽廃した民心にすこぶる適応し、俳諧という言葉を印象づけ宗鑑以降庶民の文芸として出発したのであった。

## 第二節　貞門《ていもん》と談林《だんりん》

### 貞門俳諧《ていもんはいかい》

近世俳諧において最初に大きな流れをつくったのは松永貞徳《まつながていとく》である。宗鑑などが浮世を茶化してかかろうとする態度は貞徳の主導によって民衆にそのまま継承されたのである。貞徳は和歌、歌学、儒学、神道、有職故実《ゆうそくこじつ》等を学んで百般の学に通じた人物であった。中世的伝統歌学の巨匠として文化界崇敬の的であった細川幽斎《ゆうさい》の地下《じげ》の高弟として聞こえ、連歌の巨匠里村紹巴《さとむらじょうは》について連歌師としての修行を積んだ人物であるだけに、貞徳の提唱した俳諧は彼の社会的地位の高さ全国的な知名度と相まって急速に普及し、いわゆる貞門俳諧の時代がくるのである。

京都の貞徳を中心に門人はおびただしい数にのぼり、俳壇は一時貞門一派の人々によって独占された感があった。松江重頼《しげより》、野々口立圃《りゅうほ》（親重）、鶏冠井《かえでい》良徳《りょうとく》、山本西武《さいむ》、安原貞室《ていしつ》、北村季吟《きぎん》、高瀬梅盛《たかのせばいせい》、斎藤徳元《とくげん》らが活躍し俳諧を連歌に匹敵する庶民文学として確立したのである。寛永十年（一六三三）松江重頼によって『犬子集《えのこしゅう》』が刊行されるに至り、これより全国的に俳諧流派としての貞門派が形成されたとみられる。

貞徳は宗鑑の遺風を継承したのであるが、しかし宗鑑の俳風をそのまま再興したわけではなかった。同じ俳諧でもその間に大分異同がみられる。それには理由があった。第一に時代の相異ということが考えられる。宗鑑の時代は戦国乱離の際であり破壊的な精神が漲っていた。ところが貞徳の時代は破壊が終わって社会の秩序が回復されていた。俳諧も放埓《ほうらつ》無拘束なままでは困るわけである。それに宗鑑と貞徳は生活の態度も違っていた。宗鑑は浮世を棄てて飄逸な生活を楽しんでいた人である。ところが貞徳は権門富貴の間にまじり多くの門人を擁して少なからぬ収入を得ていた。貞徳は深い学問もあり性格も微温的であった。同じ俳諧に遊ぶにしても宗鑑のように自由にのびのびした滑稽を味わうことはできなかったのである。

『犬筑波集』ではただ面白おかしく表現すればよかったのであるが、いかに俳諧でも卑猥無作法で無軌道なものでは困るわけで、宗鑑によって一度解放された俳諧に貞徳は再び或る程度の拘束を加えるのである。彼の俳論は三部書といわれる『御傘《ごさん》』、『油糟《あぶらかす》』、『淀川《よどがわ》』で知ることができ、俳諧に関する規定（俳諧式目）は『御傘』によってその大要がわかる。

連歌は優美によまなければならないが、俳諧は人の興味をそそり人をしておかしがらせるものでなければならない。連歌では卑俗な言葉を嫌うが俳諧ではこれを嫌わないばかりでなく、わざと卑俗な言葉や目立つ言葉（俳言）を用いた方がよい。俳諧である以上は俳言を用いなければならない。俳言の無い句は俳諧ではないという。「そもそも、はじめは俳諧と連歌のわいだめ（区別）なし。その中やさしき詞（雅語）のみを続けて連歌といい、俗語を嫌わず作する句を俳諧というなり」（『御傘』序）と定義している。そこで俗語や漢語なども用いて卑近な事柄も採り入れておかし味を求めようとした。

『誹諧初学抄』（斎藤徳元）では連歌は能であり俳諧は狂言であるといっている。俳諧は人を喜ばせ自分も楽しむものであって連歌と俳諧をおかし味の有無によって区別しようとしている。貞門俳諧はおかしみを主眼としながら、そのおかし味を用語や縁語掛詞等の修辞の上にもとめた。『犬筑波集』の句のように一句全体から爆発するような朗らかな笑はみられなかった。そのおかし味は言葉の技巧によるものであり意識的に作り上げられたものであった。

しおるるは何か杏子《あんず》の花の色　　　『犬子集』以下同様
花よりも団子やありて帰る雁
五月雨《さみだれ》は大海《たいかい》知るや井の蛙
背を分けて降る夕立や午《うま》の時
生鳥《いけどり》に皆塩するや今朝の霜
冬ごもり虫けらまでもあなかしこ
雪折の竹をばなおせ藪薬師《やぶくすし》
松ならで穴へ餅引く子《ね》の日かな
鳳凰も出《いで》よのどけきとりの年

宗鑑の野性的ともいえる笑いを否定して高尚をめざし、言葉を制約の中に閉じこめて生まれた貞門の句である。「しおるる」は、杏子の花のしおれた様子を擬人法で表現。「何か案ず」と「杏子《あんず》」の同音異義語の洒落。「花よりも」は、桜の咲く時期に日本を離れる帰雁を「花より団子」に結びつけて、北の国には花よりおいしい団子があるから雁は帰ってゆくのだろうか。「五月雨」は、「井の中の蛙大海を知らず」。一面大水で大海のようになり井の中の蛙も大海を知るようになる。「背を分けて」は、夕立が境界を截然《せつぜん》と分けて降るのを「馬の背を分ける」と表現し、時刻（午の刻）を掛けた。「生鳥」は、魚や鳥肉を保存するため塩づけにするが生きている鳥に一面に降りた霜を塩したようだと見立てる。「冬ごもり」は、冬になると動物たちは冬ごもりを始めるが、虫けらまでも「あなかしこ」といって穴の中に冬ごもりを始める。「あなかしこ」は手紙の結びの言葉で春までいとまごいをしている。「雪折」は、「竹」「藪」の縁語で藪医者なら雪折れの竹を治せという洒落。「松ならで」は、正月初子《はつね》の日には小松を引いて長寿を祝うが、ネズミが松ではなく餅を引くというのである。「鳳凰」は、めでたい新年を迎えいかにものどかな新春である。今年は酉年《とり》であるので鳳凰もあらわれてもいいじゃないか。おかしみを主眼としながら、そのおかし味を用語や縁語掛詞等の修辞の技巧によるもので意識的に作られたものであることがわかる。

　　　にがく〳〵しくもおかしかりけり
　　我おやの死ぬる時にも屁をこきて　　　　　　『犬筑波集』

　貞徳は宗鑑の『犬筑波集』にある句を批判している。『犬筑波集』では、少々不愉快であるがおかしくもあるという前句に、自分の親が死ぬときにおならをしたというのである。前句にピタリとついているようであるがこの付句を批判して、「いかに俳諧なればとて父母に恥を与うるは道にあらず」と述べている。いかに俳諧でもこのような放埓非倫なものは困るといっているのである。宗鑑は浮世の道徳を超越した人であるが、貞徳は日常的、常識的な義理人情の世界に俳諧を閉じこめようとしている。

起きんとすれば引きぞとどむる
みどり子の今朝しも袖の上に寝て
『犬筑波集』

起きようとしたところ、自分の袖の上にみどり子が寝ているので目を覚ますとかわいそうだと思って起きるのをためらった、と人情の機微を巧みによんでいるが、これは前句、付句とも「俳言がないので俳諧ではない」といっている。

霞の衣すそはぬれけり
天人《てんにん》やあまくだるらし春の海
『犬筑波集』
大服《おおぶく》を座敷の内へやこぼすらし
春立ちてふむ雪汁《ゆきじる》やあがるらん
『新増犬筑波集』以下同様

「霞の衣」は先に紹介した『犬筑波集』巻頭の句であるが、自分ならこうやると貞徳自ら付句を示して俳諧のあるべき姿を示している。天人が春の海に降りたので裾がぬれた。元旦に飲む大服茶《おおぶくちゃ》を座敷にこぼして裾がぬれた。雪解の水が裾にはねあがってぬれた。「天人《てんにん》」「座敷」は漢語。「こぼす」「雪汁《ゆきじる》」は俗語。このような俳言《はいごん》があるから俳諧となるわけである。歌語なら「天人」は「あまびと」、「雪汁」は「ゆきげみず」とすべきところであろう。付句はいずれも上品な句柄であるが『犬筑波集』の女神の立小便という奇抜で強烈な滑稽に比べるといかにも影が薄いようである。

あめの魚いざ立寄りて見てゆかん

梁おもしろい五月雨の中　貞徳

二句付合の連句において貞徳がとった方法は、前句の中の事物に縁語掛詞によってかかわって付けていく取成付《とりなしづけ》であった。「取成す」というのは前句にある言葉を同音異義の他の言葉として受け、付句を意外な方向に転換することである。これは後に「物付」と呼ばれる。「あめの魚」は「鯇《あめのうお》」でアマゴの異称。それを同音異義の「雨」と取成し五月雨を付けている。

まづつくづくし袴をぞ着る
五つ子が太鼓をことし習いうち　貞徳

「つくづくし」（ツクシ）を同音異義の「突くづく師」（太鼓の師匠）と取成し、袴をつけたツクシという前句の意味を、袴着の年齢である五歳になる子が太鼓を習い初めたという付句によって、袴をつけた太鼓の師匠という意味に変化させている。貞徳の俳諧からは『犬筑波集』などにみられたいきいきとした庶民性や軽妙洒脱な滑稽味を期待することは困難なようである。

一世を風靡した貞門俳諧は、会所、取次所を使った俳諧組織を全国に築きあげる。この取次所を使ったネットワークの形は俳諧だけでなくさまざまに応用されて、江戸時代三百年間の文化に深く関与して行くことになる。俳諧師とか俳諧点者といった職業が発生するのもこのネットワークのおかげである。芭蕉も西鶴も、そして万句合を興行する柄井川柳もこのシステムの上にこそ生まれ出たといえる。

貞門派は、数十年にわたって近世庶民文芸としての俳諧の形成と普及に大きな役割を果たしてきたが、古典、故事、古歌等に基づく縁語、掛詞仕立ての言語遊戯的傾向や、式目墨守の方式主義がようやくマンネリズムに陥って次第に飽きられ、次の談林俳諧にとってかわられる。なお、貞門の重鎮であった野々口立圃や、『犬子集』を編んだ松江重頼は貞徳の方針に批判的であって貞門からは離脱している。

## 談林俳諧

貞門のしがらみから自由になった松江重頼は、のちに談林の総帥となる大坂天満宮連歌所の宗匠であっ西山宗因《にしやまそういん》と交友があり、宗因は重頼の影響を受けて余技で俳諧を始めたのであった。宗因ののびのびとした自由な作風は、大坂町人の活気にみちた空気に共鳴し、大坂から京、さらに江戸を席捲して貞門と談林の激しい対立時代となるのである。談林の俳諧は貞門の反動として起こったもので、宗因も貞徳と同様に俳諧は連歌の余興に過ぎないと考えていたが、貞徳が俳諧を和歌連歌に近づけようとしたのに対して、宗因はあくまで俳諧を地下《じげ》に引下げようとした。貞門の俳諧は言語上の遊戯を専らにしたものでありその滑稽味は頭でこしらえたもので理知的に重苦しいものになっている。宗因はそういう貞門のこせこせした作風に不満を感じ、それを排して宗鑑時代の自由な滑稽を求め連歌の束縛から完全に脱却して暢達《ちようたつ》な笑いを目指したのである。延宝三年（一六七五）田代松意《たしろしようい》編『談林十百韻《だんりんとつぴやくいん》』が刊行されることとなるが、その跋文《ばつぶん》には、「守武、宗鑑の旨趣を守らんとほっす」と記しその一派の俳諧が宗鑑、守武の遺風を祖述する旨が明らかにされている。貞門の俳諧が俗語、漢語のいわゆる俳言の使用と言語遊戯という言葉だけにかかわるものであったため、笑いの底は浅く、貞徳はまたそれを良しとしたのであるが、談林の俳諧が自由な空気の中で求めた笑いは多様であった。

ながむとて花にもいたし頚《くび》の骨　　　　　　　　　宗因　以下同様

宗因のよく知られた句である。「ながむとて花にもいたくなれぬれば散るわかれこそかなしかりけれ」（西行『新古今集』）の前半をそのままとり、「いたく」（はなはだ）を同音意義の「痛し」に変え「頚の骨」を付けることによって、花を長い時間見上げていたので首の骨が痛くなってしまったという状況に変化させている。常識としてよく知られている古歌が「いたし」で急激に方向を変える。和歌優美の世界からいきなり卑俗の世界へと急降下する。読者の心理が思いがけない方向に導かれ、ある種のとまどいを感じることによって笑いを生む方法である。

やがて見よ棒くらわせんそばの花

上五《かみご》は「今に見ておれ、棒でぶん殴ってやる」という喧嘩腰の言葉である。意気巻いた荒い言葉の中の棒が下五《しもご》の「そばの花」によって、そばを打つときの麺棒であったことがわかる。大きな事件でも起こりそうな期待感によって高められたエネルギーが空転することによって起きる期待はずれの笑いである。

となん一つ手紙のはしに雪のこと

雪のおもしろく降った日に人に手紙を書いたのだが、雪について何も書かなかった無風流を咎められた兼好法師の『徒然草』三十一段の故事をおもいだして、趣を解さない男と思われては困ると思って「この雪いかが見る」と添え書きをしたというのである。「となん」は「……ということを」で「この雪いかが見る」を受けたことは明らかである。それにしてもいきなり冒頭に「となん一つ」と置いたのは奇抜である。

世の中よ蝶々とまれかくもあれ

「とまれかくもあれ」は「とまれかくまれ」を言いかけている。世の中を深刻に考えるより蝶々が花から花へ浮かれ飛んでゆくように、ともかくも浮かれてくらすのがよかろう。「かくもあれ」と呼びかけていて世俗を達観し悟ったような口吻がみられる。

白露《しらつゆ》の無分別《むふんべつ》なる置き所

白露が秋の野辺一面に降りている。分別なくあたり一面に降りているのでうっかり踏み込んだら美しい白露をこぼしてしまいそうだ。「無分別」という人に対してつかう言葉を大胆に白露にあてはめたところが斬新である。

宗因には貞門にはなかったような斬新で軽快な作が多い。貞門の俳諧が俳言として用いる俗語にも一定の品格を重んじたのに比べると、談林の俳諧は俗語の使用が無制限であった。あらゆる日常語を自由に用いそれによって市井の日常生活、情感をのびのびと写した。談林は形式内容ともに自由奔放な点にあった。宗鑑によって解放された奔放な笑いは貞徳によって慎ましい笑にかえられたのであるが、それを再び暢達な調子に引戻そうとしたのが談林の誹諧であり、大坂、京、江戸の三都を中心に急激に流行した。

談林の俳諧は反動的であり過ぎたためにあまりに華かであり多角的であり過ぎたようである。滑稽を本来の面目にかえそうとしたのは正しい行き方であったが、求められたおかし味にはかなり好奇的なものが残されていた。それは乱雑に投げ出されたものであって心の箍《たが》にかけて整理されたものではなかった。初めから終いまで洒落ぬいていては却って価値は減退するものである。談林の無制約な自由さは、笑いの重要な要素である制約を失ったため自己崩壊を起こすことになる。笑いは更に醇化されなければならない。華やかに繰り拡げられた笑いは渋みと深さを加える必要があった。盟主の宗因が没したあと談林は急速に衰退する。延宝、天和期（一六七三―一六八四）を中心にわずか十数年の流行であった。

## 井原西鶴

井原西鶴《いはらさいかく》といえば『好色一代男』や『好色一代女』『日本永代蔵』『世間胸算用』などを書いた近世最大の小説家であるが、鶴永《かくえい》と名乗る談林派の俳諧師でもあった。寛文十三年（一六七三）五月、鶴永は大坂生玉《いくたま》神社で『生玉万句《いくたままんく》』を主催している。これには二百人が集まり十二日間に及ぶ大イベントであった。『生玉万句』は鶴永編によるものだが、その序文に荒木田守武《あらきだもりたけ》流を標榜し「軽口」（滑稽、戯笑）の俳風を唱えて新風高揚の第一声をあげており、鶴永の意気込みを感じ取ることができる。

遠き伊勢国みもすそ川の流を三盃くんで、酔のあまり、やつがれも狂句をはけば、世人阿蘭陀流《おらんだりゅう》などさみして、かの万句の数にものぞかれぬ。されども生玉の御神前にて一流の万句催し、すきの輩出座、その数をしらず、十二日にしてこと終われり。指さして嘲る方の興行へ当る所にして、其功ならずと聞きしは、予がひが耳にや。

ともいへかくもいえ、即座の興を催し、髭おとこをも和げるは此道なれば、数奇《すき》には軽口の句作、そしらば誹《そし》れわんざくれ、雀の千こえ鶴の一声と、みずから筆を取って書くばかり。

「伊勢国みもすそ川の流れ」を汲むとは、伊勢神宮の神官であった荒木田守武流の俳諧を継承するという意である。御裳濯川《みもすそがわ》は五十鈴川《いすずがわ》の異名である。『生玉万句』の巻頭句は「飛梅《とびうめ》やかろがろしくも神の春」で、この句は『守武千《もりたけせん》句《く》』の巻頭作品でもある。「かの万句の数にも除かれる」とは、貞門派から除外されたということであろう。「阿蘭陀《おらんだ》流《りゅう》」とは談林の新しがりを誹《そし》っていう言葉である。「髭おとこも和らげる」は、『古今集』の序文、「男女の中をも和らげ、猛き武士の心をも慰むるは歌なり」から来ている。前述の「飛梅」の句は、「東風《こち》吹かばにおいおこせよ梅の花あるじなしとて春を忘るな」（『拾遺集』）と大宰府に流された菅原道真がよんだ歌に感じて、主を慕って都から大宰府まで飛んだという伝説の梅で、道真を慕ってまるで紙のように軽ろ軽ろと飛んだ梅よ、なんとめでたい（紙ならぬ）神の春であることよというのである。

鶴永（西鶴）は延宝五年（一六七七）五月二十五日に大坂の生玉本覚寺で、一夜に一千六百句の速吟を行なったがこれが矢数俳諧《やかずはいかい》の始まりである。矢数とは、京都三十三間堂に伝わる行事で、堂の南端から北端までの通し矢の数を競うもので一昼夜をかけて行なわれるものである。矢数俳諧はこれを真似たもので、一昼夜に何句出来るかを自慢したものである。発句は「初花の口拍子きけ大句数」であった。鶴永の記録に対して同年九月には奈良の月松軒紀子《きし》が千八百の独吟を行ない鶴永の記録を破り、その二年後延宝七年には仙台の大淀《おおよど》三《み》千《ち》風《かぜ》が二千八百句の独吟を成しとげた。そうなると負けておれないのが矢数俳諧を始めた鶴永で、延宝八年に大坂生玉で四千句を独吟し、さらに貞享元年（一六八四）六月、二万三千五百句という空前絶後の記録を残し、それ以来鶴永は二万翁《おう》と自称するようになる。二十四時間で二万三千五百句吟じたとすると、単純計算で一句につき三・七秒弱であるから大変なスピードである。

長持ちへ春ぞ暮れ行く更衣《ころもがえ》　　鶴永　以下同様

以下鶴永の句である。この春、袖を連ねて浮かれ歩いた花見小袖も長持ちにしまう衣替えの日がやってきた。まるで春が長持ちの中に暮れてゆくようだ。長持に春が暮れるといった奇抜な趣向ながら優美によまれた出色の句で鶴永初期の作品である。

枯野かなつばなの時の女櫛《おんなぐし》

満目荒涼たる枯野原に立寄ってみると女櫛が落ちていた。これはきっと春の野遊びをしたときに落としたものだろう。ああ、あの頃がなつかしい。つばなはちがや（茅）の花のこと。

大晦日《おおみそか》定めなき世の定めかな

諸行無常とか老少不定などといわれて何一つ定めのないこの世であるが、借金取りに責め立てられる大晦日だけは毎年きちんとやってくる。ああ、これこそ「定めなき世の定め」というべきだろう。

世に住まば聞けと師走の碪《きぬた》かな

師走の夜ふけ、ふと目が覚めると遠くから砧《きぬた》を打つ音が聞こえてくる。毎日が追い立てられるような生活に疲れた身にとってこれはなんとまあ静かな生活であることか。砧の音は、和歌では秋の夜長の寝覚めにしみじみと聞くあわれをさそうものである。間もなく散文に転向することとなる鶴永は、町人的な自由な俳諧を主張した点で画期的な意義を有している。きわめて短命であった談林ではあるが宗因の俳風がこの鶴永を生み、さらに芭蕉を生んだという文学史的な役割は大きく、俳諧の近世的性格を樹立し次に来る元禄の文芸復興の礎石となっている。

## 松尾芭蕉

宗因が出なかったならば、我々は今もって貞徳の涎《よだれ》をねぶるであろう。宗因は斯道《しどう》の中興開山である。（『去来抄《きょらいしょう》』）

芭蕉は談林をこのように評価している。芭蕉もまた談林の畠から生まれた。周知のように芭蕉によって俳諧は文学的地位を高めたのであるが、しかし蕉風《しょうふう》の俳諧といえども俳諧本来の面目ともいうべき滑稽味がまったくふるいおとされたわけではない。ただ滑稽味といっても、芭蕉は単純な地口《じぐち》、駄洒落に満足していたわけではなく、皮肉や諷刺に興味をもっていたわけでもない。しかしその俳諧には一種のおかし味が絶えずつきまとっている。和歌などと違った一種の風味が俳諧に感ぜられるのはそのためである。ところが、芭蕉が蕉風を確立するまでにはいろいろの心の悩みがくりかえされ俳風も変わってきている。若いころに選んだ『貝おほい』［宗房撰一六七二年（寛文十二）］やさらにそれより若いころの句を見ると、言語上の遊戯が著しく目立っている。芭蕉は二十九歳頃に江戸に移り住んだが、伊賀における青年芭蕉は主の藤堂良忠が貞門の季吟を師としていたため、宗房の俳名で貞門風の俳諧に親しんでいたのであった。

姥桜《うばざくら》さくや老後の思い出《いで》　芭蕉二十一歳『佐夜《さよ》の中山《なかやま》集』

寝たる萩や容顔無礼《ようがんぶれい》花の顔　芭蕉二十三歳『続山の井』

きても見よ甚べが羽折《はおり》花ごろも　芭蕉二十八歳『貝おほい』

女《め》をと鹿《じか》や毛に毛がそろうて毛むつかし　芭蕉二十九歳『貝おほい』

「姥桜」は、謡曲『実盛《さねもり》』の「老後の思い出これに過ぎじ」を踏まえたもの。姥桜（彼岸桜の一種）が花期には葉がないのを老人の「歯なし」に掛けたもので、一期の思い出に老女が色気を匂わせている様子を連想したものである。「寝たる萩」は、容顔美麗という成語をもじって、寝たる萩だから容顔無礼といっただけの洒落である。「きても見よ」は、「花を来ても見よ」と、「甚べが羽織を着ても見よ」の掛詞。甚兵衛は袖なし羽織のこと。「女をと鹿」は、鹿の交尾をよんでいる。「毛に毛がそろうて」にエロティックな連想がある。「毛むつかし」はいやらしい。いやに「毛」を意識した句である。このような縁語、掛詞や謡曲、歌謡などの文句取りからなる駄洒落の句が芭蕉の句として収められているのである。その軽い感興は明らかに貞門風の域を出ないものであった。

朝顔にわれはめし食うおとこかな　芭蕉三十九歳『虚栗《みなしぐり》』

芭蕉門弟の宝井其角は無類の酒好きで「十五から酒を呑み出て今日の月」という句をよんでいる。その其角が「草の戸に我は蓼《たで》くう蛍かな」（『虚栗』）とよんだのに和した句である。其角が、蓼食う虫も好き好きというが、自分は世間一般の好みと違って蓼の葉の辛きを好み辛い酒を呑み、蛍のように昼は出ず夜の世界を浮かれ歩く、とデカダンを表明しているのを諫めたものとして知られている。私は世間一般の人と同じく早起きして朝顔を愛でながら酒ならぬ朝飯を食う、そんな真面目な生活が私の好みであるといったものである。平凡な句であるが其角に応える姿勢を取っているところに生きてきた。あからさまに大酒を諫めるのではなく、おのずから匂いでてくるものでおかしみがうかがえる句である。芭蕉は其角をつねに自分とは異質の才能と認めていた。

いざさらば雪見にころぶ所まで　　芭蕉四十四歳『花摘』

雪見に浮き立った気持ちをそのまま表現したもので、「いざさらば」といい「ころぶ所まで」と言ったところに、風雅な雪見にふざけ興じる気持ちが口拍子のような快い口調となって出ている。芭蕉の風狂精神から生まれた一句であろう。

蚤虱《のみしらみ》馬の尿《しと》する枕もと　　芭蕉四十六歳『奥の細道』

貧家に泊まった時の句である。蚤虱にせめられて安眠ができず枕もとでは馬が小便を垂れているという、むしろ悲惨な一夜の体験をよんでいるがそれほど悲惨な感じは出てこない。この辺りは尿前《しとまえ》の関《せき》でずいぶん汚い地名のあるものだと思っていると枕もとで馬が尿をした。芭蕉は軽い微苦笑をもってこの句をよんだものであろう。

一つ家に遊女も寝たり萩と月　　芭蕉四十六歳『奥の細道』

『奥の細道』市振《いちぶり》での作とされている。同じ家に遊女と同宿するようになった奇縁に打ち興じている句である。伝統的な和歌の世界では、「萩」は普通「鹿」と取り合わせ恋の心を重ねてよみ継がれてきた。萩を鹿の妻とみなして来たのである。それに対して「萩」を「月」と取り合わしたところに和歌のパターンをひっくり返した俳諧のパロディーの笑いがある。「月」は、和歌の世界では仏教的な悟りや清浄感、清らかさの象徴としてよまれている。芭蕉は遊女と一つ家に泊まりあわせながら、「遊女」を象徴する「萩」に、「鹿」のように萩を慕い泣く恋の涙を注ぐ代わりに、仏のような清らかな慈愛の光を注いでいるのである。「あい宿の遊女に芭蕉ちょっと惚れ」。この句は言語学の金田一春彦氏が市振の宿に泊まった時、宿の主から乞われて書いた川柳であるという。

鶯や餅に糞《ふん》する縁のさき　　芭蕉四十九歳『葛《くず》の松原』

鶯というと古来初春の景物として愛され和歌や連歌に好んでよまれている。春の訪れを告げる春告鳥《はるつげどり》であり春の最初に鳴く鳥であり、また梅の花に鳴く鳥であった。その優美な鶯がこともあろうに縁先に干してある餅に糞をしたという卑俗な景趣に仕立てている。

古池や蛙とびこむ水の音　　　芭蕉四十三歳『春の日』

芭蕉にとっての最大の課題は、自らが携っている俳諧の発句を、「滑稽」の句としての側面を残しつついかに文芸的に質の高いものにするかということにあった。芭蕉が従来の「笑い」の俳諧を超克した一句、それが「古池」の句であった。芭蕉開眼の句でありこの句によって蕉風が確立したといわれている。門人の支考は、俳論書『俳諧十論』〔享保四年（一七一九）〕の中で、

武江（江戸）の深川に隠遁して「古池や蛙飛こむ水の音」といへる幽玄の一句に自己の眼をひらきて、是より俳諧の一道はひろまりけるとぞ。

芭蕉は江戸深川に隠遁して、「古池や蛙飛こむ水の音」という「幽玄」の句を作ったことで開眼し、これがきっかけとなって蕉風俳諧が全国にひろがっていったという。蛙は、「花に鳴く鶯、水にすむ蛙《かわず》の声を聞けば、生きとし生けるものいずれか歌をよまざりける」と『古今集』序にもあるように蛙はつねに鳴くものであった。それを芭蕉は鳴き声ではなく飛んで水に入る音に注目した。和歌、連歌の人々は蛙の声にばかり耳をたてていたのに芭蕉は声ではなく蛙がたてる水音に耳をすました。古池の静寂が、蛙が飛び込んだ音によって一瞬ではあるが破られたことに驚きそして興がったのである。つまり、聞くという感覚がここでは新しい事態に直面している。蛙の立てる別の音の発見であり発見したことで感覚が広がっている。「見るにあり、聞くにあり、作者感ずるや句となるところは、すなわち俳諧の誠なり」と芭蕉の言葉が伝えられているが、俳諧が言葉の上だけでなく、見るとか聞くとかという実際の体験に即して考えられて

いることを示しているのだろう。つまり、実際の体験が言葉をみがいているのだ。

芭蕉以前の俳諧においては、もっぱら、いかに人々を笑わせるかに全エネルギーがそそがれていたので、その世界は知的観念的にならざるを得なかった。対象を見ることをしないでその対象をテーマとする作品を作ったのである。それが俳諧という文芸であったのであり誰一人としてそれに対して疑問を抱く俳人はいなかった。ただひたすら哄笑性に満ちた俳諧作品をつくっていたのである。芭蕉が求めていた滑稽はあからさまな品下る「滑稽」でなかった。人々を笑わせる作品ではなく感動させる作品を作ろうとした。芭蕉によって俳諧は一変したのである。

正岡子規は、明治二十六年（一八九三）、新聞「日本」に発表した評論「芭蕉雑談《ぞうだん》」（明治二十八年、日本新聞社刊『獺祭書屋俳話《だつさいしょおくはいわ》』に収録）で論じている。

　芭蕉の文学は、古を摸倣せしにあらずして自ら発明せしなり。貞門、談林の俳諧を改良せりといわんよりはむしろ蕉風の俳諧を創開せりというの妥当なるを覚ゆるなり。

芭蕉の文学というものは、それまでの俳諧を模倣したものではなく独自に創造したものである。すなわち、貞門俳諧や談林俳諧を改良したものが芭蕉俳諧であるというより、むしろ芭蕉は、まったく別種の蕉風俳諧を創始したというのが当っているように思われる。

俳諧人気は民衆の中に高まってゆくのであるが、初心者がそれに習熟するのはしかし並大抵のことではなかった。そのため、俳諧を学ぶ初心者にその前段階として、付句の練習をさせる方法があらわれた。それがすなわち前句付というものであった。師匠が五七五あるいは七七の前句題を初心者に与え、初心者はその前句題に七七あるいは五七五の付句を付ける。師匠がそれを添削し指導するという方法である。この前句付が次第に興行化されてゆき、一句あて十六文というように添削料（点料）を取る方法に進化し、優秀作品には賞品（金）を出し、さらに刷物にして発表するという万句合興行に発展してゆくのである。このような興行から俳句もどきの雑俳という文芸が生じ、さらにそこから今にいう川柳が現れてくるのである。

# 第二章　俳諧と俳句

## 第一節　俳諧と俳句

### 俳句のルーツは発句《ほっく》

俳諧は、そもそもは伝統的な和歌の一様式である連歌の一種であって連歌の余興として興ったものである。滑稽性をその特色とする文芸で俳諧の連歌とも呼ばれ、宮廷や上流社会に行われていたものを山崎宗鑑や松永貞徳がこれを庶民化して、別趣の新文芸として普及させたものである。俳諧はその形式から連句ともいう。すなわち、長句五七五（十七音）と短句七七（十四音）とを互に関連を持たせながら連結して五十句百句と続けてよんでゆくもので、これを五十韻《いん》、百韻といった。たとえば、田代松意編の『談林十百韻《だんりんとっぴゃくいん》』というのは百韻が十あるので句の合計は千句あるわけである。蕉風が盛んになると三十六句を連結した歌仙という形式が主流になる。歌仙というのは言うまでもなく三十六歌仙にちなんだ名称である。それではまず、歌仙とはどのようなものなのか芭蕉の「誹諧七部集」の一つ『炭俵《すみだわら》』を見てみることにしよう。

1 梅《むめ》が香にのっと日の出る山路かな　芭蕉
2 処〳〵《ところどころ》に雉子《きじ》の啼《なき》たつ　野坡《やば》
3 家普請《やぶしん》を春のてすきにとり付《つい》て　野坡
4 上《かみ》のたよりにあがる米の直《ね》　芭蕉
5 宵《よい》の内ばら〳〵とせし月の雲　芭蕉
6 薮越《やぶこし》はなすあきのさびしき　野坡
7 御頭《おがしら》へ菊もらわるるめいわくさ　野坡
8 娘を堅《かた》う人にあわせぬ　芭蕉
9 奈良がよいおなじつらなる細基手《ほそもとで》　野坡
10 ことしは雨のふらぬ六月《ろくがつ》　芭蕉
11 預《あず》けたるみそとりにやる向河岸《むこうがし》　野坡
12 ひたといい出すお袋の事　芭蕉
13 終宵《よもすがら》尼の持病《じびょう》を押えける　野坡
14 こんにゃくばかりのこる名月　芭蕉
15 はつ雁《かり》に乗懸下地《のりかけしたじ》敷《しい》て見る　野坡
16 露を相手に居合《いあい》ひとぬき　芭蕉
17 町衆《ちょうしゅう》のづらりと酔《よう》て花の陰《かげ》　野坡
18 門《もん》で押《おさ》るる壬生《みぶ》の念仏　芭蕉
19 東風《こちかぜ》々に糞《こえ》のいきれを吹《ふき》まわし　芭蕉
20 たゞ居るままに肱《かいな》わずらう　野坡
21 江戸の左右《そう》むかいの亭主登られて　芭蕉
22 こちにもいれどから臼《うす》をかす　野坡
23 方〳〵《ほうぼう》に十夜《じゅうや》の内のかねの音　芭蕉
24 桐の木高く月さゆる也《なり》　野坡
25 門しめてだまってねたる面白さ　芭蕉
26 ひろうた金で表《おもて》がえする　野坡
27 はつ午《うま》に女房のおやこ振舞《ふるまい》て　芭蕉
28 又このはるも済《すま》ぬ牢人《ろうにん》　野坡
29 法印《ほういん》の湯治《とうじ》を送る花ざかり　芭蕉
30 なわ手を下《お》りて青麦《あおむぎ》の出来　野坡
31 どの家も東の方に窓をあけ　野坡
32 魚《うお》に喰《くい》あくはまの雑水《ぞうすい》　芭蕉
33 千《ち》どり啼一夜〳〵《なくひとよひとよ》に寒うなり　野坡
34 未進《みしん》の高《たか》のはてぬ算用　芭蕉
35 隣へも知らせず嫁をつれて来て　野坡
36 屏風《びょうぶ》の陰にみゆる菓子盆　芭蕉

長句と短句が交互によまれている。これは芭蕉と門人野坡《やば》と二人で行った歌仙であり全部で三十六句ある。現代の俳句とはずいぶん違うのでここでは十句だけではあるが簡単に説明してみよう。

1の「梅が香」は、未明に出立して余寒の山路にさしかかったころ梅の香りが漂ってきた。折しも梅の香に誘われるようにして忽然として暖かい太陽がさして来たのである。「のっと」という擬態語は和歌連歌では用いられない俗語である。俗語を使用して卑俗に堕ちず、芭蕉がこのころ唱導していた「軽み」の代表的な句柄であると言われている。「梅が香」は最初によまれているのでこれを「発句《ほっく》」という。2の「処〳〵」は、発句の梅の咲く早春の景に関連付けて春の景物である雉子の鳴き声をよんでいる。二番目によまれる句は「脇《わき》」(脇句)という。3の「家普請《やぶしん》」は、脇の「啼たつ」という言葉の持っている勢いのよさに注目して農閑期の家の普請へと心はずむ気分に変化させている。三句目は「第三《だいさん》」という。一句目は「発句」、二句目は「脇」、三句目は「第三」といい、四句目から三十五句目までは「平句」という。そして最後の三十六句目は「挙句《あげく》」といい、「挙句の果て」という言葉はここからきている。4の「上のたより」は、「上」は上方。当時の米の値段は大坂堂島の米相場が標準であった。上方からのたよりによれば今年は米の値が高いらしい。家普請にとりかかった農家は裕福であるからここでは景気のいいさまをよんでいる。5の「宵の内」は、宵の内にばらばらと雨が降ったので今日の月は駄目かと思ったらいい塩梅に雨が上がって月が雲間から顔を出したというところ。前句の米相場というのは不安定なものだからその不安定な気分で付けている。6の「藪越はなす」は、時雨の後すっかり肌寒くなった秋の静寂の中で小藪を隔てて隣家の人と言葉をかわす情景である。7の「御頭へ」は、武家の組頭であろうか、藪越しで話すうち丹精して育てた菊を所望されたというありがた迷惑なことをよんでいる。前句の「さびしき」にそんな気分をたくしたのであろう。8の「娘を」は、「御頭へ菊もらわるるめいわくさ」の口ぶりに昔気質の人物とみなし、そのあらわれとして悪い虫がつかないように愛娘《まなむすめ》を決して人前に出さない生活ぶりを表出した。菊に寄せる愛情を娘に移している。9の「奈良がよい」は、「細基手」は零細の小商人《こあきんど》のこと。奈良へ商いに通う行商仲間を登場させた。昔気質《かたぎ》で融通の利かない小商人である。10の「ことしは」は、仲間同士の時候の話題で天候の話題には商売の思惑も含まれているわけだ。水無月（六月）なのに雨が少ない。水不足で暑い夏なら商売がやりにくくなるというニュアンスがあるようである。

俳諧の連歌とはこのようなものである。二句一セットとして制作されて三句目ごとの変化を楽しんだのである。「発句は門人の中、予におとらぬ句する人多し、俳諧においては老翁《ろうおう》が骨頂《こっちょう》」。これは芭蕉の言葉で、発句は門人の中にも自分に劣らぬよい句を作る者が多いが俳諧に関しては自分が第一人者であろうと言っている。歌仙のような俳諧の連歌は座《ざ》と呼ばれる場で行われる一回的な興行であり、しかも複数の人間が相互の関係を即興的に作りながら出来あがってゆく詩である。したがって近代詩の概念にこれほど遠い詩もないわけである。

明治も中期になって、俳諧の再検討、再評価をして俳句革新をなし遂げた正岡子規は「獺祭書屋俳話《だっさいしょおくはいわ》」において、「発句は文学なり、連俳（俳諧の連歌）は文学にあらず」とした。連俳は文学とはいえないが、ただ第一句目の発句だけは文学といえるものである。さらに、「俳句（発句）は文学の一部なり。文学は美術の一部なり。故に美の標準は文学の標準なり」（『俳諧大要』）と言い、「我は其人を尊敬せずしてその著作を尊敬するなり」との作品中心主義を主張し、自らの俳句観を確立するに至るのである。

子規はここで「俳句」という名称を用いているが、子規のいうところの俳句は連俳の第一番目によまれた発句のことである。ここにおいて連俳は切り捨てられたが発句のみは以後も文学としての生命を豊かにし発展してゆくことになるのである。つまり現在我々が言うところの俳句は、俳諧（の連歌）の中の発句の独立したものなのである。俳句のルーツは発句なのである。

子規の門人で、二十歳年長の内藤鳴雪《ないとうめいせつ》はその著『俳句作法』（明治四十二年刊）で次のように語っている。

俳句という名は何故出来たかというと、これは正岡子規がほとんど始めたといっても好いので、その由来はこうである。それは、すでに連俳の第一句たる実を失った以上、発句ととなえるよりは、むしろ俳諧ととなえた関係から、俳句という方が穏当であろうというので、今より十数年前、子規はじめ我々の仲間で、俳句俳句と言い習わしたのが、今では全国に普及して、宗匠門以外では、一般に俳句とのみいって発句という名は知らぬくらいにさえもなっている。

子規の俳句革新の一つは、発句を連俳から独立させてそれに「俳句」という呼称を与えたことにあった。俳句という文芸は、とにかく子規によって創始されたということなのである（第五章「正岡子規」参照）。

## 古川柳と俳句

古川柳の特性を説く場合、しばしば俳句との比較が行われる。

一　俳句は切字《きれじ》を必要条件としているが古川柳はその拘束がない。
二　俳句は季題趣味を離れえないが、古川柳は問題にしない。
三　俳句は滑稽が一部分であるが、古川柳は滑稽を主なる基調としている。
四　俳句は文語体が基礎となっているが、古川柳は口語体が基礎となっている。

五　俳句は主として自然を写生し、古川柳は人事の世界で人情風俗をむねとする。

もちろん例外がありこの範疇に入らないものもあるが大体はまずこんなところであろうか。

こしかたを思うなみだは耳へ入り　拾一〇34
囲《かこ》われに地獄は無いと実《じつ》をいい　四40
うたたねの顔へ一冊屋根をふき　五11

古川柳の特性として、句の終わり方止め方に連用形が多くみられるが、これが古川柳にある種の軽快さ気楽さを与えているといえよう。過ぎ去った昔を思っていつしか涙があふれ頬をつたう。横になって寝ているから涙が頬をつたって耳に入るのである。僧侶がこっそり妾《めかけ》を囲っている。破戒であるから信心深い妾が罰が当たりはせぬかと心配すると、なに心配することはない大体地獄などというものなどないのだといって聞かせる。日頃の説教とは大違いである。本を読んでいるうちに眠くなってきた。顔に日がさすので開いた本を顔に乗せてひと眠り。

伊勢の留守初手《るすしょて》一番のおっかなさ　明七
御代参《ごだいさん》ころんで帰るせわしなさ　七33
三年が内間男《まおとこ》の退屈さ　傍三3

古川柳はまた「さ」「がり」「こと」止めの句が少なくないのが特色で俳句には見られない。夫の伊勢参りの留守に不義を働くと、神罰がくだって男女の体が離れなくなると信じられていたのだ、そりゃビクビクするさ。将軍の御台所《みだいどころ》の代理として大奥の位の高い御殿女中が上野や芝へ代参《だいさん》するのだが、帰路に陰間《かげま》を買うとか好きな男と茶屋へ寄ったりする。日頃自由行動が許されず性を抑圧しているから、この時とばかりに羽目をはずすのだが門限の時刻がせまってくるので転ぶようにして帰るのである。高位の人間を庶民と同じレベルに引きずり降ろして笑っている。人妻が離縁を望んで鎌倉の東慶寺《とうけいじ》（駈け込み寺）へ駈け込むと夫は手出しができない掟がある。三年たつと離縁が法的に成立するのである。女に間男がある場合、間男はその期間じっと待つしかない。「三年の内に間男気がかわり」（筥二15）。間男をするようなケチな男が三年もの間義理がたく待ってるはずなどあるものか。

若後家のたよりになってやりたがり　　一五21

けどられまいと女房はさせたがり　　安六

死んでから親は添わせてやりたがり　　逸出典『江戸川柳を楽しむ』神田忙人より

若後家というと女盛りだろう。男が親切にするのは当たり前だ、下心がみえみえである。間男をしているしたたかな女房は悟られまいとさすが巧妙な悪知恵を働かすものだ。親に結婚を反対されて若い二人は情死したのであろうか。それほど思いつめていたとは知らなかった。こうなるのだったら娘の望みどおりにさせてやるのだった。「逸出典」は、句として残ってはいるのだが、万句合刷物など典拠の刷物が見当たらないので出典がわからない句である。

寝ざあなるまいと苦にする暑いこと　一〇22
　金棒であやせば笑うむごいこと　五五11

夜おそくなっても蒸し暑くて眠むれやしない。しかし明日のことを考えると寝ないわけにもゆかないし。捨子を見つけたのは町内の夜回りであろう。持った金棒でちょいと小突いてみると人なつっこく無心に笑いかけるのだ。こんなの見るとよけいに哀れをさそうんだよなあ。

俳諧の世界では、パロディーの対象となるのは主に和歌の世界であるが、古川柳の世界では多く俳諧を対象としている。次の句は、先が俳諧で後が古川柳である。

古池や蛙とび込む水の音　芭蕉
　ばしょう翁ぽちゃんというと立ちどまり　一七34
いざさらば雪見にころぶ所まで　芭蕉
　いざさらば居酒屋のある所まで　拾初28
あさがおに我は飯くうおとこかな　芭蕉
　朝顔は酒の呑まれる花でなし　三〇8
化けそうな傘かす寺のしぐれかな　蕪村
　化けそうなのでもよしかと傘をかし　五15

大根引《だいこひき》き大根で道を教えけり　一茶
ひん抜いた大根で道を教えられ　初18
朝顔に釣瓶《つるべ》とられてもらい水　千代女
釣瓶とる朝顔もまた子にとられ　一五八5

俳諧と古川柳のよむ対象が同じものであるならどのようなよみぶりになるであろう。

よみさしの本に団扇《うちわ》の栞《しおり》かな　季遊『俳諧新選』
寝ていても団扇の動く親心　初31
ありたけの樹にひびきけり蝉の声　稲起
雨やどりはるか向こうは蝉の声　一一33
とやせまし蚊のとまりいる子の寝顔　嘯山『俳諧新選』
たたかれず赤子の顔の蚊のにくさ　七五37
見て聞くと江戸者《えどしゃ》はいうかほととぎす　之房
ほととぎす聞かぬといえば恥のよう　二40

五句目「とやせまし」は、どうしたものであろう。すべてわかりやすい句なので注釈は省略するが「ほととぎす」の句のみ説明を加えたい。ほほとぎすは和歌以来の伝統的季語の一つで、「ほととぎす」と聞いただけで人々は昔から言い習わされているほととぎすのイメージを喚起してよまなければならないのである。ほととぎすは普通、初夏にかけてよく鳴く鳥で実際は珍しくも何ともない鳥なのだが、和歌の世界ではたまにしか鳴かない鳴き声の珍重すべき鳥でなければならないのである。純正連歌を完成した里村紹巴《さとむらじょうは》の『連歌至宝抄《れんがしほうしょう》』にはほととぎすのよみ方を解説している。

時鳥《ほととぎす》はかしましきほど鳴き候らえども、稀に聞き珍しく鳴き待ちかぬるようによみ習わし候。

時鳥は、たとえうるさいほど鳴いても稀にしかその鳴き声を聞くことのできない鳥で、人々がまだかまだかと待ちこがれる鳥としてよむことになっている。和歌以来伝統的に形成された事物の美的本質を「本意《ほんい》」というが、そのものが持つ最もそれらしいあり方のことである。したがって例句は、ほととぎすの「本意」を理解していないと解釈に苦しむような作品である。すなわち句意は、意気と張りに生き負けず嫌いな江戸っ子は夏が来るといの一番にほととぎすに遭遇してその初音を聞かないと気がすまないというわけである。「野を横に馬引き向けよほととぎす」（芭蕉『奥の細道』）も、ほととぎすの「本意」を理解していてはじめて鑑賞できるわけである。殺生石《せっしょうせき》を見に行く途中馬の口を取る男に短冊を所望されたのだが、折からほととぎすが一声けたたましく鳴きながら野を横切ったので、その声の方へ馬の口を引き向けよと即興的にいったものである。

俳句が主として自然を対象としていわゆる風雅な趣を内容とするのに対し、古川柳は複雑微妙な人情や風俗を対象にしている。そしてその人事関係は田舎より都会において求めることができるわけで、いってみれば、古川柳は都会描写を中心とした都会人の文芸といえるかもしれない。勿論まれには自然を主材とした句もあるが、それは都会人の眼に映じた自然に過ぎないのであり、自然を描いた句といえども人事との交渉を描いたもので純粋の自然描写ではないのである。この点は古川柳と俳句はその立脚点が異なっている。

見付からわさびおろしが出て叱り　初31
冬の田はわさびおろしのように見え　二一2
蓮根はここらを折れと生まれ付き　初36
今ひよぐりさうに朝顔つぼんでる　五一10
かまきりはおんぶしようの手つきなり　一二六58
突きあたり何かささやき蟻わかれ　一〇一36

「見付」は、赤坂見付や市ヶ谷見付などの番侍は菖蒲模様の袴をはいているから侍をわさびおろしに卑俗化した。「冬の田」は、稲が刈りとられた田圃《たんぼ》というのはわさびおろしのような模様をしている。「蓮根は」まことに折るのに都合のよい形をしているものだ。「今ひよぐり」は、つぼんだ朝顔は幼児のおしっこしそうなおちんちんの形だ。後の二句の昆虫も人間の尺度ではかっている。

孝行のしたい時分に親はなし　二二23
琴になり下駄になるのも桐の運　拾一〇31
のぼっても峠を知らぬ欲の道　拾一〇32

子を持ってようよう親のばかが知れ　拾一〇26

気があれば目も口程にものを言い　拾二26

誰もが知るこの古川柳にしても詩というよりは諺や格言に近いといえる。古川柳は伝統的な俳句などの「詩」とは少々趣を異にしている。俳句と同じ韻律をもちその源流をひとしくするものであるのだが、俳句ではよまない社会人生の千変万化の姿を自由自在に材料にとり入れ得る広さをもっている。詩の観点から論ずるのは適当ではないとして、散文の性格を持つので「十七字の超短編小説の性格を持つ遊戯的な小型文芸」であると言われる。あるいは、古川柳は現代語としてもとおりそうな口語体で、現実的でおどけたひょうげたよみぶりであり、詩歌の規格からはずれた自由で奔放なところから庶民生活などの一端がうかがわれ、江戸人の生き方興味のもち方感情や感覚を垣間見ることができるわけで、古川柳には風俗史上の意義が存在するといわれる。古川柳は、本格的なもの正統なもの、したがって雅と考えられるものに反発して卑俗な第二義的なものの遊びに徹しようとする居直った気分が見受けられる。古川柳は俳句のように苦吟の末にうまれた句ではなく、たとえば「髪結床や銭湯で無駄口をたたいているうちに即興的に思いついたようないわば気安い文芸であって、一刀三拝的な名匠気質の練りに練った産物ではないのである。古川柳の作者には、一人の芭蕉も蕪村もおらずまたそれを必要としない」（吉田精一）文芸なのである。

## 第二節　前句付《まえくづけ》

### 前句付

室町時代後半から俳諧が盛んになり江戸時代に入って一般に普及するが、俳諧には面倒な規則があり、また、前句に対して付句をどうまくつけてよむかが重要なのだが（これを「付合《つけあい》」という）、初心者には簡単に会得できるものではなかった。そこで考えだされたのが前句付であった。前句付は文字どおり前句に付句を付けるものであって、前句が七七（短句）の場合付句は五七五（長句）で、前句が五七五の場合付句は七七となるわけである。師匠が前句を出題してそれに弟子が付句をつける。それを評点してもらいながら上達への足掛かりにするというものであった。短句と長句からなるので、俳諧修行の世界では二句立ての簡易俳諧、通俗俳諧と言われていた。初めは俳諧の修行として始められた前句付も集団的組織的に行われるようになるにつれて、本来の目的である俳諧修行の意味は薄れ娯楽化興行化してゆくのであった。この興行化した前句付を普通雑俳というのである。

にぎやかな事〳〵

ふる雪の白きをみせぬ日本橋　　　宝七　市谷《いちがや》　初瀬

この句は柄井川柳が初めて万句合興行をした時の前句と付句である。言うまでもなく「にぎやかなこと〳〵」が前句で「ふる雪」が付句である。お江戸日本橋は東海道五十三次の起点で多くの人馬が行き交い少々雪が降っても雑踏で積もることはない、日本橋こそにぎやかなことなのだ。

はなれこそすれ〳〵
子が出来て川の字なりに寝る夫婦　初4

古くから親しまれた句である。夫婦仲良く一緒に寝ていたけれど、子ができたものだから愛しい子を挟んで離れて寝るようになってしまった。三人仲良く並んで寝るさまはまさに漢字の「川」の字形であるなぁと「はなれる」の答えを軽妙奇抜にしゃれている。前句付というのはこのように機知を楽しむゲームのようなものでもあった。

子だくさん州《しゅう》の字なりに寝る夫婦　九二14

古川柳は先行作に追随して少しずらして積重ねるのを楽しむ傾向がある。俳諧では同案を「等類」と非難するが古川柳ではそれが滑稽効果を高めるわけである。すなわち、「子が出来て」の句のように、ちょっと気の利いた面白い句がよまれると、なるほどうまいこと言うやつもいるものだ、よしそれでは俺も一つやってやろうということで元句と同想の句がつくられるのである。二番煎じ三番煎じだとわかってもそんなことはおかまいなしである。子供が一人だと川の字になるのだったら、子供の多い家庭だとこれはきっと漢字の州の字になるわけだよというわけである。

腹の立つ晩まん中へ子をねかし　天六仁2

夫婦喧嘩をした晩はお互い腹がたって顔も見たくないから子供を壁にして寝るというのである。子供もいろいろ役に立つものである。「手がさわり足がさわって仲直り」（七五40）。若い夫婦なんだから、喧嘩したってなに心配することはないすぐそのうちに仲直りするさ。このような同想の句を類句《るいく》（類想句）というが古川柳には膨大な数の類句がある。なお類句については「鑑賞編　詠史句」でも言及している。どの句もたわいない句で取りつきやすくこんな句でよいなら自分でも作れそうだと思ったことであろう。句づくりの楽しみはもちろんだが、運よく入選したら高価な商品や賞金が手に入るのだ。そんなわけで猫も杓子も前句付に熱中したのである。

享保時代いわゆる文芸の東漸期《とうぜんき》において、連想ゲームあるいは謎解きともいえる前句付は万句合《まんくあわせ》の名称で江戸を中心にさかんになった。万句合というのは、興行元（点者《てんじゃ》）があらかじめ「にぎやかな事〳〵」などという問題を出して一般から付句を募集するもので、その応募句の中から選をして勝句《かちく》（入選句）を選びだして一枚刷形式の美濃判暦刷《みのばんこよみずり》（摺）にして発表するものである。その体裁が当時の暦に似ていたので暦摺《こよみずり》万句合ともいった。この勝句披露の刷物は上方では冊子形態（会所本《かいしょぼん》とよぶ）であったが江戸では一、二の特別のものを除いては一枚刷りであった。

一　点者（興行元）が前句を出題して取次所に興行の取次を依頼する。
二　投句者は作品と点料をそえて取次所へ届ける。
三　取次所は作品をまとめて清書して点者に渡す。
四　点者は作品を評点して勝句を刷物にして発表する。
五　勝句の作者に景物《けいぶつ》（賞品）が与えられる。

　万句合興業の仕組みはこのようなものであるが、取次所を介したこのようなシステムは、実は、江戸時代も初期に松永貞徳が俳諧の指導者として俳諧組織を全国に築きあげ多くの弟子を持ったのであるが、遠隔者に対する一種の通信教育の中継所として機能したものがはじめであった。そしてここにいう取次所というのは今日の宅急便取次のような単純な取次ではなく、組連《くみれん》（連《れん》）と呼ばれる創作結社を組んでいて同好の者が集まって句づくりに励んだり、その中で仲間を作ったりして修練をつむ組織なのである。組連の組織がしっかりして熱心でなければ作品は集まらない。それに取次所は一人の点者のみに従属しているものではなく複数の点者の万句合の取次をしているので、興行元の点者は関係をよくしておかないと句が集まらないわけである。だから点者は取次所を非常に大切にしたのである。勝句披露の刷物は、集めた句数の多い組連の順に掲載して功績ある組連が目立つようにしている。そのような配慮がまた組連の競争心を煽るような相乗効果もうんだに違いない。

「点者《てんじゃ》（判者）」というのは、応募作品の出来具合を評点する者のことで江戸には多数の点者がそれぞれ万句合を興行していた。『柳多留』十八篇（天明三年卯年刊）の扉に「東都前句万句合判者連名」として掲載されている点者をあげると、蝶々子《ちようちようし》、苔翁《たいおう》、竹丈《ちくじよう》、雲鼓《うんこ》、白翁《びやくおう》、菊丈《きくじよう》、収月《しゆうげつ》、如露《じよろ》、嶺松《れいしよう》、南花坊《なんかぼう》、黛山《ゆうざん》、一翁《いちおう》、千鶴《せんかく》、圭女《けいじよ》・東月《とうげつ》、白亀《びやつき》、露丸《ろがん（つゆまる）》、机鳥《きちよう》、錦江《きんこう》など十九名であるがほかにも大勢いた。そしてそれぞれ苔翁点、収月点という風に「〇〇点」と名乗って「〇〇万句合」を興行していたのである。

　万句合によまれる対象は多岐にわたっているが、句の内容の雅俗《がぞく》によって高番句《たかばんく》、中番句《なかばんく》、末番句《すえばんく》に分類されていた。高番句は故事、歴史、神仏、当世賛歌など真面目で高尚なもの、あえて新聞に例えれば第一面の政治経済面のような四角ばった内容のもの。中番句は世態、風俗、人情など日常生活をあつかったもの、新聞でいえば社会面あたりであろう。さらに、末番句は恋愛沙汰や下ネタなど少々下品に属する句である。例句をあげてみよう。

信玄は七書《しちしよ》にひいで四書《ししよ》にもれ　六23
嫁の留守孫も味方におびきこみ　六5
口説かれた乳母うなうなをしなと言い　末四25

「信玄」の句は、七書《しちしよ》は兵書《へいしよ》で、孫子《そんし》、呉子《ごし》、司馬法《しばほう》、尉繚子《うつりようし》、三略《さんりやく》、六韜《りくとう》、李衛公問対《りえいこうもんたい》の七書。四書は経書《けいしよ》で、大学、中庸《ちゆうよう》、論語、孟子である。信玄は天下統一を目指したほどの戦術家であるから兵書には委しいが道徳的には欠点があるようだ、それは四書をお座なりにしたせいであろう。父信虎を国外に放逐し、多数の盲人を殺害し、謙信から塩を送られても越後に攻め入っていると喝破している。これは歴史人倫について言っているので高番句であり、前句は「うんのよいこと〳〵」である。「嫁の留守」の句は、嫁が外出したのを幸い孫を自分の味方につけようとしている姑である。「初孫《ういまご》はかわゆし産んだやつ憎し」（一二九24）。姑は嫁が憎くていじめる存在でこれが古川柳では約束事になっている。姑と嫁の仲は昔も今もかわらない永遠のテーマであるようだ。これは中番句で、前句は「きのどくなこと〳〵」である。「口説かれた」の句は、「うなうな」は幼児用語でたたくことである。男に口説かれた乳母が照れ隠しに、悪いことというお兄ちゃんだね、坊や、お兄ちゃんをたたいておやりと抱いた子に言っている。心の動揺を隠す一種の媚態だがこの素振りではどうも嫌ではなさそうだもうひと押しである。これは末番句で、前句は「きのつかぬこと〳〵」である。末番句は刷物の最後に置くのがならわしである。柄井川柳の選句した句の中から、末番句だけを集めた句集に『末摘花《すえつむはな》』というのがあるがこれは「鑑賞編」に詳しく述べている。

## 万句合興行

さて、万句合は多くの投句を獲得するためにさまざまな工夫をこらしている。前述の「にぎやかな事〳〵」など作句しやすい前句題を考案するだけでなく、投句者の心理にいま一歩踏み込んでライバルより優位にたつ必要があった。そこで考え出されたのが入選作に景物《けいぶつ》（賞品）を出すという手法である。柄井川柳の頃の景物の一例をしめそう。

高番句＝木綿一反または五百文程度の賞金
中番句＝平椀一通または二百文程度の賞金
末番句＝平膳一枚または一五〇文程度の賞金

勝句の景物は句の分類ごとに違い高番句が最も高額で末番句は最も低い。柄井川柳の場合入花料《にゅうかりょう》（投句料）は一句について十二文（のちに十六文）であった。当時銭湯が六文、かけ蕎麦十六文、夜鷹（街娼）二十四文という時代であったがうまく行けば十二倍から四十二倍が手に入り、その上自分の作品が刷物なるのだから景物目当てに投句するものも出てきそうだし自信のある投句者なら悪くない投資かもしれない。元禄七年前後の前句付の引札《ひきふだ》（広告チラシ）には、「つれ〴〵（徒然草）諺解《げんかい》五冊物」「太平記（要覧）」「一目玉ぼこ四冊」「伊勢物語　頭書三冊」「節用集増補」「百人一首」など古典、歌書、辞書などの書籍も景物としてあがっている。興行元は景物を取次にわたし取次から入選者個人に渡されるかまたはそのまま組連のものとなるのである。

子を捨つる藪とは見へぬ五丁町《ごちょうまち》（にぎやかな事〳〵）　三七13　御蔵前《おくらまえ》　春日野

思う事みんなかしこの里となし（はずかしい事〳〵）　宝七　神田仲町　巻衣《まきい》

さて、第二節の冒頭に示した句「ふる雪の白きをみせぬ日本橋」の末尾に「市谷　初瀬」とあるのは作者の名前ではなく組連《くみれん》の名である。右の句は柄井川柳の初会万句合の勝句の刷物（川柳評万句合勝句刷《せんりゅうひょうまんくあわせかちくずり》）に出てくるものであるが、末尾にあるのはすべて組連の名であって作者名ではない。取次所ではおそらく作者名は把握していたであろうが点者には知らされない。これはひとつには依怙贔屓をしないためであるといわれているが、またひとつには、投句者には武家も多かったので体面を気にする武家にとって匿名はかくれ蓑になって都合がよく、このため投句を気安くさせる効果があったようである。勝句刷の中からさらに秀逸な句を選んで前句なしで編まれた『柳多留』は、はじめは万句合と同じように作者名は書いていないが、その五篇や八篇になると、巻頭に各組連の達吟者の名を発表して作句者を喜ばせている。さらに九篇からは作者名を明示した組連句会の句をも入れるようになってゆき、今までは単に賞品めあてだけに過ぎなかったこの文芸において、作家個人を認めたことは作者たちを刺激し、それがまた川柳点の人気を高めいよいよ柄井川柳一派を伸張させる効果をうむことになる。

「子を捨つる」の句は、子を捨てるのは普通人気のないさびしい竹藪などであるが、竹藪とは正反対のにぎやかな吉原遊郭（五丁町《ごちょうまち》）だって実は捨子が一杯いるのだ。借金の形に売られてきた（捨てられた）女のいっぱいいる吉原はそうは見えないけれどリッパに藪なのだ。「思う事」の句の「かしこの里」も吉原のことであって、目くるめく里である吉原のあの女のことが頭から一時もはなれないわけで「はずかしいこと」なのである。

柄井川柳の万句合興行は、毎年七月または八月に始まりおそくとも十二月に終わっている。毎月五の日の五日、十五日、二十五日と三回定期興行を建前としているが、柄井川柳や他の多くの点者が万句合興行を江戸府内に限定し、興行の時期を毎年下半期に限定しているのには理由があった。宝暦頃の江戸万句合興行の投句者は、その大きな部分を武家筋が占めていたのであるが、毎年、年の前半は参勤交代で武家の生活は慌ただしい。そのどさくさの収まるのはやっと六月も末頃である。その辺の配慮から毎年の下半期興行であったにちがいないのである すなわち、それは一にかかって武家生活上の都合への配慮から出たものであろう。

柄井川柳は、定期興行以外に、組連を構成している作者たちのグループに出向いて選評をしている。神社などに奉納する「奉納句合《ほうのうくあわせ》」をもったり、「角力句合《すもうくあわせ》」といって、複数の組連を東西にわけて競い合わせる万句合をもったりした。後に『さくらの実』をはじめとして組連の句集が次々出版されるようになるが、それをも彼は選評している。柄井川柳は江戸一番の前句付点者として名声を高めることになるのだが、点を乞われればファンづくりのために日夜懸命に奔走していたのである。

さて、「万句合」は多くの点者が興行しそれぞれに入選句を一枚摺りにして板行している。勝句数が増加して一枚では書ききれない時には数枚にわたることがある。ところが半紙判の刷物は保存に不便であるし、しかも膨大な枚数になるのでいつとはなしに散逸霧消してしまうのである。そのためその多くは後世に愛読されることなく消滅してしまっているが、そのなかで柄井川柳の「万句合勝句刷」のみは幸運にもその多くが残存している。これは柄井川柳という点者の並みでない選句眼に敬意をはらった好事家《こうずか》がたまたま大切に保存していたものなどもあるであろうが、何より注目されるのは、柄井川柳の選句の中から更に抜粋して編んだ『柳多留』および『柳多留拾遺』などの発刊と、そしてこれが全国に普及したことが現存に大きく寄与したのであろう。

# 第三節　雑俳《ざっぱい》

ある課題が提出され、それに応じて付句をするという前句付は、最初は俳諧の付句の練習として始められた手法であったが、時代がすすむにしたがってしだいに娯楽化しまったく別種の文芸として発展してゆく。およそ考えうる限りのさまざまの言葉遊びが残す余地なく案出され大衆向けの懸賞文芸となってゆくのである。笠付《かさづけ》、沓付《くつづけ》、折句《おりく》、回文《かいぶん》など伝統の言語遊戯はもちろん新種が続々と現れた。これら大衆的な性格を持つ俳諧を雑体《ざつてい》の俳諧という意味で「雑俳《ざっぱい》」と呼ぶが、雑俳と古川柳は別のものではなく雑俳の主要部門である前句付が古川柳そのものなのである。ここでは雑俳のさまざまな形態をひととおり眺めてみることにしよう。

## 笠付《かさづけ》系の雑俳

待ちかねて　月代《さかやき》妻に剃らせけり　　以上『奈良土産』（元禄七年刊）

夜も寝ずに　かるたに痩《や》する松の中《うち》　　『あかゑぼし』（元禄十五年刊）

おかしやな　舌さきばかり死ぬ喧嘩　　『俳諧口三味線』（元禄十五年刊）

あつい事　貴様も蚊帳を出た衆か

さけばかり　夜着は質屋にのまれけり　　『俳諧住吉をどり』（元禄九年刊）

「笠付《かさづけ》」（江戸では冠付《かむりづけ》という）は、烏帽子《えぼし》付、五文字付、かしら付、切句《きりく》ともよばれているもので最初の五文字（上五《かみご》　笠）が題である。すなわち出題された上五の下に七五（中七《なかしち》と下五《しもご》）の十二文字をつけて十七音にする文芸である。付句しやすい抽象的な前句（「待ちかねて」など）が出題されるのは多数の投句を集めて興行を成功させるための方策である。このような抽象的な前句は付句の自由な発想をうながし、おかしさ、うがちを生命とする付句を生みやすくするのである。笠付も初期のものは俳諧調で平凡なものが多いが（例句の最初の二句など）次第に通俗的なものになってくる。軽妙手軽な笠付は一般に歓迎されたがより遊戯性に富んださまざまな趣向が加えられてゆく。

秋の田の　案山子によっきり寝ずの番
春過ぎて　蚊帳がもどれば夜着が留守
あけぬれば　さし櫛拾う桟敷番
以上『もみじ笠』（元禄十五年刊）

「小倉付」である。『小倉百人一首』の初句の五文字を笠にしている。同じ趣向で『源氏物語』の和歌五文字を笠付にするのを「源氏付」、謡曲の語句を取入れるのを「謡付《うたいづけ》」といった。ただし謡付は初五、中七、下五の場所は定まっていない。

笠付にしりとりの要素を加えたのが「段々付《だんだんづけ》」である。前の句の末尾の五文字を次の句の笠にして七五をつけるものである。

夕けぶり　村々にある山の景

山の景　四季に品あり富士の山
富士の山　近江の海のすっぽぬけ
すっぽぬけ　親の寝濃《ねごい》いに子のはだか（「ねごい」は寝相がわるいこと）
子のはだか　足出す雛の親しらず
親しらず　語りつたえに討つ敵《かたき》
討つ敵　日々に蘇生をかぶき芸
以上『雪の笠』（宝永元年刊）

上五を題とする笠付の反対に下五を題とするものを「沓付《くつづけ》」（袴付《はかまづけ》）という。

気あつかい　あとからも女中の供の気あつかい
雨用意　まるまると月も笠めす雨用意
額の蚊　おもうさま立《たつ》あとたたく額の蚊
ふるだたみ　なんぼにも手まりはずまぬ古畳
以上『若ゑびす』（元禄十五年刊）

その他、上五と下五を出題し中の七文字を入れさせる「中入《なかいれ》」や、中七を題として、上五と下五を付けさせる「上下《じょうげ》」などがある。笠付は賞品や賞金が賭けられるところから文芸を離れて賭博化していった。もともと出題された五文字に七五をつけて競うものであったのが、その七五も点者のほうであらかじめ作句し、三つの題（三笠《みかさ》）にそれぞれ二十一句をつけたものを示し（さいころの目の合計に合わせた）、あらかじめ決めておいた正解句を封に入れ点者の選と一致した者に賞金を与えるという方式で、一種のくじ引きと変わらないものになっていった。十文を投じて当たれば四百倍（一両）の高率であるから人々の射倖心を大いに刺激した。応募者はまったく創作活動をしないわけだが、できうる限り多くの者に応募させて入花料《にゅうかりょう》を稼ぐために平易なうえにも平易にすることを競いあった結果であった。しかしあまりに賭博性がはなはだしくなったので享保年間に幕府に禁止されるにいたった。

## 折句《おりく》系の雑俳

「かきつばたという五文字を句の上にすえて旅の心を」よんだのが、「からころも　きつつなれにし　つましあれば　はるばるきぬる　たびをしぞおもう」であった。『伊勢物語』第九段でおなじみの言語遊戯の原点ともいえる折句《おりく》は雑俳にも継承された。五七五七七の各一字目に折り込むのと同じ方法である。ただ雑俳の折句は当然三文字である。

水かがみ　それが井筒の　れんほの根　（ミソレ（哉）の折句）『春漲江《しゅんちょうこう》』（寛延刊）

わが庵は　かたじけ夏は　はだかなり　（「わかば」の折句）雲鼓《うんこ》評

伊勢は神　奈良は仏を　かさにきる　（「いなか」の折句）『孔雀丸』

## 物名《もののな（ぶつめい）》系の雑俳

同音異義語を利用する雑俳に二種ある。一つは和歌でいう物名《もののな》（隠題《かくしだい》）とまったく同じもので雑俳では「立入《たちいり》」と呼ぶ。『源氏物語』の巻名、人の名、名所、橋の名、東海道五十三次、十二支、木、魚、鳥などを隠題としてよみ込んでいる。

魚名　くちをしやこちらがえそは棒だらけ　（石首魚《くち》・鯒《こち》・狗母魚《えそ》・鱈）

国名　丹波茶は出はしまするが花香がない　（丹波・出羽・志摩・駿河・加賀）以上『経よみ鳥』

国名　みのる田のいなばにおきしあきの露　（美濃・因幡・隠岐・安芸）『塵塚』

鳥名　うかりけり壁に耳つく浮世かも　（鵜・雁・木菟《みみずく》・鴨）『海士をぶね』

## もぢり

同音異義語を利用する雑俳の別の一種は「もぢり」である。たとえば、「ありがたかりし」という言葉は「有難かりし」「蟻がたかりし」の両義に通じる。そこで、これを中七に置き、

お祖師様　ありがたかりし　瓜の皮　『塵塚』

「祖師」は宗派の開祖で「お祖師様」といえば日蓮をさす。「お祖師様有難かりし」と「蟻がたかりし瓜の皮」が中七の同音異義語で重ね合わされる。

あぶり餅　こがしゃかとなる　摩耶夫人《まやぶにん》

「摩耶夫人」は釈迦の生母。「こがしゃかとなる」は「焦しや固《かと》なる」「子が釈迦となる」の同音異義である。「あぶり餅とかけて摩耶夫人と解く。その心は、こがしゃかとなる」というふうにもつかえる。もぢりは言語遊戯性が濃くおもしろい作品が多い。さらに数句を示そう。

お姫様　ふりそでめした　月の笠（「振袖召した」と「降りそで召した」）
植木店　つぎほしておく　洗濯屋（「接穂しておく」と「継ぎ干しておく」）
枠《わく》火鉢　すみをつぎたし　碁の助言（「炭を継ぎ足し」と「隅を継ぎ足し」）
染物屋　もんにのりおく　使者の馬（「紋に糊置く」と「門に乗り置く」）
小娘の　とのほしそうな　破れ窓（「殿欲しそうな」と「戸の欲しそうな」）
古足駄《せった》　はなをたてたし　持仏堂（「鼻緒立てたし」と「花を立てたし」）
久米の仙　はぎのまよいは　秋座敷（「脛の迷いは」と「萩の間良いは」）
以上『つばめ口全』（寛政年間）
うりの皮　むいて見せたる　後帯（「剥いて見せたる」と「向いて見せたる」）
ほととぎす　きいてまいった　茶碗酒（「聞いてまいった」と「効いてまいった」）
親に孝　するが第一　竹細工（「為が第一」と「駿河第一」）
以上『塵塚』

## 回文《かいぶん》系の雑俳

回文というのは上から読んでも下から読んでも同じ言葉のことである。誰でも知っているのは「竹屋が焼けた」であろうか。古川柳の句に「回文の屋号八百屋に焼接屋」（鈴木棠三『ことば遊び』）というのがあるそうである。焼接屋《やきつぎや》というのは磁器のわれたのを釉で焼いて継ぐのを渡世とする者のことである。回文《かいぶん》は技術面からいえばもっともむずかしい言語遊戯である。

長き夜のとおのねぶりのみな目覚め波乗り船の音のよきかな

平安時代からある有名な回文である。正月の宝船の絵に添えてあって、これを正月二日の夜に枕の下に敷いて寝るとめでたい初夢を見るとされた。三十一文字の和歌より雑俳は十七文字と数が少ないので多少はよみやすくなるであろうか。

長居するさけのみの今朝るすいかな　『種ふくべ』（天明二年刊）
御意見がしみてしてみし寒稽古　『新編柳多留』二
草の名は知らずめづらし花の咲く　『新編柳多留』一一
繋《つな》ぎ船淀人《よどびと》一ト夜眠《ねぶ》き夏　『新編柳多留』一一
北をしめ冬の夜の夕飯《ゆうめし》を焚き　『新編柳多留』一九甲
人に似た案山子に鹿が谷に飛び　一五〇24・28

咲く数は十日咲かうと二十日草《はつかくさ》　一六四15

孫抱かば太鼓羽子板博多ごま　一六五13・18

回文は上下どちらから読んでも完全に同じである方がいいに決まっているが若干の許容事項が認められている。清音と濁音とを同じと見てよいだとか、かな遣いの相違は問わないといって、オとヲ、エとヱ（ゑ）、ムとンは勿論のこと、「家《いへ》」の逆さが「えい」、「手引き」の逆を「聞いて」にしても差し支えないとしている。つまり、耳で聞いて同じようなら構わないようである。本著の「貞門の俳諧」のところで登場した松江重頼は、俳諧作法書『毛吹草《けふきぐさ》』で回文のかな遣いについて述べているが、例句として次のような回文をのせている。

家《いへ》にけさ屠蘇酒《とそざけ》さぞと酒に酔《ゑ》い　『毛吹草《けふきぐさ》』

## その他の雑俳

主として母音の一致によって口調を似せ、もとの言葉とよく似た別の言葉を見つける言語遊戯、語路合せを「地口《じぐち》」という。「地口」は江戸の名称で上方は「口合《くちあい》」である。

雪見に出たか山谷舟　（一富士二鷹三なすび）

年の若いのに白髪が見える　（沖の暗いのに白帆が見える）

検校《けんぎょう》喧嘩杖がたくさん　（天上天下唯我独尊《てんじょうてんげゆいがどくそん》）

江戸では稲荷祭に地口行灯が並べて掛けられた。これは地口を絵で表したもので、一本に五つの団子を三串描き「団子十五」（「三五十五」の地口）。茶筅を達磨の姿に見立て、「達磨大師の茶筅の姿」（「座禅の姿」の地口）としたものなどの例がある。雑俳でも地口が一つの種目になっている。五七五の制約はない。

五月雨降らでも傘用意　（侍食はでも高楊枝）
下戸に御飯　（猫に小判）
ばばのけのけお乳母が参る　（お馬が参る）
松ほど椿桃はなし　（待つほどつらきものはなし）
乙女の素肌しばしとどめん　（処女の姿）以上『磯の波』

初五が課題になっている句もある。

泣きもせぬ　日は大嘘の虎御前　（大磯の）
失しのうて　櫛惜しいやら無念やら　（口惜しい）以上『磯の波』

京都でも口合の人気は高く、安永二年（一七七三）口合の撰集が刊行されている。『口合秘事手引草《くちあいひじてびきぐさ》』（省私館・梅亭共著）である。

客や殿さま藤の森　（咲くやこの花冬ごもり）
今をはじめと聞くやこの沙汰　（今をさかりと咲くやこの花）
元日雑煮を祝わんせ　（毎日そうして拝まんせ）
年内しばし古《ふる》なる暦　（めんない千鳥手のなる方へ）以上『口合秘事手引草《くちあいひじてびきぐさ》』

現在も行なわれている「物はづけ」も雑俳の種目であった。

さがる物は　野馬台の蜘蛛
たづねる物は　すずめの宿
新しい物は　釣り竿を直ぐに料理の舟遊び　『天の逆鉾』

江戸時代に行われた雑俳の諸形式をごくごく簡単に見てきたが、これ等はいずれも遊戯的な性質を多分にもっておりその時代の人々の機智諧謔がうかがえる。このような雑多な形式の生じたのは江戸中期以後のことで、元禄時代にはもっぱら前句付と笠付とが行われたのである。そしてその時代においては、しだいに卑俗になったとはいっても、やはり俳諧修行という考えが残っており、したがってさほど乱雑卑俗なものにはならなかった。ところが雑俳を専門とする点者が増えるにともない競争になり、賞品などが提供されるようになって射幸心を煽ったのでしだいに堕落してゆくのである。

# 第三章　柄井川柳《からいせんりゅう》

## 第一節　柄井川柳

### 川柳評万句合《せんりゅうひょうまんくあわせ》

天人《てんにん》は小田原町をのぞいて居《い》　　新編歌俳百人選

柄井川柳の万句合興行のなかに意味の分からない句があった。彼は理解しようとして日夜思いにくれていたのであるが、ある日彼の妻が浅草寺にお参りに行った時のことであるが、本堂の格天井《ごうてんじょう》に天人像が描かれていてそのちょうど下に小田原町の奉納した提灯がぶら下がっていたのである。それがまるで天人が上から提灯をのぞいているように見えたので、妻はとっさに句の意味を解し、帰ってそれを告げたところ柄井川柳は横手をうってこの句に高点を与えたという。これは『新編歌俳百人選』［嘉永二年（一八四九）編者 柳下亭種員《りゅうかていたねかず》］に収められているもので、柄井川柳の点者としてのすぐれた鑑賞力と熱心な選句態度がうかがわれる有名な逸話である。

もうひとつ、柄井川柳の人となりがうかがえるような事例を紹介しよう。彼が立机《りっき》して初めての万句合《まんくあわせ》興行は、応募句が少なく実に惨憺たる結果に終わるのだがその詳細は後述するとして、そのときの勝句披露の「川柳評万句合勝句《せんりゅうひょうまんくあわせかちく》刷《ずり》」の末尾に掲載されている彼の口上《こうじょう》である。

先だって申し上げ候通り、私儀神を祈り正直を元と仕《つかまつ》り候ゆえ、見苦しき開《ひら》きご覧いれ申し候。この上は次第に句高もあい増し候よう、ひとえにご憐憫ご贔屓願い奉り候……。

応募句の極端に少なかった事を「みっともない万句合興行をお見せしてしまいました」と恥じいり、「これからも正直をモットーにして誠実にやってゆく所存でございます。応募句も次第に増加してゆくようどうかお見捨てなきようご憐憫ご贔屓を切にお願い申し上げます」と、みじめったらしく実にすがるような思いで述べており彼の謹直な人柄が如実にあらわれている。「先だって申し上げ候通り」の文句は彼が点者として立机する際に各方面の取次組連に配布した挨拶状のことを言っているのであるが、そこには選句に当っては依怙贔屓もなく情実にとらわれず「神を祈り正直を元と仕　候《つかまつりそうろう》」と約束が書いてあったのである。このような正直さ厳格さが投句者に好感を持たれたようであり人気を集めた一要素になっていたのかもしれない。

柄井川柳は享保三年（一七一八）十月、浅草新堀端《しんぼりばた》の龍宝寺門前町の二代目名主柄井八右衛門の長子として生れ、幼名は勇之助といい後に正道と称した。俳号は緑亭または無名庵、川柳である。父の隠居のあとを受けて宝暦五年（一七五五）に相続して三代目名主となり父の名を襲って八右衛門となった。これは彼の三十八歳の時である。そして二年後の宝暦七年四十歳の時に万句合点者として立机《りっき》（俳諧の宗匠となること）したのである。九世川柳「号」万治《まんじ》楼義母子《ろうぎぼし》が『柳風狂句栞《りゅうふうきょうくのしおり》』（明治三十年刊）に誌すところによれば、柄井川柳の曾祖父柄井将曹が寛文十年頃東叡山寛永寺へ東下された一品入道天真親王《いっぽんにゅうどうてんしんしんのう》（後西院《ごさいいん》天皇第五皇子）の御用掛として随従して来たのが柄井家江戸移住のはじめである。その子図書の代に寛永寺の末寺にあたる浅草新堀端の龍宝寺の寺侍となり一時出家の志を抱いたこともあったが、後、龍宝寺門前町の名主となる。その子八右衛門またその職を継いだとある。柄井川柳は元は蕉風の俳諧師であったとか、あるいは大島蓼太《おおしまりょうた》について学んでいたところ俳風が合わずこれをたしなめられたので、「目ッかちの蛙桂馬にとんで行き」の一句を残してその門を去ったと伝えられている。なおこの句については『誹風柳多留全集索引篇』（三省堂）によると、九〇篇37の幸司、一三九篇18飛入の句（蛙を蟇としている）として載っていることでもあり彼の句であるかは確証できない。

柄井川柳は宝暦七年（一七五七）丑《うし》年八月二十五日に第一回の「川柳評万句合《せんりゅうひょうまんくあわせ》」を開いたが、その時の寄句高はわずかに二百七句入選句は十三句にすぎなかった。また、同年九月五日開《ひら》きのものは寄句高五百九十八句というような状態であり、また同年十二月の最終回でも寄句高が千六百五十三句入選句四十六句という貧弱なもので、他の点者の寄句高が平均三千句ほどなのに比べて遠く及ばなかった。名主としての信頼や知名度からもある程度期待されての興行であったであろうが、右のような結果は柄井川柳本人はもとより周りをも失望させる結果に終わってしまったようだ。まずは第一回の「川柳評万句合勝句刷《せんりゅうひょうまんくあわせかちくづり》」を見てみよう。

万　句　合　　　丑　八月廿五日開き

物句高　二百七員　川柳評

祝い社《こそ》すれ〳〵
○はずかしい事〳〵
△にぎやかな事〳〵
×おびただし
がってんじゃ

御家老の出るを女中は待ち兼る　市谷　初瀬
△五番目は同じ作でも江戸生れ　浅草新堀　若菜
○十月《とつき》には弘《ひろ》めぬ先の月を入れ　浅草阿部川町　都
△ふる雪の白きをみせぬ日本橋　市谷　初瀬
△子を捨る藪とは見えぬ五丁町　御蔵前　春日野
△狂わずに二文でわたる十五日　山下薩秀堂　櫻木
△釜の蓋山門も明く年季者　芝金杉　青柳
死跡の弔い永き一ちの銛　廣徳寺前　みとり
目出たいはどこで聞いてもなまぐさい　下谷　いろは
○惚れて居たようにも無いとおしやられ　四谷塩町　尾上
豆腐やの屋根羅生門　新寺丁　松風

△宿下りの内はがくやになり勝て　東仲　東雲
○思ふ事みんなかしこの里となし　神田仲町　巻衣
（〆番勝句　拾三員）
先達而申上候通私儀神を祈り正直を元ト仕候故見苦敷開キ御覧入申候此上次第に句高も相増し候様偏に御憐憫御贔屓奉願候後会御句晦日迄取次方へ被遣可被下候以上

冒頭に万句合の興行日を記し（丑《うし》　八月廿五日開キ）、寄句の総数を書き（惣句高　二百七員）、点者名を記す（川柳評）。この時の前句題は「祝い社《こそ》すれ〳〵」、「〇はずかしい事〳〵」、「△にぎやかな事〳〵」の三種とそれに「×おびただし」、「がってんじゃ」の「冠付《かむりづけ》」の題が二種出題されている。前句の「〇×」の記号に対応する勝句は句の頭にそれぞれ記号が記されているわけである。そして最後に点者柄井川柳の口上がのべられている。万句合の入選句（勝句）はざっとこのような形式で発表されたのである。

第一回の「川柳評万句合」の寄句高《よりくだか》に対する勝句《かちく》率（入選句）が六・三パーセントと高率になっているが、これは初回のサービスということもあるが、あまりに数が少ないので刷物の体裁を整えるためにも入選率を高くせざるを得なかったものと思われる。通常の勝句率はだいたい三パーセント前後なのである。

柄井川柳は三十八歳で名主職を継ぎ二年後の宝暦七年に立机したが、宝暦初年に万句合興行を行っていたのは雲鼓《うんこ》、黛山《ゆうざん》、収月《しゅうげつ》、一翁《いちおう》、湖十《こじゅう》などであり宝暦六年には収月以外はだれも興行を行っていない不思議な年である。万句合興行のマンネリ化の一つの現われであろうといわれているが、宝暦七年には収月も亡くなり、柄井川柳が手本にした『武玉《むたま》川《がわ》』も九、十篇が前年に出て続刊の予告をしているもののそれ以降まだ出ていない。したがって、ライバルが少ないということで柄井川柳の立机を「グッド・タイミング」と見る研究者もいるようだが、万句合興業がマンネリ化など停滞期にさしかかっていたのであれば最悪の時期に立机したことになる。時期選択のまずさや点者としての実績のないこと、知名度の低いことがすなわち寄句が少なかった理由であろう。

## 川柳点《せんりゅうてん》の人気

柄井川柳が立机した当初彼の万句合は振るわなかったが、次第に点者としての力量が評価されてゆき数年後には押しも押されもせぬ万句合界の大御所になって行くのである。川柳点の応募句のピーク時は、たとえば明和四年（一七六七）九月二十五日の二万三千三百四十八句を最高に一万句を超えることが何回もあった盛況ぶりで、点者柄井川柳の人気が尋常でなかったことがうかがえる。応募句数の最高時の前句題は、「まねき社《こそ》すれ〳〵」「たのしみな事〳〵」「おしわけにけり〳〵」「りっぱ成りけり〳〵」の四種と冠付《かむりづけ》が「思ふまま」であった。

　りっぱ成りけり〳〵
元旦にはらを立つのもはじのうち　　明四礼2　芝　あふみ
　おしわけにけり〳〵
雛まつり旦那どこぞへ行きなさい　　五22　芝　あふみ
　おしわけにけり〳〵
朝がえりながしのきわでたたかれる　　明四　い、田丁　にしきぎ
　まねき社《こそ》すれ〳〵

呉服屋はおちつく迄のやかましさ　五24　四谷　むさしの

「元旦」の句は、当時の風習として元旦には腹を立ててはいけないことになっていたから、堪忍したのは立派である。「元旦のそそう二日にしかられる」（明四天1）。元旦に叱られないから安心していたがそうは問屋が卸さないのだ翌日にしっかり昨日のことで叱られた。「雛まつリ」の句は、年に一度の女の子のお祭り雛まつりに、白酒を飲みながら女だけで思う存分おしゃべりを楽しもうとしているのに、かさ高い男にウロチョロされると邪魔で楽しめない。おとうさんパチンコでもしてらっしゃいといったところ。「朝がえり」の句は、吉原遊郭からの「朝がえり」だろう。台所で女房に小言をいわれつっ突かれてる。下手に口答えでもしようものなら女房は烈火のごとく怒り狂う。「朝帰りそりゃ始まると両隣」（七8）。向こう三軒両隣りはちょっと迷惑顔だが、そろそろ夫婦喧嘩がおっぱじまるぞと期待もしているのだ。「呉服屋」の句は、呉服屋が来たので最新流行の色柄を見ることができると女どもは心うきうきしている。それなのにこの呉服屋ときたら気がきかないったらない、荷を開く前の前口上がやたら長くてくどくてなかなか見せてくれない。調子を合わせて聞いているけれど実際うんざりするんだよ。勝句とはいってもこんな他愛のない作品なのである。これを目にした読者はこの程度なら自分もなんとか作れそうだと思ったことであろう。入選すると景物《けいぶつ》（賞品）まで出るから多くの人たちが前句付という文芸に夢中になっていたことが何となく理解できる、とにかく面白いのである。川柳点の魅力の一つに取り組みやすさがあったことは否定できないであろう。

川柳点が江戸っ子に歓迎されたのは、他の点者の選句はいまだ俳諧調が濃く生硬だったのに対して、江戸という大都会の春風駘蕩《しゅんぷうたいとう》の気風をこめ句調の柔らかい句をとり庶民的な低俗さに焦点を当てた点にある。低俗卑近な世界に踏み込んだ句を選定したことはそれまでの前句付にはあまりなかったことで、前句付の世界に新風を吹き込んだのであった。

時代の好尚を察する明敏さと選句にあたる態度の公平、慎重さでもって、滑稽、洒落、諷刺等を重んじ、人情の機微をうがち、人生、社会の真相を写している句をとりあげた。それらは素材のめずらしさや面白さではなく、それを見る目の確かさ観察の鋭さが人間の実体にいかに迫りいかにえぐり出しているかその切れ味に着目したことが江戸っ子の嗜好によく叶ったのである。また、「川柳点」の人気の要因としては『誹風柳多留《はいふうやなぎだる》』を版行したことも見逃せない。これは呉陵軒可有《ごりょうけんあるべし》という編者が「川柳評万句合勝句刷」の中から、さらに輪をかけて柔らかい句調の佳句を選抜したものであったから、『柳多留』を大衆になじませ「川柳点」の人気をますます高める効果をはたしたのである。これについては後述する。

『柳多留』は二十四編までが柄井川柳の選定した句で、二十五編以降は彼の選定句は少なくそれらは一般に狂句と呼ばれて区別しているが、幕末まで実に百六十七編出板されておよそ十一万三千六百句が収録されている。この『柳多留』が当時どんなに朝野から歓迎されたかは、江戸随筆や戯作類にもしばしば引用されていることでわかる。

近き頃より、専ら柳樽《ママ》というものおこなわれて、このものの鋭く神妙なることは、また俳諧の発句にまされり。

豊前小倉藩の重臣西田直養《なおかい》（一七九三—一八六五）の『筱舎漫筆《ささのやまんぴつ》』である。俳諧の発句はもちろん滋味深いが、近ごろ評判の『柳多留』というのは人間観察が鋭くその切れ味は実に神妙なものがあると感心している。また幕臣で金奉行もつとめた志賀忍《しのぶ》（一七六二—一八四〇）が『理斎随筆《りさいずいひつ》』で、「頼政の射たりし恠鳥《かいちょう》を鵺《ぬえ》という。扨《さて》また爰《ここ》におかしき川柳の句あり」と述べてその句を披露している。

早太《はやた》おもえらく四条へ出したらば　　五五18
猪《い》の早太さまとたづねて山師来る　　三九15
猪の早太猿だ猿だと初手はいい　　典拠不明［以上『理斎随筆』（『日本随筆大成』三―一）吉川弘文館］

猪《い》の早太は頼政の家来で共に鵺《ぬえ》を退治した。退治した鵺は頭が猿、胴体は虎、尾は蛇の妖怪である（異説も多く存在する）。こんなめずらしい妖怪を京都四条で見世物に出したらきっと大当たりして儲かるだろうと早太は考えた。早太ごときが考えたくらいである。興行を手掛ける山師が早速もうけ話をもって猪の早太を訪ねて来たという。早太は決死の覚悟で妖怪鵺に向かっていったが、鵺の頭は猿だから初めは猿だ猿だと勘違いしたのも無理はない。

川柳の口才には深思せざれば了解を得ず。或る宴席にて某侯予にこの句奈何《いかん》と問われけるが、急に暁《さと》ること能はず。

肥前平戸藩主松浦静山《まつらせいざん》（一七六〇―一八四一）の愛好ぶりもなかなかで、その随筆『甲子夜話《かっしやわ》』（文政四年）で『柳多留』の句を多数引用しているので一、二を紹介しよう。ある宴席で酒も入っていい気分になっていた頃、さる大名が句を示しながら貴公はこの句の意味がお分かりかなと寄ってきた。

門口に医者と親子が待っている　　『甲子夜話』より

見ると『柳多留』の句なのだがとっさには理解できなかった。意味が分かった時、なんとまあ卑猥で人を食ったばかばかしい句であることよと謹厳な静山はちょっと腹をたて、殿中でござる止めなさいと言ったという。ところがわざわざ詳しく記しているところをみると自分も興を覚えたのであろう。門口は女性の持ち物。医者は薬指、親子は親指小指のことである。句意は賢明なる読者諸氏がご推察願いたい。

「川柳と云える点者あり。軽浮鄙猥《ひわい》の事ながら十七字の内に、自在に含蓄したることを言いおおせたる手際は、其徒の右に出るものは非らざるべし。恐多きもあれど、余りに事態をいいかないたると思えば」と前置きして

あんこうを寺につるして大さわぎ　　　　『甲子夜話』より

川柳という点者は、下世話な事柄ではあるがたった十七字で自由自在に世態人情を穿ち含蓄ある句にしている。その手際は見事というほかなくおそらく彼の右に出るものはいないであろう。この句は家康公に関係する事なのでまことに恐れ多いことながら、あまりにうまいくいいかなっているから書き留めておくのだ。軽薄で少々ばかばかしくも思うがこんな着想は常人では真似ができないことであることよと感心している。この句は、豊臣家が京都方広寺の鐘に国家安康と銘を刻したのを家康の二字を断ち切ったと徳川方が難くせをつけたことをさしているが、魚の鮟鱇《あんこう》の吊るし切りを念頭においている。静山は、四世川柳の門人であると称し松山（松浦静山か）と名乗って二百数十句にのぼる作者でもあった。以上の例をもって全般を推しはかることはできないが上流人士の間にもかなりの『柳多留』愛好家がいたとみえる。

さて、「川柳評万句合」の人気が高まってくると勝句もそれにともなって多くなってくる。勝句率が平均三パーセン

トとすると投句数が三千でだいたい九十句が勝句になる計算である。それを刷物にして発表するわけであるが、万句合は年に数回興行されるので、その年の何回目かを示しておくと整理に便利である。そこで目印をつけることになったが、その目印のことを相印《あいじるし》（合印）といった。「川柳評万句合」の場合は宝暦八年十月五日の開き分から相印が採用されるようになり、合印は「天満宮梅桜松仁義礼智信鶴亀叶《かのう》」の順であった。「中条の少し手前でフッと消し」の句は、「明七梅1」の万句合の句である。（鑑賞篇第六章「中条」参照）すなわち、明和七年第四回目（梅）の万句合勝句刷にある一枚目の句であることがわかるのである。勿論他の点者も相印を持っていて、苔翁の相印は「春夏秋冬風賦比興」、露丸は「乾坤大道孝貞忠」といった具合である。

江戸っ子は宵越しの金を持たないと言われ金銭には淡泊であるようだが、人気者の所得はやはりちょっと気になるものである。柄井川柳は名主役を勤め資産も多少あったらしいが万句合の点者としてもかなり収入があり裕福な暮しをしていたようだ。句の入花料は一句につき十六文であって寄句数は一回に最低二千五百句内外だから四万文ほどになる。一両が四千文だから、一回あたりの入花料収入は十両になるわけだ。その中から諸経費を支払わなければならないがそれが一年に十三、四回もくりかえされ、さらに、最高二万五千句内外にも達したことがあるから一年間の入花料はおびただしい金額にのぼるわけである。

## 知識人の参加

江戸は徳川家康が幕府をひらいた頃は茫々たる武蔵野が広がるばかりの荒野であった。政治機構の整備と都市建設は猛烈な勢いで進められ、巨大な消費をめざして人口が集中し「江戸は諸国のはきだめ」（荻生徂徠『政談』）と評されるようになる。開府後百年もたった享保（一七一六―一七三六）の頃には江戸人口も百万人に達する大都会になっていたといわれ、当時世界一のロンドンが七十万人、パリが五十万人であったので江戸の町がいかに大都会であったかがわかる。ところが文化面となるといつまでも後進都市で上方依存のままであった。しかし、東海道はじめ諸道も整備され交通が容易になり経済文化もより活発になっていった。印刷技術の発達や飛脚便による郵便事業の整備、寺子屋などの教育機関の増加と識字率の向上など教育の水準も高まった。また、この頃は幕臣はもとより江戸市民も親子何代にもなっていて次第に江戸市民という自覚や連帯感も芽生えていて、いわゆる文運東漸《ぶんうんとうぜん》といわれるようにここにいたって江戸独自の文化がめばえてきたのであった。

ところが一方幕藩体制の矛盾が噴出してきた時代でもあったので、体制保持のため町人たちを儒教道徳の下に小さく押し込め主体的な活動を与えないようにした。町人たちはいきいきとした精神を失って卑屈になり沈滞と鬱屈が生じるが不平も言えなかった。文芸においては、やりどころのない鬱陶しさを幕府ににらまれない範囲でちょいと小出しにまぎらわしてみるといった態度がとられた。これはいわゆる逃避精神にほかならないわけであるが、彼らは、しかし、逃避そのものまで無価値にしてしまうのでなくその価値は技巧において求められ、技巧だけは非常な熱心さで彫琢されていったのである。「自己表現の衝動を抱きながらも自己保存の本能につながる人たちは人生の真の姿を徹底的に描き出すよりも現実と妥協した軽い刺激に逃避したのである」（小西甚一『日本文学史』）。これらは武家町人ばかりでなくこの時代に生きたすべての人たちに共通した宿命であった。

さて、江戸の知識層の多数を占めるのは武家で、とくに幕臣たちは麹町、番町、市谷、四谷、牛込などの地区に居住していた。この地域には万句合を取次ぐ有力な組連があり投句数が多いことから多数の幕臣が参加していたことが推察できる。明和元年の川柳評万句合に、百川、菊印、竹惣、梅林、五島、哥印、千思、紀印など作者名を朱墨で書込んであるのにまじって一つだけ田安君殿と最上級の敬称をつけたのがあった。

けいさんが袋に入るとかんが出来　　飯田町中坂　にしき（明和元年十一月十五日）

これが田安君殿の句である。書きものをしていたのを終え圭算（文鎮）を袋にしまうと、ちょうどその時夕飯の膳の上に燗のつきごろの酒が待っていて実にグッドタイミングだというのである。前句は「いいかげんなり〳〵」である。この田安君殿は八代将軍吉宗の第三子宗武のために創設された田安家の殿様田安宗武（一七一五―一七七一）にちがいないというのである。「にしき」という組連は、飯田町でも中坂にあった。中坂は滝沢馬琴も後に住んでいたところで九段には最も近い坂である。こうした地理的な点からこの「田安君殿」は九段坂の田安宗武に違いないと推定している。なおこの句は前句とあわせてよまないと意味が理解できない句だから前句なしでもわかる句を集めた『柳多留』には収められていない。また、菊印、紀印というような印のつく名も大名や高級の旗本であろう。前句付は身分のある知識人もくつろいだ時の消閑の具としてふさわしかったのであろう。

はえば立て立てば歩めの親心　四五22
寝ていても団扇《うちわ》の動く親心　初31
孝行のしたい時分に親はなし　二二23
相性は聞きたし年はかくしたし　六41

すべてよく知られた句である。「はえば立て」の句は、今も昔も変わらない子を思う親心である。子が這うようになったといっては喜び立ったと言っては早く歩く姿を見せてくれと願う。庶民ならだれでも抱いている心情である。「寝ていても」の句は、子に添い寝しながら団扇で風を送っている母親は日頃の疲れが出てうとうとして眠りかけるが団扇はまだ動いている。子を限りなく愛する親心である。「孝行」の句は、若いうちは放埓な生活をしたこともあったが結婚して子も出来て一家の主となり社会人としても一人前になった。親のことを思いやる心の余裕もできて、さて孝行をしようと思った時には親はもうこの世にいないのだ。人間生活の真実をうがった句であって通俗ではあるが素朴な真理をふくんでいる。「相性」の句は、女もちょっと年かさになると一つでも若く見られたい。相性を占ってもらうには事実を白状しなければならないがちょっと恥ずかしい気がするのだ。こういう気持は、人情の自然として誰でも経験することであり凡庸な人間の共通な心理というべきものである。ありふれた人間に共通なごくあたりまえの心持をこれらの句はうがっている。

古川柳は庶民文芸といわれるとおり優雅や風流とは無縁のあけっぴろげの世界である。よまれている内容は低俗下世話《げせわ》なものも多く庶民が日常生活を営んでいる中から自然に生まれ出たような句が多くよまれている。長屋の八っつぁん熊さんたちもよんでいたのだと一般に思われている。ところで、下世話な世界を舞台にしてよんではいるが、人情の自然をたった十七文字で切れ味するどく穿つ力量に気づく時ハッとするのである。低俗どころかこんな句がよめるのはちょっとただものではないのではなかろうか。長屋の八っつぁん熊さんたちもよんだかもしれないが、こんな巧みなよみぶりが出来るのは、無知、粗野、低俗な人間とはとうてい思えない。あるいは高い教養や感性を身につけた作者ではあるまいかと勘づくのである。彼らが使うことばは卑俗であり描かれる情景は下世話であるが作者の態度はかなり高踏的なものである。古川柳は和歌、俳諧、経典、漢詩、諺、古語、成句などをもじった句が少なくないが、これには歴史や古典に親しむ教養もいるし洒落を楽しむ心のゆとりも欠かせない。五七五の句にまとめる文芸的素養もいる。古川柳の作者たちはなにがしかの見識を持ち人間や世間を眺めているようである。

これは百両と申す嫁にてそうろう　一七7
素一分《すいちぶ》は心細くもただ一騎　拾四18
風吹けばどころか女房あらしなり　拾四31

「これは」の句は、「これは伯良と申す漁夫にてそうろう」（謡曲『羽衣』）のもじりである。きれいな女は持参金など持たせなくても嫁のもらい手はあるけれどそうでない女は持参金（百両）を付けないともらい手がない。「素一分」の句は、「木曽殿は心細くもただ一騎」（謡曲『兼平』）のもじり。たった一分の金（五万円ほど）を持って一人で心細く登楼するさまである。「風吹けば」の句は、「風吹けば沖つ白波たった山夜はにや君がひとり越ゆらむ」（『伊勢物語』）。業平の女房は夫の浮気に悋気もしないのにおれの女房は風吹けばどころか嵐のように荒れ狂う。

御つぼねは柳さくらをこきつかい　拾四15
むざんやなはしごの下の草履《ぞうり》とり　拾四13
おれはおれはとばかりむこ花の山　拾五3

「御つぼね」の句は、「見渡せば柳さくらをこきまぜて都ぞ春の錦なりける」（素性法師『古今集』）の歌の文句取であって、御部屋様に仕える美女を柳の眉、花の顔になぞらえている。「むざんやな」の句は、「むざんやな甲《かぶと》の下のきりぎりす」（芭蕉）。遊郭に主人の供をしてきた草履取りが暗い梯子段の下で待たされている哀れなさまである。「これは」の句は、「これはこれはとばかり花の吉野山」（貞室）。花見の帰りに悪所にさそわれた聟が女房が怖くて尻込みをするさまでである。

素麺《そうめん》冷食涼しいかな縁　一一9
学者虚していわく少ないかな腎《じん》　拾五5

両句とも「巧言令色鮮《こうげんれいしょくすくな》いかな仁《じん》」の洒落。ひびきの類似を利用してある概念から遠く離れたほかの概念をよびおこそうとしたのである。一つの発音によって二つの概念を同時におこさせようとしたのであって、二つの概念が異質のものであればあるほど、離れていればいるほど洒落の効果は大きくなる。「学者」の句は同様のもじりで、女性と過剰に接して身体衰弱になったというはなはだ卑俗な概念である腎虚《じんきょ》と、論語の高尚で真面目な概念が結びつけられている。

五戒より和尚やっかい保ってる　三五28
りんき応変にしたがう朝がえり　拾四28
韓信と言えばまたかと聞く異見　拾五9

「五戒」の句は、五戒を守るべきはずの和尚が邪淫戒をやぶって妻や子を大勢かかえこんでいる意味で、「ごかい」「やっかい」と音をひびかせた洒落（地口《じぐち》）である。「りんき」の句は、「臨機」に「悋気」をかけ、吉原からの朝帰りだからどうせ女房が悋気するに決まっているがその時は臨機応変にうまくあしらえばよい。「韓信」の句は、「韓信の股くぐり」の故事を引用して意見するのに対して、「またか」と息子が顔をしかめる。

琴やめて薪の大くべひき給う　　初11

この句の前句は「細かなりけり〳〵」で『柳多留』初篇の句である。お屋敷の奥方が琴を弾く手をはたと止められ、竈《かまど》にくべた必要以上の薪を引き出して燃料の倹約をはかられている光景で、旗本などの家計の苦しさを指摘してひやかしている。ところがそれは表面上の意味で、この句は『古事記』の高津宮（仁徳天皇）の項にある説話をふまえたものである。地域にそびえたつ巨木で船を作り船の壊れたあとその破片で塩を焼き、焼残りの木で琴を作ったところその音が「さやさや」と七里《ななさと》に鳴り響いたという記事であり、並の琴ではなく大きな焼け残りの木を演奏したという意味を掛けているのである。技巧の精しさというものはかなりその世界に親しんだ人でなければよくわからないことが多い。技巧をこらした作品はそうした享受層の存在が不可欠である。ほんのちょっとした技巧でも彼らにはちゃんと理解できるのであって必要以上の表現量はすなわち「野暮《やぼ》」である。そして、微細な技巧をぬかりなく味わい取るのがいわゆる「通《つう》」なのである。こんな句をつくり、そしてまた、この句を見て『古事記』を思い浮かべニンマリと微笑む教養人が前句付愛好者の中にいたのである。これらの句をつくるには歴史や古典に親しむ教養もいるし洒落を楽しむ心のゆとりも欠かせない。そんな条件がととのっているのはおそらく中産階級以上の商人とか、江戸の知識層である僧侶や神官、儒者や医者、そして江戸在勤の武家が多数含まれていたのである。

「あっけらかん」を洒落《しゃれ》て号にした幕臣の朱楽菅江《あけらかんこう》は安永に入ってから幕臣の四方赤良《よものあから》（大田南畝　蜀山人《しょくさんじん》）、唐衣《からころも》橘洲《きつしゅう》の影響で狂歌をはじめたが、はじめ、牛込に住み貫公と号して万句合に親しみ、のち武家が多かったとみられる組連の指導的立場にたって前句付集『川傍柳《かわぞえやなぎ》』の出版にかかわった。四方赤良は万句合の句を骨子として洒落本『変通軽井茶話』を著し、戯作者で浮世絵師でもあった山東京伝はいくつかの黄表紙の挿絵に「川柳評万句合」の広告看板を描き込んでいる。彼らは作句こそしなかったようだが前句付が最も敏感に時代を反映した文芸であるとして興味を示していたのであろう。

身分階級に束縛され形式にとらわれた公の生活を送っていた才能ある人たちが息抜きの場として、あるいはより人間らしい自由な生き方を求めようとしてのがれ出た場が雅ならぬ俗中の俗である雑俳（万句合）で、それは遊戯的な色調の濃いものであったが、またかなり高度の知的要素に富んでおり、はたしてその庶民文芸は教養の面では和歌連歌におとらぬものを持っているのである。

## 柄井川柳の句

柄井川柳の墓は東京都台東区蔵前の天台宗龍宝寺にある。戒名は「契寿院川柳勇縁信士」で、毎年九月二十三日に川柳忌がいとなまれている。この天台宗龍宝寺の四軒ほど隣にも龍宝寺があって、こちらは浄土宗龍宝寺で俗に「鯉寺」と呼んで区別していたという。

木枯《こがらし》やあとで芽をふけ川柳

天台宗龍宝寺には柄井川柳の辞世といわれる句碑が建っている。この句では、川柳は「かわやなぎ」とよむが、柄井川柳の文芸が将来にわたってかわやなぎのように芽を吹くことが期待されているのであろう。この句はしかし、本人の辞世ではなく後世の人が彼の功績を伝えるために詠んだものである。

丸雪降　遠江　吾跡川楊　雖苅　亦生云　余跡川楊

（あられ降り　とおつおおみの　安曇《吾跡》川柳　刈れども　またも生うという　安曇《余跡》川柳）

木がらしや目につけて吹柳原

右は『万葉集』巻第七・一二九三で、辞世はこの歌にちなむものといわれていたり、あるいは、左の『武玉川』（二44）の句から着想を得たものであろうと推定されたりしている。

さて、点者というのはみずからも句をよんだであろうと普通考えるが、前句付の点者は作句はしなかった。柄井川柳も点者ではあったが作者ではなかった。現在の我々の常識からするとそんな馬鹿なことがあるはずがない。しかし点業のプロは作句する必要はなく評点に手腕を発揮することで作者たちの尊敬を勝ちとればよいのである。うまい句がよめても点業が未熟ではプロとして成り立たないわけである。当時の職業点者というのはそのようなもので我々が現在考えるほど異常なあり方でなかったようである。柄井川柳は作句はしないが「前句の聖」と讃えられているわけである。しかし、前句付興業はライバルも多数いることであり、そんなに簡単に他を抜きんでることはできないわけである。他の点者がやらない有効な営業政策を打ち出すことも必要である。柄井川柳は選句に終始しみずから句はつくっていないということになっているが、実はそう思わせておいて、他人の名義で模範を示したりして積極的に作句者を指導していたのであろう。川柳点に多くの佳句を生みますます盛大に赴いたのも、蔭にこういう行き届いた経営が行われていたからではないかとも考えられる。

柄井川柳は宝暦七年（一七五七）立机以来、寛政二年（一七九〇）七十三歳で没するその前年まで三十三年の長きにわたって膨大な句を選句したのであったが、彼の実作として確認できる句はごくわずかである。

上げつけておしや切れ行く凧《いかのぼり》　柄井川柳　以下同じ
世におしむ雲かくれにし七日月
　李牛子の一めくりに
今ごろは弘誓《ぐぜい》の舟の涼かな

「上げつけて」の句は、昭和十五年に水木真弓氏が発見した天明三卯三月十九日開きの川柳評万句合（春期版）の追善句で、追善の対象は『柳多留』八篇に「組々を補助の手とりの好士」として紹介され、十三年後の同二十篇に「若ての上手名吟……おしいかな世を身まかり給ふ」と呉陵軒があげている故人の一人「浅草　紅梅」ではないかと推測される。「世におしむ」の句は、麻布永坂、柳水連の組連句集『やない筥《ばこ》』初篇所載の追悼句で、対象の李牛《りぎゅう》は柳水連の総帥雨譚《うたん》の子である。「今ごろは」の句は、『やない筥』二篇所載李牛一周忌の追善句である。三句すべて発句であって柄井川柳の姿勢がうかがえるようである。すなわち、雑俳はよまないが発句はよむ。これは彼の点者としての矜持なのであろうか。

## 第二節　『誹風柳多留《はいふうやなぎだる》』

### 江戸座俳諧

芭蕉没後［元禄七年（一六九四─）］の江戸俳諧はまったくの俗調に終始した暗黒時代であった。宝永（一七〇四─）

にはまず其角が洒落風《しやれふう》を唱えて蕉風から逸脱し、正徳（一七一一―）には洒落風をついだ水間沾徳《みずませんとく》が現われ、また江戸座堕落の素因をつくったとして今日もっとも指弾を受けている化鳥風《けちようふう》の立羽不角《たてばふかく》らが当時の俳壇では第一級の宗匠として君臨しており句品は低俗の一途をたどっていた。俳諧の宗匠は点取り俳諧という興行を催し点料を稼ぐのが主な目的になってゆき、風雅の道を尊ぶ俳諧の常道からすれば完全に逸脱したものになっていた。業俳的営業的とののしられるゆえんである。

この頃の俳諧の世界においては俳諧本来の付合《つけあい》に心を配るよりも、むしろ付句一句の趣向に手柄を競う風潮がみなぎっていた。いわゆる一句立て（独立句）である。享保十一年（一七二六）松木淡々《たんたん》一派の『春秋関《しゆんじゆうせき》』、享保十三年（一七二八）『万国燕《ばんこくつばめ》』、寛延三年（一七五〇）慶紀逸《けいきいつ》の初編『誹諧武玉川《むたまがわ》』、宝暦二年（一七五二）初編『眉斧日録《びふにちろく》』、宝暦四年ごろ（一七五四）『金砂子《きんすなご》』、宝暦四年（一七五四）『童《わらべ》の的《まと》』、明和元年（一七六四）初編『橘中仙《きつちゆうせん》』、明和五年（一七六八）『誹諧觹《けい》』などの付句集がみられる。これらの付句集はまた雑俳の前句付作者たちにも広くよまれ前句付の万句合への投句の虎の巻にもなっていた。

ところで、風雅の道から逸脱し邪道に陥っていたとされる江戸座俳人が、俳諧の付句に一句立ての趣向を貴び軽妙洒脱の趣を備えて人事趣味を盛んによんだことは、一面、一種の新詩境を開拓したともいえるのである（頴原退蔵《えばらたいぞう》）。そしてそのいわゆる軽妙な「人事趣味」こそ『誹諧武玉川』の句調の一特色であった。宝暦七年（一七五七）柄井川柳が立机した頃慶紀逸の『武玉川《むたまがわ》』は大層な人気を博していた。（『武玉川』は宝暦七年十一篇刊行の際いったん『燕都《えど》枝折《しおり》』と改題したが『武玉川』としておく）前年の宝暦六年まで七年の間に十篇を重ねその都会的な奇警洒脱な感じが喜ばれた。すなわちこのような江戸俳壇の風潮が享保以後の前句付の句風に大きな影響を与えついには江戸の滑稽文芸『柳多留』を生む基盤をなしたといえるのである。

## 『誹風柳多留』

昔昔三十年も昔より、開《ひら》き毎に、上名護屋《じょうなごや》をはずさず、おのずから、名にしおいたる翁あり。連中いかって小言をいえば、ごりょうけんごりょうけんと詫びて笑う……。

天明五年（一七八五）刊『誹風柳多留』二十編の編者雨譚《うたん》の序文である。ここに「名にしおいたる翁」というのは呉陵軒可有という人物のことである。よみは「ごりょうけんあるべし」という。呉陵軒という翁は万句合興行に毎回入選して景品の上物の名護屋木綿《なごやもめん》をせしめるので、仲間たちは癪にさわって小言を言うと「ご了見ご了見」といって詫びをいれて笑うというのである。呉陵軒の洒脱で温厚な人柄を髣髴《ほうふつ》とさせる逸話である。

呉陵軒は上野桜木連《さくらぎれん》に属する作家で号を木綿《もめん》といった。その号から一説に家業が木綿問屋であろうといわれ、また一説に万句合の景品である木綿をしょっちゅう獲得したことに由来するとも言われている。万句合も後に作者名を書くようになったおかげで彼の句の多くが判明しておりなかなか腕達者であったことがわかる。柄井川柳とは立机する以前からの友人で浅草よりの下谷《したや》の住人で柄井川柳の住居と程遠からぬところに住んでいたようである。柄井川柳とは万句合興行を共にし、この呉陵軒そのひとこそ後に『誹風柳多留』を企画編纂した人物なのである。彼は『柳多留』初篇から二十二篇までの編をしたが病でもかこったのか二十篇の編は雨譚に譲っている。そんなわけで雨譚の冒頭の序文が生まれたというわけである。

序

さみだれのつれづれに、あそこの隅ここの棚より、ふるとしの前句付のすりものをさがし出し、机のうえに詠《ながむ》る折ふし、書肆《しょし》何某《なにがし》来りて　此ままに反古《ほご》になさんも本意《ほい》なし、といえるにまかせ、一句にて句意のわかり安きをあげて一帖となしぬ。なかんずく、当世誹風の余情をむすべる秀吟等あれば、いもせ川柳樽《やなぎだる》と題す。于時《ときに》明和二酉《とり》仲夏浅下《せんか》の麓《ふもと》　呉陵軒可有述

柄井川柳が宝暦七年（一七五七）に初めて「川柳評万句合勝句刷《せんりゅうひょうまんくあわせかちくずり》」を出してから八年目の明和二年（一七六五）、『誹風柳多留全《はいふうやなぎだる》』が呉陵軒可有によって刊行された。これは宝暦七年から十三年までの七年間の「勝句刷」の中から七百五十六句が収録されたものであった。出版書肆《しょし》星運堂《せいうんどう》花屋《はなや》久次郎《きゅうじろう》（花久《はなきゅう》）、後見役薩秀堂《さつしゅうどう》桜木庵《さくらぎあん》、板木師《はんぎし》朝《あさ》倉啄梓《くらたくし》で美濃判紙型の用紙に印刷されていた。右は『柳多留』初編の呉陵軒の序文である。柄井川柳とともに万句合興行をやってきてもう何年にもなる。五月雨のそぼ降る日に、退屈しのぎに七年間にたまった「川柳評万句合勝句刷」を机にひろげてぼんやり眺めているところへたまたま花久が訪ねてきたのだ。積もる話をしているうちに、これをこのまま反故にしてしまうのもちょっともったいないじゃないか、どうだろうこの句の中からいい句を選んで出版してみてはどうだろうと花久がいうので、それもそうだと思って出版することにしたものである。選句の基準は前句がなくても句意のわかりやすいもので、俳諧の余情をくんだ秀句をえらんだ。書名については、当節江戸で持てはやされる江戸座の俳諧付句集『武玉川』と同じような風情をよんだ句風なので、『武玉川』とこの句集とは近しい間柄になるわけだ、そんな縁からこの句集を両者の仲人役に見たてて書名を「いもせ川柳樽」にしたというのである。妹背《いもせ》は女と男を結ぶ意であって普通縁組みには「柳樽《やなぎだる》」に酒を入れて贈るのが習慣である。柳は柄井川柳の号にも縁がありそんな縁からこの句集の書名を仲人役に見たてて『柳多留』にしたという。

呉陵軒は前句を省いても句意のわかる付句を選んで出版したと記しているが、本来万句合（前句付）というのは出題された前句題から連想して句を付けるものであるから、前句題と付句あわせてよんではじめて付合《つけあい》の良否巧拙そして句意が了解できるものであって付句単独では句としての体裁をなさない。前句題を省いて付句だけを鑑賞するということについては前例がないわけではなかったが、俳諧はともかく雑俳（万句合）の世界においては実に前代未聞の発想であり、ある意味で大きなリスクを抱えての出版であったわけである。しかし呉陵軒は一句立として鑑賞できる句を大衆は求めはじめていると見てとったのであった。初編の奥付には、「後編、誹風柳樽近日より売出し申候」とすでに続編の予告をしている。続編予告までしているところから一見成算あるようなゼスチャーをしてはいるが内心はひやひやものであったのではなかろうか。ところが蓋をあけてみるとこの呉陵軒の企画は大当たりをとったのである。予告の続編は近日どころかずいぶん遅れはしたが二年後にようやく発刊し、初編の『誹風柳多留全』を『誹風柳多留初編』と改め、後編を「二編」として刊行できたのであった。彼のこの大英断によって世に出た『柳多留』はこの後次々と続編を出してゆくことになるのである。

ところで、呉陵軒の『柳多留』は慶紀逸《けいきいつ》の『武玉川《むたまがわ》』を強く意識しており、その成功に刺激されているのであるが、両者の序文を読み比べてみると面白いことに気がつく。

……日々愚判《ぐはん》の巻々《まきまき》秀逸とする句々書留め置き侍るを、此度書肆《しょし》の需《もとめ》に応して梓《あずさ》に行い侍る、右付合《つけあい》の句々その前句を添侍《そえはべ》るべき所を、事繁ければこれを略す、見る人心に斗《はか》りて知るべきにや……（『武玉川』初篇　序）

右は『武玉川《むたまがわ》』の序文である。俳諧の宗匠として多くの句を選評してきて秀逸な句を書き留めておいたところ、江戸通《とおり》本町《ほんまち》の本屋松葉軒《しようようけん》の求めに応じてそれを出版することにした。俳諧の付合の妙を知るには本来は前句題と付句両方書かなければならないけれど、事が煩雑だから前句は省略することにした前句は読者が推測してくださいというのである。

この序文から、紀逸は『武玉川』を俳諧の付句集として編纂していて、掲載句を一句立（独立句）の句にするつもりはなかったことがわかる。本来は付句に添えなければならない前句はちょっと面倒だから書かないだけである。付句の前句に付くという性質より一句としての趣向を重んずる傾向の現われで、こういう付句を喜んだのが当時の江戸座俳諧の一般的傾向であったのである。一方呉陵軒の序は、「一句にて句意のわかり安きをあげて一帖となしぬ」と述べているところから、はじめから一句立の句集として編纂している。前句を書かないことについては結果として『武玉川』と『柳多留』は同じであるが、両者の意識にはかなりの違いがあったことは注目される。

呉陵軒は、「さみだれのつれづれに」と『徒然草』をおもわせる書き出しから始め、「ふるとしの前句付のすりものを……机のうえに詠《ながめ》る折ふし」と続けている。一方『武玉川』は、「日々愚判の巻々秀逸とする句々書留め置き侍るを」と述べ、両者とも過去に評点した秀逸な作品を手元に保管していたことがわかる。さらに、「書肆何某来りて此ままに反古になさんも本意なしといえるにまかせ……一帖となしぬ」（柳多留）に対して、「此度書肆の需に応じて梓に行ひ侍る」（武玉川）と上梓した動機を述べ、両者とも第三者からいわれて出版する気になっている。ずいぶん似通った構成の序文であって、呉陵軒が紀逸の序文を意識しながら書いているようで、彼一流の茶目っ気がうかがえる。

## 呉陵軒の半創作句

さて、編者というのは作者の原作を忠実に紹介するのが当然で勝手気ままに原作を書き変えてしまうということはあってはならないことである。不注意による誤りはやむを得ないとしても編者が作者の句に添削を加えるなどということは許されないことである。ところが『柳多留』初篇を精査した研究者は驚くべきことを指摘している。

『柳多留』初編は、宝暦七年から十三年までの七か年の川柳評万句合勝句刷からさらに厳選したアンソロジーであるが、初編七百五十六句中、原句（川柳評万句合勝句刷）と突き合わせができた七百九句についてみると、そのうち編者呉陵軒の手によってまったく改変されなかった句はわずかに三十八句であったという。つまり七百九句中六百七十一句は原句と違っていたというのである。この中には不注意によって出版作業中に生じた誤りと認められるものも少しはあり異同とするに及ばぬものも含まれていたようだが、しかしその多くには編者の積極的な意志の働きが認められるというのである。一部例句を示そう。以下は上段が『柳多留』の句で、〈万句合〉以下は「勝句刷」の句である。

かみなりをまねて腹がけやっとさせ　初2　〈万句合〉「にせて」
米つきに所を聞けば汗をふき　初2　〈万句合〉「は道をきかれて」
よしなあの低いは少し出来かかり　初15　〈万句合〉「声がそろそろ」
先生と呼んで灰ふき捨てさせる　初38　〈万句合〉「に遣り」
碁敵《ごがたき》は憎さもにくしなつかしさ　初37　〈万句合〉「く」
あいぼれは顔へ格子の跡が付き　初19　〈万句合〉「に」
関寺で勅使を見ると犬がほえ　初11　〈万句合〉「勅使も見るに」

最後の「関寺」の句など、テニヲハの二字を入れかえて原作とはまったく別個の句に改変されている。すなわち、『柳多留』では小町のところへ来た勅使の見慣れない姿に犬がほえかかるというユーモラスな光景であるのに対し、原句は勅使の見る前で乞食姿の小町が犬に吠えられるというあわれをさそう光景になっていたりする。手の加わった句はどの句も概して原作より独立の一句としてはよくなっているようである。ここにこの『柳多留』の特異とも言える性格が躍如としている。

『柳多留』は、柄井川柳の選評した佳句の中から、さらに腕達者な呉陵軒の二次審査をパスした秀逸句で編まれたものと思いきや、実は原作の多くが呉陵軒によって書き変えられていたのである。呉陵軒の選んだ勝句刷の句はその当時すべて組連表示で作者名は書かれていない。それに当初から数えてみれば七年にもなるわけで、覚えている人もいないからとやかく言う者もいないだろうというくらいの気安さであったのだろうか。表面では「ふるとしの前句付」の中から「一句にて句意のわかり安きを」選んだと一応勝句刷からの抜き書きだとことわっているものの、それは原作者への単なる挨拶で、その実ほとんどすべてに手を加え編者呉陵軒の半創作句集になっているのが『柳多留』なのであった。このあたり彼のしたたかさがうかがえる。

柄井川柳は自らも言っているように、「神を祈り正直を元ト」する律儀で愚直ともいえる人物であった。ところが点業は一流かもしれないが、万句合興行には取次所組連や出版関係者をはじめ各方面とのすり合わせや、宣伝広告、事務全般などの企画運営能力が必要である。律儀一辺倒の柄井川柳にそのような才覚があったとはどうも考えにくい。それに対して呉陵軒という人物は、その名の示すように何事においても「ご了見あるべし」といって座を円満におさめることのできる如才ない温厚な人柄であり、しかも一かどの見識をもつ一流の作者であった。序文にあるように、「一句にて句意のわかり安き」句や「当世誹風の余情をむすべる秀吟」を選句した時流を見る目の確かさを持ち、あるいはまた、初期の『柳多留』には作者名はないが五編や八編の巻頭に各組連の達吟者の名を発表したり、九編からは作者名を明示した組連句会の句をも入れるようにして作者を喜こばせている。今までは単に賞品目当てだけに過ぎなかったこの文芸において、作家個人を認めた点で呉陵軒の功績は大きく、これによって作者を刺激しひいては川柳評万句合をいよいよ伸張させる結果ともなっている。『柳多留』のような出版物は句づくりの手引書としての役割をもっているから、それを見越して佳句の見本を投句者に示し句づくりの参考に供する意図が当然あったはずである。如才がなく、企画運営をはじめ商才にたけた稀有の人物であるので、『柳多留』の発刊や作品の改変は事業拡大のための彼一流の営業戦略であったと思われる。

## 類句《るいく》（同想句）

『柳多留』には類句（同想句）は実におびただしいものがある。他人の作品を失敬して自分の作品にしてしまうこと（パクリ　剽窃《ひょうせつ》）などは前句付の世界では日常茶飯事であった。ところが、一句だけ取り出せば盗み句なのだが前句との付合の味によって差は出来るわけである。既成の句を利用して別の出題に当てはめることを「はめ句」と言うが、蕉風から分れて上方へ帰り、前句付点者となって晩年まで活躍した池西言水のように積極的に認めようとした点者もいたのである。したがって現代のわれわれの価値観でもって江戸時代の人々の考え方を評価するわけにはいかないのである。

『武玉川』の句が『柳多留』に多数掲載されているという事実は、この時代のそのような認識のあらわれである。以下、明らかに『武玉川』の句と同吟同想と思われる句を示してみよう。なお『柳多留』の句はすべて五七五であるが『武玉川』には七七の句もまじっている。『武玉川』には七七句が多くその割合は六対四といわれている。『武玉川』は本来俳諧の付句集であるから五七五も七七も前句題としてあるわけで七七の短句があるのは当然のことである。このような七七の短句は通常「武玉川調《むたまがわちょう》」といわれている。右は『武玉川』で左は『柳多留』の句である。

団扇ではたたきたいほどたたかれず　武一七9
うちわではにくらしいほどたたかれず　初41

若い娘の色気あふれる佳句である。娘が男にからかわれて、まあ憎らしいとうちわでたたくけれどちっとも痛くない。

庭鳥は分別のある足づかい　武九3
鶏の何か言いたい足づかい　初8

鶏は、片足をあげて首をかしげて次の一歩をどうしようと考えているような動作をする、そして何か物言いたげである。鶏の自然な動きにユーモアを見出した。「白鷺の田を汚ながる足づかい」（武一八5）の句もある。

四五人の親とは見えぬ舞の袖　武八19
四五人の親とは見えぬ舞の袖　初3

同句である。歳に似合わぬ若作りをしているので若々しく美しいが実はもう子が四、五人もいるのだ。内職の売春もさぞかし繁昌しているのだろう。芸者（踊り子）は本来芸を売るものだが古川柳では芸はまずいが内職に精を出すものとしてよまれることが多い。

辻切《つじぎり》を見ておわします石地蔵　武一一33
辻切を見ておわします地蔵尊　初25

お地蔵さまは、町はずれの淋しいところにいらっしゃるから辻斬りを見てしまうこともあるだろう。慈悲深いお地蔵さまだけれど何事もできないでいるとは皮肉なことだ。

取付き安い顔へ相談　武初1
談合は取付きやすい顔へいい　三14

問題がおこったりして相談するときは、きっちりした然るべき人よりまず話しやすい人に事を打ち明けるのが人情というものだ。

子をほめている船の真中　武初8
まん中の子どもをほめるわたし守　一九ス6

グラグラ揺れる渡し舟。幼子がおとなしく座っている。お利口さんだなぁ。

鰹売呼んで家内の顔を見せ　武初16

初がつお家内残らず見た斗《ばかり》　初22

初鰹は高価で庶民には高値の花であった。一尾が下級武士の一年分の給料ほどであったという。それほどの贅沢品だからご主人様の食卓にあがる初鰹をみてただただ驚嘆するばかりである。

関守の淋しい日には物とがめ　武初18

関守も淋しい日にはもの咎め　三〇5

単身赴任している門番は情緒不安定になることもある。そんな時は気が立ってむしゃくしゃするからつい通行人に八つ当たりをする。迷惑なことだ。「関守は淋しくなるとやかましい」(筥二迫1)。

吉原の屋根かと聞いて伸上り　武初23

国者《くにもの》に屋根をおしえる中たんぼ　初39

あそこに見える屋根が吉原だよ。エエッそうか！　思わず伸び上がる。

生酔《なまえい》の後通れば寄かかり　武初25

生酔のうしろ通れば寄かかり　七34

酔っぱらいは誰彼構わず寄りかかってくるのは昔も今も同んなじだ。

　女房は簾《すだれ》の内で直《ね》をこたえ　武初25
女房はしょうじの内で直をこたえ　五20

小商売《こあきんど》の店の女房は子供に乳を飲ませている最中だとすぐに手が離せない。

　泊り客もう隣から人の口　武初27
泊り客近所ではもうなんのかの　四8

親戚と言って泊まらせているが怪しいものだ。

　女房の望み岸を漕《こ》がせる　武初32
岸ばかり漕がせたがるも女の気　二39

泳げないから川の真ん中を行くのが怖い。「危なくもないに船頭抱きたがり」（四九6）。姉さん危ないよと親切を装って抱いている。

遊行の供の口が利き過ぎ　武初32
そば切に遊行の供の口が過ぎ　拾八30

諸国行脚で味を知る

よい男来る分散《ぶんさん》の礼　武初35
ぶんさんの礼にあるくは色男　二23

分散は破産。詫びて歩くのはやっぱり色男か。

蠅をうつして代る関守　武初40
見付番蠅をうつして代り合　二2

番人が交代するとき蠅までが先の番人から後の番人に飛び移る。

俳諧の付句集である『武玉川』と前句付の付句集である『柳多留』は、いうまでもなく系統的には別個の文芸であって同一視することはできないが、その内容的特性の近似していることが以上の句などからうかがえると思う。この近似性は単にこれらの著書のみにとどまらず、当時数多く刊行された俳諧の高点付句集の一般的傾向でもあり、前述したいわゆる「江戸座」宗匠の指導する江戸俳壇の風調に由来するものであった。「黒主《くろぬし》は武玉川から盗み出し」（拾八26）。古来から嫌われ者に仕立て上げられている大伴黒主を引き合いに出して当時の状況が諷されている。

出のわるい妾鳩をば喰わぬなり　明四
はねのあるいいわけ程はあひるとぶ　七7
植《うえ》ものでいけず釈教《しやつきよう》うって行き　一九ス2
からす瓜垣根の外の命かな　二一2
雲晴れて誠の空や蟬の声　二二巻末

締めくくりに呉陵軒の句をしめそう。「出のわるい」の句は、出自が卑しく性格の悪い妾は、自分を囲ってくれている老人（鳩）によく尽くさないばかりか悪態をつくというのである。先の部分に鳩の飾りをつけた杖を高齢者はつく習慣があったので「鳩」は老人のことである。「あひる」（家鴨）の句は、漢字の旁《つくり》が鳥なのに、全然飛べないのでは面目ないと思っているのか言い訳程度は飛んでいるよ。「植もの」は誹諧用語で植物（紅葉など）のこと。釈教は葬式の有る寺院。紅葉狩や会葬を口実に吉原に遊びに行くことは古川柳の常套手段である。誹諧用語を使っているところに趣向がある。最後の二句は発句である。「からす瓜」の句は、自分より年若くして死んで行った若手の上手たちを追懐してよんだ句で、永年前付句を共にしてきた人たちが一人減り二人減りしていつの間にか自分だけが生き永らえているけれど、それもかろうじて垣根の外にぶらさがっている烏瓜《からすうり》のようなものだ。老境のさみしさをにじませている。寛政改革を実施することになる松平定信が老中首座に就任した翌年の天明八年（一七八八）五月二十九日、呉陵軒可有は没したが享年は未詳である。最後の「雲晴れて」の句は、『柳多留』二二篇［天明八年（一七八八）］巻末にある彼の辞世句である。呉陵軒が没した二年後寛政二年（一七九〇）九月二十三日、柄井川柳は呉陵軒のあとを追うように没している。

# 第四章

# 『柳多留』の衰退

## 第一節　『柳多留』の衰退

### 寛政改革

宝暦頃（一七五一―六三）の江戸は新時代の胎動の時期であった。幕府では九代家重十代家治の時代になると、異例の出世をし側用人を兼ね老中となった田沼意次《おきつぐ》が幕政の実権を握りきわめて強い権勢をふるった。彼の主導した政治は旧来の伝統的幕政にとらわれない特色あるもので、外国貿易の奨励や商業資本との結託など重商主義的な政策を打ち出し、旧来の鎖国主義や農本《のうほん》主義の徹底という基本原則にしばられないものであった。世に田沼自由主義時代とも賄賂請託政治とも言われる田沼の時代である。矛盾をはらみながらも自由で華やかな田沼の時代には、国学や蘭学、黄表紙や浮世絵などの学問、文化、芸術の多様な発展がみられた。柄井川柳の活躍したのもまさにこの時代であった。ところが、意次失脚の後に登場した松平定信は厳しい統制を実施したので事態は一変し旺盛な創作活動は終息してしまうことになる。要するに川柳評万句合は、その栄光の時期は田沼意次の登場に合わせて活況を呈しはじめ、意次の失脚とともに衰退に向かっているわけで、いわば意次の自由主義政治と盛衰をともにしたといえるのである。ここではその激動の時代をのぞいてみることにしよう。

天明二年（一七八二）の東北地方の冷害から始まった飢饉は、翌年の浅間山大噴火も加わって江戸時代有数の大飢饉となった（江戸時代の三大飢饉は享保、天明、天保におきた）。その被害はとくに東北地方でひどく、牛、馬、犬など食べられるものすべてを食いつくし、津軽藩などでは餓死者が十数万人にも達したといわれ住民が死に絶えた村も出たほどであった。村々の荒廃と食糧不足から百姓一揆が発生し都市部では打ちこわしがおこった。そんな状況のなかで、天明四年には田沼意次の実子で若年寄の田沼意知《おきとも》が江戸城内で佐野政言《まさこと》に暗殺される事件が起こったが、江戸市民は佐野を「世直し大明神」ともてはやすなど意次の政策に対する不満と飢饉や災害も重なってついに意次は失脚においこまれたのである。しかし、意次は老中を退いたとはいえなお中央政界に隠然たる影響力を有していたので、田沼派と松平定信を推す一派との間で激しい権力闘争がくりひろげられたが、これに決着をつけたのは天明七年に発生した江戸、大坂をはじめとする全国三十余りの都市での激しい打ちこわしであった（天明の打ちこわし）。これが幕府に強い衝撃を与えこの結果田沼派は敗れ松平定信が老中に就任したのであった。「もし此度《このたび》の騒動なくば御政《まつりごと》事改まるまじきなど申す人も侍り」（『後見草《のちみぐさ》』）と杉田玄白が指摘したように、天明の打ちこわしが引き金となって幕府に政変がおこり田沼派が失脚し、老中首座に松平定信が就任して寛政改革が断行されたので、いわば「打ちこわしが生んだ政権」による「打ちこわしが生んだ改革」ということができる。

松平定信は三卿のひとつの田安家の宗武の子で八代将軍吉宗の孫にあたり、白河松平家へ養子に入り白河藩主として天明の飢饉を乗り切って藩政を立て直し名君としての誉れが高かった。祖父吉宗の享保の改革を理想としてかかげ、田沼政治を「悪政」と厳しく断罪し深刻な内外の危機に対応しながら幕藩体制の立て直しをはかるため颯爽と登場したのであった。時に三十歳の若さであった。

定信は吉宗の孫であり将軍後継にもなりえたが、田沼派が裏工作を行い白河藩の養子となっていた事情などがあり、田沼を敵視していたとされる。このため定信は田沼派の老中や大老を一掃したのであった。

田や沼や汚れた御世を改めて清く澄ませや白河の水
どこまでもかゆきところに手の届く徳有る君の孫の手なれば

「田や沼や」の句は、言うまでもなく田沼意次による賄賂政治をさし、「清く澄ませや白河の水」は清廉潔白な定信への期待をあらわす。「どこまでも」の句は、「徳有る君の孫」は吉宗の孫である定信のことで、彼の細かいことにまで目の届く政治の様を詠っている。清廉潔白で知られた定信の登場は、このように狂歌にもよまれ江戸の民衆は大きな期待をもって迎えたのであった。

危機的な幕府財政を立て直すため財政緊縮政策がとられ、経済的に困窮した旗本、御家人を救済するため事実上の借金踏み倒しともいえる棄捐令《きえんれい》を出したのをはじめとして厳しい統制や倹約の強制がおこなわれた。民間に対しては、絵草子類で風俗に悪影響を与えるもの、世上の噂を写本にして貸すことの禁止などを盛り込んだ出版統制令を出し、幕府政治への風刺や批判を取り締まり風俗の刷新がはかられた。田沼時代に華やかな消費生活が営まれた都市に対しては華美な風俗や贅沢の取締りがかつてない厳しさで行われ、また文武を忘れて町人化した武士に文武を大いに奨励した。

意次失脚から寛政改革ころの険悪な世相を背景に、田沼政治や寛政改革に関する落首がおびただしく世上にあらわれている。

世の中にかほどうるさきものは無しぶんぶというて夜も寝られず

蚊がぶんぶん飛んでいてこれじゃあ夜もゆっくり眠れやしない。表面上は夏の夜の寝苦しさを装いながら巧みに当時の政治を揶揄している。当節の偉いさんたちときたら一体何を考えてるのかしら、事あるごとに文武文武とやかましく言い立てて、これじゃまったくうるさくってゆっくりできないじゃないか。定信の文武奨励策に対する痛烈な批評とみられる落首があらわれた。巷間でたいそう評判になりこれだけ巧みな落首がよめるのはただものではない、あるいは狂歌界の第一人者四方赤良《よものあから》（大田南畝　蜀山人《しょくさんじん》）の作ではなかろうかという噂がたった。赤良にとってはまことに迷惑なことであった。このころまで天明狂歌の盛況は頂点に達した感があったが、落首は昔から政治軍事の批判や個人攻撃の手段に多く使われた歴史を持つだけに狂歌人はことさら意識して落首をタブーとしていたのでまったくのぬれ衣であった。ところが田沼意次の腹心で死罪になった土山宗次郎と、四方赤良、平秩東作《へずつとうさく》との交遊がうかがわれる狂歌が『狂歌才蔵集』にあったので疑われぬように後に抹消したりしている。ともあれそれが一因で赤良は狂歌界を去る決心をし以後ながく文芸界と絶縁することとなる。

出版統制で筆禍事件も多く、旺盛な創作活動をしていた洒落本作者の山東京伝が手鎖五十日の刑に処せられ、黄表紙作者で『鸚鵡返文武二道《おうむがえしぶんぶのふたみち》』の恋川春町は自殺に追い込まれ、『文武二道万石通《ぶんぶにどうまんごくどおし》』の朋誠堂喜三二《ほうせいどきさんじ》は以後執筆活動をやめ、出版元の耕書堂蔦屋重三郎《こうしょどうつたやじゅうざぶろう》は財産の半分を没収された。さらに、林子平《はやししへい》は『三国通覧図説』『海国兵談』などで外国による日本侵攻の危険を指摘し軍備の充実や海岸防備の強化を主張したが、これさえ幕府批判とし「奇怪異説」を説いて人心を惑わすとして版木を没収し、子平に禁錮刑を科して弾圧した。

さて、松平定信の寛政改革は、田沼時代末期の危機的な状況を乗り切り一時的に幕政を引き締め幕府財政の均衡を回復して幕府の権威を高めたが、あまりの厳しさに民衆の反発を招き悪評高い田沼時代を引き合いに出した落首が生まれるのである。

白河の清きに魚の住みかねて元の濁りの田沼恋しき

定信の清廉潔白はよいけれどそれもあんまり度が過ぎるとかえって棲みにくい。賄賂などが横行して不正もあったけれど、何ごとも自由に振舞えたあの田沼の時代がなんだか恋しくなってくることだよ。「水清ければ魚棲まず」であろうか。このように良くも悪しくも田沼時代を懐かしむ声も聞こえた。定信は将軍家斉との対立もあって寛政五年（一七九三）老中在職六年余で退陣に追い込まれたのであった。

## 『柳多留』の改板

『柳多留』は明和二年（一七六五）に初編を出し、二年後に二編、以後二十一編まで毎年一編ずつ出版し寛政三年（一七九一）まで二十四編が出版されている。この二十四編までが柄井川柳の評点した句集である。『柳多留』の出版で川柳評万句合の人気はいよいよ高まり、明和四年（一七六七）には万句合の寄句は二万を越える盛況を見せることとなるのである。『柳多留』の一句立に刺戟されて川柳評万句合の前句は次第に形式化し、天明八年（一七八八）には万句合から完全に前句が消えることとなる。ここに十七字の文芸は独立句として歩むかに見えたが、呉陵軒可有ら柄井川柳を支えていた中心人物たちの老齢化や、興行を支えていた武士をはじめとする知識層の関心が次第に狂歌に移っていったことなどで勢いをなくし、天明八年（一七八八）まず呉陵軒が、二年後の寛政二年（一七九〇）に柄井川柳が相ついで没したことが衰退に向かわせることとなる。

一時は廃絶に瀕していた『柳多留』ではあったが二十四編出版から三年後の寛政六年（一七九四）、柄井川柳の遺風を慕う桃井和笛《わてき》が自分の選句を集めて二十五編から二十九編まで出版したが退勢を挽回することができずに没した。このような状況であるので版元の花屋《はなや》久治郎《きゆうじろう》は一時『柳多留』の終刊を決意したようである。というのも、寛政改革の厳しい出版統制下で筆禍事件も多く、これまで出した『柳多留』の句、たとえば「役人の子はにぎにぎをよく覚え」などの危険なたぐいの句が咎められることを恐れていたのである。そのため花久はそれらを板木から削り取って他の句と差し替えるという面倒な作業を数百句にわたって施さなければならなかったのであるから前進の意欲を失うのは当然であった。したがってこのような状況のため寛政十二年の二十九編から四年間は『柳多留』の刊行がない。

役人の子はにぎにぎをよく覚え　初6
ご自分も拙者も逃げた人数なり　初11
竹槍は切落しても元の槍　宝九
としよりの若死をする不慮な事　天四智

右の句は版木から削り取られた危険と思われる句である。前の二句は武士階級を皮肉った句であり、「役人の子」の句は、役人の収賄をさすとおもわれ、「ご自分」の句は、戦国の世でまともに武勇をふるっていれば生きてはいなかった、要領よく逃げまわって生きながらえたればこそ今の幸せがある、命あっての物種だねと揶揄する。「竹槍」の句は、百姓一揆を諷したと思われ、幕府がいくら武力で抑え込んでも百姓はそんな簡単に引き下がるものではない、いったん退いても何度でも立ち向かっていくのだ。「としより」の句は、前述の若年寄田沼意知の頓死を婉曲によんだものであり、それぞれ別の句に置きかえている。

間男《まおとこ》をせぬを女房は恩に掛け　五40
間男を切れろと亭主惚れている　八15
女房の股まで開ける猿轡《さるぐつわ》　一〇30
二人共帯をしやれと大屋いい　一一20

右の末番句《すえばんく》（破礼句）なども同様に削除されて別の句に置きかえている。

枕絵を持ってこたつを追い出され　初23
母の手を握ってこたつ仕舞われる　初23

この句などは特に問題視されるような猥褻性はないのに削除されている。詳細にみてみると削除された句よりもっときわどい句がいくつも残されているのである。これについて、岡田朝太郎氏は『寛政改革と柳樽の改版』において、削除されなかったが危険とおもわれる数多の句を十項目に分類している。左は危険とおもわれるのに削除されずに残されている句である。

袖の上から取ったのは怖くなし　二七3
役人の骨ッぽいのは猪牙に乗せ　二13
踊子に踊れと留守居無理をいい　一七41
三味線で喰へるものかと母はいい　一三28
店中《たなじゆう》で知らぬは亭主一人なり　七18
間男を見出して恥を大きくし　初41

「袖の上」の句は、賄賂の「袖の下」をきかせている。「役人」の句は、賄賂を受け取らないような硬骨漢は猪牙船《ちょきぶね》にのせて吉原に行き、登楼させて飲ませる、抱かせる、握らせる。「踊り子」の句は、踊り子に舞えとは無理なことだよ、できるのはふとんの中のかくし芸（売春）ばかりなのだから。「踊子は山吹色に蹴つまづき」（安二楼4）。山吹色は金のことで二分もやれば容易に転ぶのが踊り子である。「三味線」の句は、遊芸の三味線なんかでおまんまが食えるものか。「三味線を枕にしたで二歩になり」（最破礼一50）三味線を枕にちょんの間で二分になるのである。「店中」の句は、女房の浮気のことで人口に膾炙している。「間男」の句は、女房の浮気の現場を見つけて、隠密にことを運べばいいものを騒ぎ立てるから人に知られてかえって恥の上塗りになってしまった。だいたい間男されるような亭主はまあその程度の間抜けな男なのさ。これらは、武士の堕落ぶりや性愛について相当きわどいところを突いているのにそのまま残されているのである。してみると、危険な句をすべて削除したのではなくこれこのとおり自粛しておりますと体裁をつくろうための一種のゼスチャーであるかもしれないという。そうだとすれば権力に対するささやかな抵抗をこころみる町人のしたたかさを垣間見ることができるのである。

ところで、古川柳のうがちの眼を社会や世相に向ければ当然あばくとか粗をひろうとかいうことになり、その意味で古川柳は風刺の文学などといわれたりするが、実は鋭い風刺などはごく少ないといわれている。第一に幕府が時世批判を極度に嫌ったことへの配慮、第二に古川柳はもともと娯楽性が強く、また懸賞文芸であったことなどが理由である。封建機構の堅固な枠の中に生きる庶民は、現実ときびしく対決することを避けて危険のない対象にうがちの鋒先を向けそこに息抜きを見いだそうとしたのである。

むつかしい顔をうっちゃる袖の下　　宝九鶴
袖の下たびかさなりてほころびる　　明四松

この句なども太平の逸民化した武士への嘲笑であり、古川柳のうがちはこうした暴露的姿勢をもって武士のみならず医者、坊主、学者その他表面の体裁をしかつめらしくとりつくろった人物に立ち向かっていて、辛辣な皮肉はみられるがそれが体制や政治に対する不平不満や批判を盛り上げているわけではないのである。主張批判さえ捨てれば「世は、ちょうど封建制度が、自然、枝から落ちんとする果実のごとく、不健全を含みながら、熟しきった最も甘美の中にあった」（中村幸彦『戯作の世界』）のであり、このような社会において、自己表現の衝動を抱きながらも自己保存の本能につながる人たちは、人生の真の姿を徹底的に描き出すよりも現実と妥協した軽い刺激に逃避した。こうした傍観的で眼先の安楽をむさぼる態度が川柳評万句合の表現を形成しているのである。

# 第二節　狂句

## 歴代川柳

寛政（一七八九―）から享和（一八〇一―）へ移り、つぎの文化（一八〇四―）の時代に入ると、再び太平の世に戻り十一代家斉の大御所時代となる。『柳多留』は復活し三十一篇巻末の和笛追善句合には「川柳風」という名称があらわれた。蕉風というのにならった名称で主唱者は小石川に住む幕臣文日堂礫川《ぶんにちどうれきせん》であった。礫川は文化二年（一八〇五）、一橋家の家士であったという柄井川柳の長子弥惣右衛門に二代目川柳を継がせた。

世の中の恵みを受けつ返り花　　四三33　二代川柳

三十五編序文には「今年二代の川柳、親の柳の根を続きて、角力のざれ句十会《ママ》催し、その句々を抜粋して三十五編の前句集なりぬ」（琴我）と紹介されている。この編は二代川柳の独選になっているが以後は文日堂はじめ数名の人物の選句もまじっている。二代川柳は親ほどの器量もなく統率の才もなかったようである。初代川柳時代の勢いを取り戻そうとして、カテウ、錦鳥、艸麥、矢正、暁鳥、古鳥などの六名が麹町に再興の催をした。その消息は四十九編［文化七年（一八一〇）］の菅裡序に見えている。

前句合は川叟世を辞して後、旧連和笛子跡をつぎてさかんなりしに、風雅を泉下におそほし暫この道たえんとす、時に好人テウ錦麥正暁古の六子麹町に再建の催をなすに、古今の好人その意を助けて中興の会始めてさかんなり……。

選者は二代川柳と文日堂礫川とが中心になっており中興したといっても初代のはなやかな時代に比べると一体に気勢があがらなかった。二代川柳の評は七十編［文政元年（一八一八）］まで収載されその年の十月十七日に六十歳で没している。辞世は、

花ほどに身は惜しまれず散る柳　　二代川柳（辞世）

二代川柳と並んでむしろそれよりも選者として活躍したのは文日堂礫川《ぶんにちどうれきせん》であって、彼の独選になる柳多留三十七編［文化四（一八〇七）］は菅裏が序を書いている。

今や名だたるこいし川の文日翁は、いにしえの川やなぎの正流にして、今の柳と枝川をまじえてむつみ深し……。

礫川は二代川柳と睦まじい関係であると書いているがその名声は却って二世川柳をしのいでいたようである。文化十二年（一八一五）礫川六十七歳の時に自ら在世追福会を催してその時の集句を六十七編にのせている。菅裡の序に次いで彼も序文を書き辞世を残している。

句を吐く事四十余年、句を判するもまた二十余年、されば古き名のおのづからここかしこにきこえつれど……

咲くもよしちるも芳野の山さくら　　文日堂礫川（辞世）

その没年は明らかではないが一二二編［天保三（一八三二）］の巻頭に、「天恩におおよそ、たとうる物はなし、八十五歳文日堂礫川」とあるのでよほど長命であったらしい。

二代目が文政元年に没すると初代の五男孝達が三代目を継いだが三年余で引退した。本来不肖の子でその年に選句を発表しただけでその後の記録はほとんどない。二代川柳ほどの手腕もなかったようであまり選句を発表せず一向にふるわず、また私行上よからぬ風聞もあり人心を掌握することもできなかった。三代川柳は名ばかりで文政十年六月五十二歳で没した。ここに血縁の世襲は終わりをつげた。

柳へはとどかず梅の庭掃除　　三代川柳（引退時）『川柳五百題』明治十四年

蓮の葉の露と消えゆく我が身かな　　三代川柳（辞世）

四代川柳は『柳多留』に盛んに句を発表し勢力があった江戸町奉行付の同心人見周助《ひとみしゅうすけ》、号眠亭賤丸《ねむりていしずまる》が文政七年（一八二四）に襲名した。七十八歳の礫川は『柳多留』八十三編で二代三代の無能を痛罵し四代川柳に対して最大級の賛辞をあらわしている。

柄井川柳叟世を辞してよりこのかた、二代目三代目その名を継げりといえども、句々を判するにいたりては、一流の滑稽幽妙を失うに似たり、たとえば盲人の象を探りて、足を撫でては桶なりと言い、尾を曳いては箒ならんと言いて、いかでかその真を見ることあたわず、今さちに四代目川柳なむ出て、全象はじめて見え、ただちに真面目を得たり、豈よろこばしからずや。

礫川はここで象と盲人のたとえをしているが、このたとえは初代川柳没後頓挫しかけた『柳多留』を再興しようとして、朱楽菅江、桃井庵和笛、葉十の三人が選をして発刊された二十四篇の菅江の序を念頭に置いていたのであろう。すなわち、

諸連ふるきをおもうあまりに、翁の旧知三人をあげて、ようやく批判に及ぶになん、嗚呼三人よるといえども、文珠の知恵の借用も出来ず、普賢ぼさつの乗給える象をめくらのさぐるにひとし……。（二十四編序）

四代川柳は職業上の地位を活用して交友の範囲も広く、柳亭種彦、十返舎一九、葛飾北斎、楚満人《そまひと》（為永春水《ためながしゅんすい》）ら文壇人や、松浦静山、七世市川団十郎ら大名旗本などの名士たちとも親しく、彼らを動員して大規模な句会を催しその名声を高めた。また、川柳風の前句付に「俳風狂句」という名称を与えた。この時代にははじめから一句作りのものが多かったので前句付というのは適当ではなく、漫然と川柳風とか柳風などといわれてきたのであるが、といって俳諧の発句とも異なるものであったのでこれに「俳風狂句」の名を与えたのであろう。

心にも上下《かみしも》着せん今朝の春　　四代川柳

右は文政九年に連中が集まって柳碑を建設したときの句で、「東都俳風狂句元祖　四世川柳」と句碑に刻したということである。「俳風狂句」は文政から天保にかけて活況を呈し、在位十三年の間に年平均五篇ずつ計六十四篇も『柳多留』を出版して名声をほしいままにしたが、天保八年（一八三七）に上司の命によって勇退し弘化元年（一八四四）に六十七歳で永眠した。辞世に次の句が伝えられている。

香のあるを思い出にして翻れ梅　　四代川柳（辞世）

五代川柳は、佃島の魚問屋水谷金蔵で号腥斎佃《なまぐさいたつくり》であった。「佃」は「たつくり」とよむ。佃は貧しい魚の行商人に生れ、早く父母を失い佃島の漁師太平次の養子となった。教育はうけなかったが生来書を好み独学で勉強したといわれている。質朴実直な男であったらしく、天保八年に五代目川柳襲名の際にも四代目の場合のように大袈裟にせず極めてじみであったらしい。そのことは『柳多留』百四十六篇の種彦の序に見えている。

実に風雅の人にしあれば、先生と崇められ宗匠と尊まるるは、元来願わぬ事なるを、四世の川宗故ありてその名を譲るに否みがたく、佃子の諾されたるは、いわゆる以心伝心なり、かく名聞にかかわらぬ子が性質なるにより、別に大会を催さず、ただ月並みの会を催して、名を継ぎたるよしを披露す。

性質温和で養父母に孝養をつくしたらしく三度ほど幕府から賞せられて白銀を賜わり、その時「身にあまる風にひれふす川柳《かわやなぎ》」の句を詠じたといわれる。天保改革鬼譚付録の今世孝子競という孝行番付に、上段五人目に「佃島勘十郎地借ゆき伜金蔵」の名が見えているということで彼がいかに実直な人物であったかが想像される。五代目川柳は襲名して間もなく水野忠邦の天保改革に遭遇し、狂句界も打撃をうけたのであるが彼はよくこれを統制してその難関を切り抜けた。初代川柳七十回忌の際の集句は三万八千六百余におよび、両国の中村楼を会場にして三昼夜にわたって開巻したと伝えられている。

ありがたさ捨ても拾いもせぬ命　　八二11　五代川柳（佃）

安政の初年には、四代川柳の「俳風狂句」の称を「柳風狂句」に改めた。柳風といったのは和笛の追善会よりいいはじめた「川柳風」なる言葉によったものであろう。『柳多留』は天保九年（一八三八）一六七編で廃刊しているが、佃《たつくり》は天保十二年（一八四二）から新たに『新編柳樽』を出し安政五年（一八五八）八月十六日七十二歳で没した。そして佃なきあと子のごまめが六代川柳を継ぎ幕末に至るのである。

めでられし雅を思い出に散る柳　　五代川柳（佃）（辞世）

右は佃辞世である。六代川柳は五世佃の長男で和風亭ごまめと号し幕末から明治初年にかけて活躍した。明治十五年六十九歳で没している。

つまらぬというは小さな知恵袋　六代川柳（ごまめ）（句碑）

本復の力だめしにたたむ夜着　一二六74　六代川柳（ごまめ）

## 古川柳と狂句《きょうく》

さて、初代川柳の遺風を継承した六代川柳までを一瞥してきたが、通常は柄井川柳の評点した句と『柳多留』二十四篇までが「古川柳」とされ以後は「狂句」といわれて区別されている。なかでも『柳多留』二十四篇までは、江戸随一の点者柄井川柳が数多の応募句から選んだ句の中からさらに腕達者な呉陵軒が厳選した句であるので、詩的情緒をもった佳句が多いといわれており、一方、二十四篇以下の「狂句」はまったく駄洒落の句で価値のない卑陋《ひろう》下賤なくさみもので士大夫やインテリの携わる文芸ではないと蔑視されている。つまり古川柳と狂句の区別は価値的な意味が加えられているようである。

ところで、四代および五代川柳が狂句と称したのはその選句が卑俗で価値の低いものであるというような卑下の意味からではなかった。初代川柳の場合とまったく同じ傾向のものであると信じていたのであって、山崎宗鑑などが在来の連歌に対して自分達の連歌を「俳諧の連歌」といい「犬連歌」と称したのとは大分意味が違うのである。四代川柳当時は初代の頃とは違い、初めより一句作りのものが多かったので前句付ということはできないし、形は俳諧の発句に似ているが内容の上からいえば俗語を旨として趣向の新奇を求めた人事をよむので、これを俳諧ということもできないので俳風狂句という名称を選んだ。また、五代川柳が柳風狂句に改めたのは、彼自身初代川柳の選句の風潮を継承しているということであり、また文日堂礫川などが常に川柳風なる言葉を用いていたことによる。このように当時においては狂句というのは「前句付の付句の独立した句」に対してつけられた名称であって、価値の優劣をいう言葉ではなかったのである。（麻生磯次『川柳雑俳の研究』）このように古川柳と狂句とは本来的には別なものではなかったが、実際からみてみると初代川柳の選句と狂句との間には大分隔たりがみられる。狂句時代の句にもすぐれた句がないわけではないが、大体からいって初代川柳の選句に比べて大分見劣りがするようである。

それでは、古川柳と狂句とはどういう点に違いがあるのか何故優劣が生ずるに至ったかについてみてみよう。日本文学には洒落や縁語、掛詞など言語的遊戯が多くみられる。古川柳もその使用は少なくないがその使い方が極めて軽妙であって、それにとらわれることが少なく一句の重点がその技巧の上にかかっていない。技巧の跡が巧みにかくされている。ところが狂句になると縁語、掛詞の使用が一層多くなっているばかりでなく一句の興味がまったくその技巧にかかっている句が少なくない。駄洒落、謎のような隠句、文字崩しなどがしばしば用いられ、洒落のために洒落を弄するというようになっている。以下の例句は古川柳の句で、狂句についてはこの項の最後にまとめて提示することとする。

氏《うじ》無うて玉のこしもと酢を好み　拾二7
ほれた同士《どし》るすにのこんの雪の肌　拾四11
夕立ちを四角に逃げる丸の内　拾初15
大黒を和尚布袋にして困り　三六20
千金の嫁一っこくをぬかすなり　一七44

「氏」の句は、「玉の輿」と「腰元」を掛け身分の卑しい女が腰元になり主人の寵愛をうけて子を孕んだ。「ほれた」の句は、「留守に残る」に「残んの雪」（「のこりの」の音変化）を掛けていて留守に残った若い男女が残んの雪のような肌を合せる意である。「夕立ち」の句は、四角と丸は縁語関係。武家屋敷が立ち並んでいる丸の内は区画割りが四角で延々と練塀が続いていて雨宿りする場所がないのである。「大黒」の句は、大黒と布袋は縁語関係にあり、さらに大黒に梵妻、布袋に妊娠の意を掛けている。戒律を破って子をもうけてしまった和尚の困惑の様子である。「千金」の句は、持参金をつけないと嫁入り先がない醜女のくせに金の威光でわがままを言うの意で、漢詩の「春宵一刻値千金」を洒落ている。

さて、古川柳の内容上の特色は人情美にある。人事のさまざまな姿に対して、むしろ人間の自然の性情に好意をよせ義理や見栄にとらわれた歪んだ人の心を滑稽なものとして笑っている。子供のような無邪気な端的卒直な心でありのままの人間の姿を観察しようとしているのである。ところが狂句になると、人生に対する態度が説明的解説的になってきている。子供のような無邪気な観察ではなく思慮分別のある大人の観察になっている。人間本来の純な感情ではなく義理との関係で人情を取扱い世間並に色づけられた人情を扱っている。古川柳にみられるような暖みがなく寧ろ冷いものになっている。

腹のたつすそへかけるも女房也　三34
猫のめし入れ添へてやる花ざかり　二36
菅笠で犬にも旅のいとまごい　初8

まよい子の親はしゃがれて礼を言い　　二11

「腹のたつ」の句は、夫婦喧嘩をしてしゃくにさわりながらも風邪をひかないように夫の裾へ着物などをかけてやる女房の情愛。「猫」の句は、一家こぞって花見に出るのであとで猫がこまるだろうと椀に飯をよけい入れてやる。「菅笠」の句は、旅に出ようとし庭さきに遊んでいる犬に向かって行ってくるぞと菅笠をかざして挨拶をする、旅立ちの明るい気分をよんだ句である。「迷子」の句は、子供をやっと探し当てて一緒に探してくれた人たちに礼を言う頃には声がしやがれているのである。古川柳の愛は広く犬や猫にまで及んでいる。このような人情美をよんだ句に古川柳の本領があるように思われる。

古川柳は、人生の表裏に対して暴露的である。人事のさまざまの欠陥や背理や矛盾に対してかなり敏感であるが、古川柳の人生に対する態度は決して排他的ではない。善や悪や美や醜に対してむしろ包容的な態度をとっている。古川柳のねらいどころはその事件や人物にとって何が最も自然であるか、何が真実であるかを見ようとするにあった。善は善とし悪は悪としてそれぞれ是認する態度であって、ただ悪にして善の仮面をかぶるもの、醜にして美を装うものを滑稽として排斥しているのである。狂句になると、人生に対する態度が著しく暴露的なものになっている。強いて裏面をついて笑を求めるという傾向をすすめているのである。

大名の過去は野に伏し山にふし　　拾一〇17
緋の衣着れば浮世がおしくなり　　初5

どう悟ったか禅僧もためるなり　　一一34

大黒を祭る和尚は生ぐさし　　四二14

「大名」の句は、今はれっきとした大名であるが元を正せば野山に起き伏しした山賊のようなものだと暴露している。「緋の衣」の句は、僧侶は浮世をすてて精進するものだが出世して緋の衣を着るようになるとかえって浮世に執着がますのだ。「どう悟ったか」の句は、無欲であるはずの禅僧が金をためだした。「大黒」の句は、宗旨にもよるが僧侶の女《にょ》犯《ぼん》は禁ぜられていた。しかし事実は梵妻（大黒）を内緒で囲っておくものが少なくなかった。制度上仏教は格別に優遇され庶民階級からすれば僧侶は特別な存在であった。ところが、それに値する実質をそなえていれば問題ないがそれが自堕落であったり強欲であったりしては誰も信服する気にはなれない。古川柳はその仮面を剥いで正体暴露を試みている。

古川柳の滑稽味は淡白であって強いてこしらへあげたものではない。句の間からおのずからにじみ出るようなおかしみである。その滑稽味は複雑な技巧からできたものではなく素朴な無邪気な姿をそのまま表わそうとしている。ところが狂句の滑稽味は、卑俗な滑稽であり暴露的なおかしみであり、頭で考へられ意識的に作られた滑稽である。従ってその笑いは無作法な笑いか理知的な重苦しい笑いになっている。

昔から湯殿は智恵の出ぬ所　　初7

ただも行かれぬが無沙汰のなりはじめ　　七8

うららかさしきりに銭がほしくなり　一七40
くどかれて娘は猫にものをいい　四38

「昔から」の句は、お風呂はのんびりする場所で考え事や知恵を出すのに適当なところではないようだ、妙案がでるのは「よい分別の雪隠《せっちん》で出る」（『眉斧日録』）や「分別は雪隠湯殿無分別」（九二24）とあるようにトイレらしい。「ただ」の句は、義理ある人だから挨拶に行かなければならないのだがまさか手ぶらで行けないし……、これが疎遠無沙汰のはじまりである。「うららか」の句は、金がないというのはなんとつまらないことであることよ。こんな好天気なのに遊びにも行けない。「くどかれて」の句は、男に口説かれて、あれあんなことを言ってるよ、ねえミーチャンどうしようかしらねえ……と抱いた猫に相談するのはちょっと脈がありそうだ。

古川柳も狂句も男女間の関係がしばしば取扱われているが、これは誰でも経験としてもっているので容易に笑いをひき出すことができる。古川柳はその表現が淡白であり無邪気である。露骨な場面にしても軽妙に譬喩《ひゆ》的に表現しようとしているので、どちらかといえば性が明るく表現されている。ところが狂句となると、ことさら露骨な表現を取り挑発的でいわば性を醜化している。そのため破礼句が本体かのように誤解させるに至るのである。古川柳の末番句（男女間の句）を見てみよう。

殿様をから堀にするうつくしさ　拾二8
女房があるで魔がさす肥立ぎわ　初6

「殿様」の句は、お妾が美しすぎて殿様の腎水の枯渇することをいう。「女房」の句は、病気快復のころで節制しなければならないのに女房がいるためについ手を出してぶりかえすのである。掛詞がつかわれ相当きわどい句になっているが直截的でなく遠まわしにそれとわからせる技巧は粋な江戸っ子の面目が躍如としている。古川柳では浅葱裏《あさぎうら》（田舎侍）や御殿女中や僧侶、後家、下女などは愛欲の代表のように扱いそれらの愛慾を暴露したものがはなはだ多い（鑑賞編「破礼句」参照）。性的な暴露は一般の人々にひどく喜ばれるのでそういう句が少なくない。こういう破礼句はとりたてていうほどの価値のあるものではない。ただ古川柳の性的な取扱いはいかにも軽妙である。露骨な表現をさけて遠廻しに匂わせたりほのめかしたりしている。婉曲で暗示的になっていてちょっと理解に苦しむような句も少なくなくわれわれをまごつかせるだけの作意をもっている。その技巧だけは認めないわけにはいかない。

古川柳の人生に対する見方や態度は人生を明るく軽く淡白に眺めようとしていて、生死や生活苦や哀別離苦というような問題にしても極めて軽妙にこれを取扱っている。一定の距離を置き余裕のある態度で人生に対していてその態度は傍観的であるともいえる。淡白で軽妙であることが古川柳の生命であったが、狂句になると軽味が失われて厭味が多くなっている。しいて淡白をてらい軽妙を装うというようにもなっているのである。

くやしくば尋ねきてみよ松ケ岡　拾五 1
この仕儀でござると炬燵《こたつ》ものをいい　一一 26
代脈こたえて死生は天にあり　一四 42

「くやしくば」の句は、「恋しくば訪ねきてみよ和泉なる信太《しのだ》の森のうらみ葛の葉」のもじりで、縁切寺の鎌倉東慶寺に逃げ込んだ女の口吻であるのに悲哀感はない。「この仕儀」の句は、薄い着物で炬燵にもぐりこみこれこのとおりの体たらくでござると大三十日の借金の言い訳をしているが悲惨な生活苦は感じられない。「代脈」の句は、生死の問題も軽妙に取り扱っている。

以上の区別は極めて大体の傾向であって、寛政改革を分岐点としてそれ以前の句は古川柳で以後の句は狂句であるとはっきり区分することはできない。ただ柳多留二十四編までは佳句が多いのは事実で、狂句の中にも佳句はみられるが、全体的にみて柄井川柳のころに比べて句格や語調が著しく低俗なものになっていることは事実である。

狂句が堕落した理由はいろいろ考えられるが、初代川柳の頃は、本来前句に対する付句であるから付合（付味）に興味の中心がおかれていた。すなわち初期の『柳多留』の句には前句付の名残があり、それはひいては俳諧の風韻が残されていたのである。ところが狂句になると俳諧の影響からはなれてしまっており、作句も課題によってするようになり前句付時代のように自由な発想で句づくりが出来にくくなったことが卑俗化の傾向をすすめたものであろう。また、前句付の時代においては、付句は前句と併せて鑑賞するものであったので自然そこに余韻が残されていた。しかし一句作りは句としてのまとまりが必要であるので一つの思想を一句に是非納めなければならない。いきおい説明的解説的になってしまう。また一句でその特色を出したいという要求から趣向をこらす必要があり、縁語、掛詞などを多く使用してい い足らざるを補うといふ風にもなったものであろう。さらに、狂句はその時代の文芸の一般的傾向を写すものであった。十返舎一九の『東海道中膝栗毛』（滑稽本）をはじめとして、当時の文学作品には地口、駄洒落、縁語、掛詞などの語戯がおびただしくあらわれている。そういう状況下にあって狂句のみが古格を守ることは困難なことであった。俳諧にしても月並調に堕した時代であり、一層通俗な文芸として取り扱われていた狂句でもありいきおい流行を追い時好に投ずるようになったものと思われる。

## 江戸時代の狂句

さて、ここで狂句時代（二十四篇以降）の句を示すが、狂句時代といえども佳句は存在しそれらは「鑑賞編」や「学習編」でたびたび取り上げてきた。また反対に古川柳時代であっても駄句は存在するのである。

大さわぎ惣ぜっちんへ子左衛門　九四9
したみ酒呑んで身なげの蚊左衛門　九九84
船からぽいと雁首の銀左衛門　一〇〇139

造語である。土左衛門というのは溺死者のことであるがこれをもじった造語がさかんに出て来る。よくもまあ飽きもしないでこう次々考えたことである。順に、子供が厠へ落ちた。升からこぼれた酒を飲んだ蚊の末路。煙管をたたいた拍子に雁首を落としてしまった。

柿売りは値切り倒され渋い面　八一16
寺町を八百屋しんでえこしんでえこ　一五三15

駄洒落の句である。渋を柿と面に掛ける。大根売りの掛け声「新大根」と「死んでえこ」。

客二ツつぶして夜鷹三つ食い　一一二12
コロはてなリンははあチャンこごだわえ　一四二12
明き店が四十七軒暮れに出来　四八29

謎句である。順に、枕代二十四文の夜鷹が二人の客から四十八文稼いで十六文のそばを三杯食べた。「夜鷹ソバ」の名称は街娼の夜鷹を上得意にしたことによるという。『平家物語』。小督《こごう》を探しに来た源仲国が小督の弾く琴の音のコロリンシャンで居所を探し当てた。赤穂浪士四十七名の家が歳末に明き店になった。

富はこれ一生の財をなくす種　一〇〇127

教訓的。博奕（富くじ）は身を亡ぼす。

栗は栗はとばかり秋の木曽の山　一五八5
目と耳は只だが口は銭がいり　三九18
古い家や家内飛び出す大地震　一四一19

模倣改作。順に、「これはこれはとばかり花の吉野山」（安原貞室）。「目には青葉山ほととぎす初鰹」（山口素堂）。初鰹を食うには大金がいるがほととぎすや青葉を見たり聞いたりしても金は要らない。「古池や蛙とび込む水の音」（芭蕉）。

目は目がね歯は入れ歯にて間にあえど　三八21
アアいっそ牛の角文字ゆがみ文字　四一27
日に三箱喰ったり見たりしたりなり　五二5
飯よりは好きなものだが腹がへり　七六35

破礼句である。順に、老齢で目や歯は悪くなっても補う道具があるけれどこの道具ばかりは……。類句に「目も耳も歯もよけれども残念さ」（八八11）。「牛の角文字」は「い」、「ゆがみ文字」は「く」。一日に千両の金が落ちるのは、魚河岸、芝居町、吉原遊郭。女は好きだが腹が減っては戦はできぬ。

明治中期頃までの狂句をみてみよう。文政二年（一八一九）生まれで「柳風狂句」を代表する八代川柳任風舎川柳の『柳風肖像　狂句百家仙』である。刊行は明治二十四年（一八九一）。

覚《さめ》ぬれば昔しなつかし親の夢　月廼家《つきのや》松夫
笑う事ばかり入れたし親の耳　一軒舎二丘《じきゅう》
武蔵野も汽車で月見る世と進歩　春廼家桜

真棒が曲れば独楽も廻り兼　二州軒正人《じしゅうけんまさんと》
我独り醒たり下戸の花の山　半酔庵歩月

ずいぶん教訓的な口調である。

咲き満ちた花は無常のさとし草　北山
明け暮に拝せ日の恩月の恩　甘屋
すねる程可愛がらるる庭の松　一歳
雪に咲く梅や人にもほしき意地　柳庭
人もかく薫れ闇夜の野路の梅　都楽
尽くせ孝やがておのれも親たる身　誰太楼尾連《だれだろうおれ》
積善の余慶から出る所得税　亜羅城　旭《あらきあさひ》

明治三十四年（一九〇一）十一月刊の『課題川柳狂句集』である。編者亜羅城旭《あらきあさひ》、選は九代目川柳がしている。教訓色一色で陳腐きわまりない読んでいて息苦しくなる。文芸は悪に対してはすこぶる寛容であるというが、教訓や道徳などは本来的に拒絶するのである。明治期のこの手の狂句のつまらなさに読者諸氏もうんざりするのではなかろうか。

# 第五章

# 十七字詩の復活

## 十七字詩の復活

江戸中期に興った庶民文芸の古川柳は、幕末には衰微し世が明治になっても狂句と呼ばれて低俗な文芸とみられ知識人の携わるものではないと蔑視されていた。明治の末ごろ、柄井川柳の川柳点（古川柳）とその後の狂句とを比較して、同じ十七字詩の風俗詩でも内容の著しく違うものであることを発見し川柳点の価値を改めて認識した人物があらわれた。彼らは狂句と区別するために「川柳」という名称を確立し、そこへ清新発剌たる新風を吹き込み新時代の文芸たらしめようとしたのである。「川柳」は川柳点の略称であり、それはまた柄井川柳を柳祖として顕彰する意味をも含んでいた。彼らとはすなわち、明治二年横浜生れの阪井久良岐《くらき》（伎）（久良岐社派）と、明治三年山口県萩市生れの井上剣花坊《けんかぼう》（柳樽寺《りゆうそんじ》派）であった。同世代のライバルは以後両者相まって川柳革新と川柳普及を成し遂げてゆくことになるのである。「突きすすむ握り拳にあたる風」（剣花坊）。青年たちは川柳という古くて新しい短詩形《たんしけい》文学の魅力に惹かれ創造力をかきたてられて集まってくるのであった。明治後期から大正を経て昭和十二、三年に至るまでが川柳界興隆のピークで、この頃の佳句は実におびただしい。

## 阪井久良岐

明治三十年阪井久良岐は陸羯南《くがかつなん》の新聞「日本」に入社した。ここにはすでに正岡子規がいて二十四年ごろから俳句の革新運動を推進させ、さらに三十一年には『歌よみに与ふる書』を著して短歌の革新をも推進するところである。久良岐は川柳欄を担当したが、「日本」の社風と合わなかったのか電報新聞に転じ、そこで柳壇を設け明治三十八年五月五日俳誌『五月鯉《さつきごい》』を刊行し久良岐社派を主宰することになる。

我らは、我が国文壇に欠乏せる風俗詩趣味の普及を図り、まず韻文の上に古川柳の遺響を継ぐべき、明治の新川柳、即ち新風俗詩を起さんとし、ここに同好の士を募る。

これは、『五月鯉』第一巻「川柳久良岐社清規」の冒頭の一文である。「風俗詩」としての川柳の樹立を高らかに宣言している。それでは久良岐の求めた「新風俗詩」としての川柳文芸とはどのようなものなのか見てみよう。なお、彼の論説の中に見える「川柳」は古川柳と読み直していただきたい。

川柳は江戸詩なり、市民の人事短詩なり、風俗詩なり。この川柳により多く含まれたる滑稽風刺は、社交場の愛嬌、可笑味より来たる付帯性のものに属す。（「古柳句講義」）

古川柳に多く含まれる滑稽風刺は、風俗詩の付帯性のもので古川柳は本来滑稽諷刺を主たる要件とはしていない。

余は、滑稽風刺は、非常に面白いもの、詩的な滑稽は、文学的のものと見ている。いやあくまでも信ずる。古川柳にある滑稽も風刺も立派に文芸として賞讃している。……そして、狂句式のおどけ、くすぐり、助平は甚だ非詩的、俗悪的のものとして排斥する。ましてその一面なる道徳的、縁語の小刀細工的、声調の劣等なる、皆ことごとく文学としては認めない。(「古柳句講義」)

古川柳の滑稽風刺は立派な文芸だが、狂句の俗悪は認めるわけにはいかない。

川柳をもって滑稽文学となすものは、我々祖先を侮辱するものなり。川柳は中に自然の滑稽詩をも含めり。しかれども、そは川柳中に含有するものにして、元より滑稽を標榜して、諧謔を生命とするものにあらず。(「川柳活眼」)

久良岐は古川柳すなわち滑稽とみられることに反駁している。風俗詩たる古川柳からその付帯趣味の滑稽諷刺のみを指摘して、古川柳は滑稽な文芸だとみられたくないのである。久良岐が目指したのは詩的な川柳であった。

ちょっと粋なミッスが通る薔薇垣根
暮になってこれも買わねばよかったに
椅子にしたが裾が寒いとまたすわり
偽善らしいからと乞食にくれず行き

花屋程名を覚えたが詩人なり
午後三時永田町から花が降り　　以上久良岐

「午後三時」の句は、華族女学校の生徒である麗しき華族の令嬢が人力車に乗って退校する光景である。

叱かりたいような顔して巡査行き　　鉞羅漢
洋傘で女の数を数えて見　　政女
古下駄を下駄屋の土間へぬいで行き　　六橋　以上『五月鯉』三号

「叱かりたい」の句は、当時の巡査はこのような威張りくさった体質であった。巡査気質とでもいうべきものを描写している。「洋傘」の句は、色や柄で姿が見えなくても女であることがわかる。十七字詩が「風俗詩」的な色相を強く持っているということは、とりもなおさずよまれた時代と深くかかわる文芸であるということである。したがってこれらの句は発表された当時は恐らくいずれの作品も時代の先端をゆくものであって喝采を浴びたであろう。ところが時の流れの中でだんだんと古びてゆきついには理解することが難しくなってゆく運命にある。もちろん作られた背景をきちんと押さえれば理解鑑賞がでるわけで時代の息吹きも感じとることができるが、「新風俗詩」としての久良岐の川柳は、時代を超えて愛誦される作品（不易）というわけにはいかないようだ。それはおそらく、久良岐が川柳を「新風俗詩」と限定してしまったところに今日においてはもはや魅力的でなくなってしまった要因があるのではないか。

## 井上剣花坊

阪井久良岐が新聞「日本」に入社し川柳欄を担当していたことはすでに述べた。ある時編集長古島《こじま》一雄から時事川柳を書けといわれ提出したが全部没にされてしまった。くさっているところへ入社してきたのが井上剣花坊であった。剣花坊は古島の期待によく応えたので「新題柳樽」欄を任された。そんなこともあって久良岐は袂を分かって電報新聞に転じたのである。

剣花坊の川柳雑誌『川柳』が発刊されたのは明治三十八年十一月三日である。久良岐の『五月鯉』に遅れること六か月であった。川柳革新と普及に向けて両雄が本格的に歩みはじめた明治三十八年は、新川柳にとってまさに記念すべき年になった。剣花坊は久良岐と違って、川柳が「滑稽趣味」の文芸であることを積極的に肯定する立場をとっている。

我々は、川柳の名を用ちう。しかも必ずしも古川柳の形式、内容をことごとく学ばんとするにあらず。ただ、その長所をしてますます助け長ぜしめ、しかして明治文壇に新式短詩を打ち立てんとするにほかならず。真個《しんこ》、滑稽趣味を申分なく注入せんとするにほかならず。絶対無上の滑稽詩を、健全に発達せしめんとするにほかならず。

（『川柳』「吾人の抱負」）

滑稽については剣花坊は久良岐とは対極的な川柳論である。久良岐は、新川柳は「川柳即滑稽」との考え方を否定するところからはじまっていた。ところが剣花坊にとっての川柳はまさしく滑稽趣味の文芸であった。剣花坊は古川柳に全面的に依拠しようとする姿勢をとらず採るべきところは採るという姿勢である。剣花坊が目指した川柳とは滑稽詩と同義だった。

小説家の妻亭主のは読まぬなり
出さえすれば蚊程のへぼも文学士
人類学者便器を床にかざりつけ
げじげじに坐禅の和尚飛び上り
かげろうはちょっと世界を見に生まれ
太郎寿太郎源太郎大馬鹿三太郎

以上剣花坊

「太郎」の句は、日露戦争後のポーツマス条約を屈辱外交と叫んで国民が激昂したことをさしている。首相桂太郎、外相小村寿太郎、総参謀長児玉源太郎を揶揄した句である。これら剣花坊の句から感じられるのは、無理やり滑稽味を出そうとする作意が見え見えで野暮ったくて今ひとつ迫力不足でピンとこない。川柳にほしい「穿ち」がないからだろうか。川柳は独自の対象把握によって作品に滑稽性をもたらす必要がある。そして、その独自の対象把握が「穿ち」で、対象を「穿つ」ことによって自ずからもたらされる滑稽こそが川柳独自の滑稽なのである。久良岐や剣花坊やその他の人々の句は狂句時代とは雲泥の差で新時代の雰囲気をたたえているが、始動初期という事情ゆえであろうかどこか生硬で粗削りで本来粋なはずの川柳が野暮ったく感じられるのである。久良岐や剣花坊の新川柳に対する考え方はそれぞれ異なっていたが、幕末から明治初年にかけて卑陋下賤《ひろうげせん》なぐさみものとみられ蔑視されていた狂句に清新発剌たる新風を吹き込み、競い合って川柳革新と新川柳普及をなし遂げ新時代の文芸たらしめた業績は賞賛に値するものである。

## 正岡子規

久良岐と剣花坊の二人がともに新聞「日本」にかかわっていたことは前述した。そしてまた、新聞「日本」には正岡子規も在籍しており俳句革新を推進している舞台でもあった。川柳革新を為し遂げた両雄と俳句革新をなし遂げた子規が同時期に新聞「日本」に在籍していたというのは実に興味深いことである。さて、子規は川柳には携わっていないが川柳にかかわる興味深い論説があるのでそのいくつかひろいあげてみよう。

発句《ほっく》は文学なり、連俳《れんぱい》は文学に非ず。（『芭蕉雑談』）

明治の新時代を迎えても旧派誹諧は盛んであったが、子規は『獺祭書屋俳話《だっさいしょおくはいわ》』や『芭蕉雑談《ばしょうぞうだん》』などで旧派宗匠の「月並調《つきなみちょう》」の発句を糾弾し、俳諧の再検討再評価を推進した。そしてこの作業を通して自らの俳句観を確立するのである。「発句」は今の俳句のことで、発句は文学だが創造的エネルギーを失い感動の無い連俳は文学ではないと断定している。連俳は俳諧の連歌連句のことである。子規の俳句革新の一つは、発句を「連俳」から独立させてそれに「俳句」という呼称を与えたことにあった。

俳句は文学の一部なり。文学は美術の一部なり。故に美の標準は文学の標準なり。（『俳諧大要』）

「美」が存在するか否かで文学であるかないかが決定するというのである。

滑稽もまた文学に属す。しかれども、俳句の滑稽と川柳の滑稽とは自ら其程度を異にす。川柳の滑稽は人をして抱腹絶倒せしむるにあり。俳句の滑稽は、その間に雅味あるを要す。故に、俳句にして川柳に近きは俳句の拙なる者。もしこれを川柳として見れば更に拙なり。川柳にして俳句に近きは川柳の拙なる者。もし之を俳句とし見れば更に拙なり（『俳句大要』）

俳句と川柳との違いを「滑稽」の質の違いに認めている。

滑稽体は、一読して笑いを催さしむる句をいう。さりとて川柳のひたすらに噴飯《ふんぱん》せしむるものと異なり、俳句は滑稽の内に品格あり、趣味あるを要す。（新聞「日本」明治二十九年二月一日）

俳句と川柳との違いを「滑稽」の質の違いに認めている。子規は俳句の滑稽には雅味、品格、趣が必要であると言う。

滑稽は文学的趣味の一なり。然るに我邦の人、歌よみたると絵師たると漢詩家たるとに論なく一般に滑稽を排斥し、万葉の滑稽も狂歌狂句の滑稽もいやしくも滑稽とだにいえば一網に打尽して美術文学の範囲外に投げ出さんとする。これ滑稽的美の趣味を解せざるの致す所なり。狂歌狂句の滑稽も文学的なる者なきに非ず。然れども狂句は理屈（謎）に傾き、狂歌は駄洒落に走る。（中略）且つ万葉巻十六の特色の滑稽に限らざるは前にいえるが如し。複雑なる趣向、言語の活用、材料の豊富、漢語俗語の使用、いづれも皆今日の歌界の弊害を救うに必要なる条件ならざるはあらず。（『万葉集』巻十六）

『万葉集』巻十六という貴重な文学的遺産がある。この異色滑稽の巻の特色を大いに賞揚したのは子規であった。勅撰和歌集によって大きく道をひらかれた「雅」の詩歌だけが文学の本道ではない。「雅」に対する「俗」の中にも、人間性の全面的な開花があり、雅俗相まって初めて、私たちの文学は全円的なものになるだろうというのである（大岡信『日本うたことば表現事典』）。ここに「俗」というのは、古代以来連綿と続いて絶えることがなかった、笑いと機智、諧謔と風刺を主題とする詩歌作品のことである。子規はここではっきりと滑稽に文学的、美術的価値を認めている。穿ちによって笑いをもたらす狂句（川柳）も文学であると言っているのである。

両方でにらみあいけり猫の恋
牛糞にとまらんとせし胡蝶かな
来年の事いえば河豚が笑いけり　　以上子規

右は俳句の滑稽には雅味、品格、趣が必要であるとする子規の滑稽俳句である。

## 昭和初期までの現代川柳

久良岐や剣花坊が狂句の惰眠を覚醒し、新川柳の進むべき方向を定めてくれたおかげで多くの川柳作家が誕生し時代は大正から昭和に入ってゆく。この時期の川柳界は六大家（岸本水府《すいふ》、麻生路郎《じろう》、川上三太郎、村田周魚《しゅうぎょ》、前田雀郎《じゃくろう》、椙元紋太《すぎもともんた》）の主導する時代である。この頃の佳句はおびただしいものがあり、ここではその時代の佳句を鑑賞しながら本著のしめくくりとしたい。

道頓堀の雨に別れて以来なり
悪い事と知ったか猫もふり返り
段梯子で拭いた涙がしまいなり
〈酒飲んだら酔う、女見たらくどく、筆持ったら詩かく、なあ人生これだけやで〉
酔っぱらい真理を一ついってのけ
以上（岸本）水府

岸本水府の「道頓堀の雨に別れて以来なり」の句を、そのまま書名にした小説を田辺聖子氏は著している。「岸本水府は、川柳を蔑視しがちな世間の偏見と戦い、川柳を一文学のジャンルとして定着せしめようと、生涯奮闘した作家である。……近時の川柳ブームは、本格川柳派だった岸本水府らからみれば、とんでもない俗流狂句、雑俳のたぐいが川柳という名で横行し、雅俗入れまじって混沌たる柳界を、彼岸からにがにがしく眺めているであろう。」（田辺聖子『武玉川・とくとく清水』）。田辺聖子氏の現代川柳評である。

友だちは男に限る昼の酒
美人でもないのに亭主手をつなぎ
以上（麻生）路郎《じろう》
つなぐ手の恥ずかしいほど月が冴え
飲んでほし止めてもほしい酒をつぎ
以上（麻生）葭乃《よしの》

路郎と葭乃は夫婦である。葭乃は明治の世としては珍しくミッションスクール英文科出の才媛で四男五女の母であった。

貧乏を子もうすうすは知っている
女の子タオルを絞るように拗《す》ね
酒とろりおもむろに世ははなれゆく

以上（川上）三太郎

夢の中ふるさとびとは老いもせず
遠足のみやげに父の分はなし
貧乏もついに面だましいとなり

以上（前田）雀郎《じやくろう》

酔ったなと思った処が便所なり
人の世に酔ざめの水知る女

以上（椙元《すぎもと》）紋太《もんた》

稲光りどこかで猫の鈴がなり

（村田）周魚《しゆうぎよ》

貧しさもあまりの果は笑い合い
世の中におふくろほどの不幸せ
何尺の地を這い得るや五十年

以上（吉川）雉子郎《きじろう》

雉子郎《きじろう》はのちの吉川英治である。少年時代家族は貧乏のどん底にあった。昔のおふくろは世の苦難という苦難を一身に背負って夫や子を守り続けた。どんな苦労だっておふくろの苦労に比べたら軽いものだ。

万歳とあげて行った手を大陸へおいてきた
手と足をもいだ丸太にしてかえし
胎内の動きを知るころ骨《こつ》がつき
以上鶴　彬《つるあきら》

プロレタリア作家で特高警察に検挙され獄死した鶴彬《つるあきら》も剣花坊の弟子であった。

よう顔を見といてくれと河豚をくい　以上（木村）半文銭
恋でない証拠はじきに孕む也　（浅井）五葉《ごよう》
決心をして呼び捨てにする新所帯　勝盛青章
大正は蓋の裏から食いはじめ　（松村）柳珍堂
言い勝った女のほうも泣いている　（古島）照子
一生に数え切れない途中下車　（小田）夢路
あの人も淋しい人だからと惚れ　（橋本）緑雨
酒ついであなたはしかしどなたです　（近藤）飴ン坊
うぬぼれの心香水助けてる

元旦の女房他人のように言い　南枝
へんくつな亭主にこれほどの賀状　四四郎
女生徒の遅刻となった蝶二つ　空壷
母の手に萎れて桜草帰り　泰次郎
装いを凝らして暑い街に出る　はん鱗
酔どれを送り届けて風邪をひき　無茶丸

どの句にも穿ちによる上質の「笑い」を認めることができる。作者の目の付けどころのよさがストレートに伝わってくる。川柳は、人情や世相風俗などについて独自の視点で観察を加え、その鋭利な眼をもって人間の実体をえぐり出すメスの切れ味が川柳の切れ味なのである。

# 参考文献（著者五十音順）


麻生磯次『川柳雑俳の研究』東京堂　一九四八年
――『笑いの研究――日本文学の洒落性と滑稽の発達』東京堂　一九四七年
麻生磯次ほか『川柳・狂歌』（日本古典鑑賞講座23）角川書店　一九五八年
阿部達二『江戸川柳で読む百人一首』角川選書　二〇〇一年
乾裕幸ほか『初期俳諧集』（新日本古典文学大系）岩波書店　一九九一年
江口孝夫『江戸川柳の美学一～五』勉誠出版　二〇〇二年
潁原退蔵『潁原退蔵著作集　雑俳・川柳』第十四巻　第十五巻　中央公論社　一九七九年
岡田朝太郎『寛政改革と柳樽の改版』磯部甲陽堂　一九二七年
――「川柳史」『俳諧文学篇』（日本文学講座８）改造社　一九三四年
岡田甫『川柳末摘花註解』第一出版社　一九五一年
――『川柳愛欲史』あまとりあ社　一九五二年
――『川柳末摘花詳釋　上巻下巻』有光書房　一九五五年
――「古川柳の作者と読者」（日本古典文学大系57「月報20」）岩波書店　一九五八年
――『川柳絵本柳樽』芳賀書店　一九六九年
――『川柳東海道　上下』読売新聞社　一九七二年
尾崎久弥「柳樽と狂句」『江戸軟派研究　復刻版』柏書房　一九八七年
織田正吉『日本のユーモア１　詩歌篇』筑摩書房　一九八六年
角川書店編『戯作と俳諧』（日本史探訪15）角川書店　一九八五年

神田忙人『『武玉川』を楽しむ』朝日選書　一九八七年
――『江戸川柳を楽しむ』朝日選書　一九八九年
木村三四吾・井口壽『竹馬狂吟集　新撰犬筑波集』（新潮日本古典集成77）一九八八年
雲英末雄ほか『元禄俳諧集』（新日本古典文学大系71）岩波書店　一九九四年
栗山理一『俳諧史』塙書房　一九六三年
興津要『江戸川柳散策』時事通信社　一九八九年
小西甚一『日本文学史』講談社学術文庫　一九九三年
――『俳句の世界』講談社学術文庫　一九九五年
佐藤信・五味文彦ほか『詳説日本史研究　改訂版』山川出版社　二〇〇八年
佐藤美文『川柳文学史』新葉館出版　二〇〇四年
下山弘『江戸古川柳の世界――知的詩情を味わう』講談社現代一九九四年
杉本長重『川柳　狂歌集』（日本古典文学大系57）岩波書店　一九五八年
鈴木勝忠『講座　日本語の語彙　第5巻　近世の語彙』明治書院　一九八二年
――『無作の指導者　柄井川柳』（日本の作家31）新典社　一九八二年
――『川柳・雑俳から見た　江戸庶民風俗』（風俗文化史選書14）雄山閣　一九八八年
――『川柳雑俳江戸庶民の世界』三樹書房　一九九六年
――『江戸雑俳　上方娘の世界』三樹書房　一九九七年
――『黄表紙　川柳　狂歌』（新編日本古典文学全集79）小学館　一九九九年
鈴木棠三『日本語のしゃれ』講談社学術文庫　一九七九年
――『俳諧の系譜――その笑い』中公新書　一九八九年
――『ことば遊び』講談社学術文庫　二〇〇九年
高木博『万葉の世界』東出版　一九六六年

竹内誠『江戸と大坂』（大系日本の歴史10）小学館ライブラリー　一九九三年
田中優子『江戸の想像力——18世紀のメディアと表徴』ちくま学芸文庫　一九九二年
田辺聖子『古川柳おちぼひろい』講談社文庫　一九八一年
——『川柳でんでん太鼓』講談社文庫　一九八八年
——『道頓堀の雨に別れて以来なり』上中下　中公文庫　二〇〇〇年
——『武玉川・とくとく清水』岩波新書　二〇〇二年
坪内稔典『俳句のユーモア』岩波書店　二〇一〇年
暉岡康隆・郡司正勝『江戸市民文学の開花』（日本の文学5）至文堂　一九六七年
中野三敏『江戸時代評判記——雅俗融合の世界』中公新書　一九九二年
西山松之助『江戸っ子と江戸文化』小学館創造選書　一九八二年
日本随筆大成編集部「理斎随筆」『日本随筆大成三〜一』吉川弘文館　一九七六年
『芭蕉の本一〜七』角川書店
花咲一男『川柳江戸名物図絵』三樹書房　一九九四年
——『川柳江戸歳時記』岩波書店　一九九七年
浜田義一郎『川柳・狂歌』教育社歴史新書　一九七七年
——『江戸文藝攷——狂歌・川柳・戯作』岩波書店　一九八八年
浜田義一郎ほか『川柳・狂歌』（鑑賞日本古典文学　第31巻）角川書店　一九八八年
東中川かほる『日本文化における笑いの諸相—文学と芸能を手がかりに』創英社／三省堂書店　二〇〇五年
尾藤三柳『川柳二〇〇年の実像』雄山閣出版　一九八九年
復本一郎『俳句と川柳』講談社現代新書　一九九九年
——『知的に楽しむ　川柳』日東書院　二〇〇一年
水野稔『黄表紙　狂歌　川柳』（日本古典文学全集46）小学館　一九七一年
宮尾しげを『江戸川柳の味わい方』味わい方叢書　明治書院　一九七五年

宮田正信『誹風柳多留』（新潮日本古典集成63）新潮社　一九八四年
三好信義『古川柳研究』国書刊行会　一九七七年
村松友次『日本の近世文学』「貞門・談林から蕉風へ」新日本出版社　一九八三年
室山源三郎『江戸川柳の謎解き』現代教養文庫　社会思想社　一九九四年
――『江戸川柳で知る故事・伝説』現代教養文庫　社会思想社　一九九七年
森田雅也編『近世文学の展開』関西学院大学出版会　二〇〇〇年
守屋毅『元禄文化　遊芸・悪所・芝居』講談社学術文庫　二〇一一年
柳田国男『不幸なる芸術・笑いの本願』岩波文庫　一九七九年
山崎麓「川柳雑俳概説」『俳諧文学篇』（日本文学講座8）改造社　一九三四年
山澤英雄「木綿・花久・桜木　川柳を傳りたてた人々」（日本古典文学大系67「月報20」）岩波書店　一九五八年
山路閑古『古川柳』岩波新書　一九六五年
――『古川柳名句選』ちくま文庫　一九九八年
山本健吉『芭蕉全発句』講談社学術文庫　二〇一二年
吉田精一『川柳集　狂歌集』（古典日本文学全集33）筑摩書房　一九六一年
――『古典文学入門』新潮選書　一九六八年
歴史学研究会編『新版日本史年表』岩波書店　一九八四年
渡辺信一郎『江戸の粋《すい》・短詩形文学・前句付《まえくづ》け』三樹書房　一九九四年
――『江戸破礼句戀の色直し』集英社新書　二〇〇〇年

## ◆注釈書等◆

岩田秀行『誹風　柳多留　三篇』現代教養文庫　社会思想社　一九八五年
粕谷宏紀『誹風　柳多留　六篇』現代教養文庫　社会思想社　一九八七年

――『柳多留名句選』上下　山澤英雄選　粕谷宏紀校注 岩波文庫　一九九五年
佐藤要人『誹風　柳多留　五篇』現代教養文庫　社会思想社　一九八六年
――『誹風　柳多留　十篇』現代教養文庫　社会思想社　一九八八年
鈴木倉之助『誹風　柳多留　二篇』現代教養文庫　社会思想社　一九八五年
千葉治校訂『初代川柳選句集』上下　岩波文庫　一九九五年
西原亮『誹風　柳多留　七篇』現代教養文庫　社会思想社　一九八七年
浜田義一郎『誹風　柳多留　初篇』現代教養文庫　社会思想社　一九八五年
室山源三郎『誹風　柳多留　八篇』現代教養文庫　社会思想社　一九八七年
八木敬一『誹風　柳多留　四篇』現代教養文庫　社会思想社　一九八五年
――『誹風　柳多留　九篇』現代教養文庫　社会思想社　一九八七年
山澤英雄校訂『俳諧武玉川』一〜四　岩波文庫　一九八四年
――『誹風柳多留』一〜三　岩波文庫　一九九五年
――『誹風柳多留　全句索引』岩波文庫　一九九五年
――『柳多留拾遺』上下　岩波文庫　一九九五年

◆辞書◆

井上宗雄・武川忠一『和歌の解釈と鑑賞事典』笠間書院　一九九九年
潁原退蔵『川柳雑俳用語考』岩波書店　一九五三年
大岡信『日本うたことば表現事典8　狂歌・川柳編』遊子館　二〇〇〇年
――監修『狂歌川柳表現辞典　歳時記編』遊子館　二〇〇三年
大曲駒村編『川柳大辞典』上下　高橋書店　一六七一年
尾形仂『俳句の解釈と鑑賞事典』笠間書院　二〇〇〇年

岡田甫校訂『誹風柳多留全集・索引篇』三省堂　一九九九年
粕谷宏紀編『新編　川柳大辞典』東京堂出版　一九九五年
片桐洋一『歌枕歌ことば辞典』角川書店　一九八三年
川柳雑俳研究会『江戸川柳文句取辞典』三樹書房　二〇〇五年
田辺貞之助『古川柳風俗事典』青蛙房　一九六二年
中野栄三『性風俗事典』雄山閣　一九六三年
西山松之助ほか編『江戸学事典』弘文堂　一九八四年
浜田義一郎編『江戸川柳辞典』東京堂出版　一九六八年
尾藤三柳編『川柳総合事典』雄山閣　一九八四年
歴史学研究会篇『新版日本史年表』岩波書店　一九八四年

## ◆研究雑誌等◆

江戸川柳研究会編「江戸川柳のからくり」『国文学解釈と鑑賞』別冊　至文堂　二〇〇五年二月
――――「『誹風柳多留』名句選　江戸川柳を読む」『国文学解釈と鑑賞』別冊　至文堂　二〇〇一年二月
――――「江戸川柳　東海道の旅」『国文学解釈と鑑賞』別冊　至文堂　二〇〇二年二月
「江戸川柳職業往来」『国文学解釈と教材の研究』学燈社　一九六四年九月号
「恋歌――古典世界の」『国文学解釈と教材の研究』学燈社　一九九六年十月
「川柳・江戸庶民の趣味娯楽」『国文学解釈と鑑賞』至文堂　一九六四年十二月
「川柳江戸　エロティック・リアリズム」『国文学解釈と鑑賞』至文堂　一九七五年二月
「川柳江戸の遊び」『国文学解釈と鑑賞』至文堂　一九七五年十二月
「川柳江戸名所図会」『国文学解釈と鑑賞』至文堂　一九六九年十一月
「川柳合戦史」『国文学解釈と鑑賞』至文堂　一九六六年十二月

「川柳歳時記」『国文学解釈と鑑賞』至文堂　一九六八年
「川柳大鑑」『国文学解釈と鑑賞』至文堂　一九五八年七月
「川柳年中行事——季節句について」『国文学解釈と鑑賞』至文堂　一九六三年十二月
「川柳吉原風俗絵図」『国文学解釈と鑑賞』至文堂　一九七二年十一月
「特集・鑑賞・柳多留拾遺」『国文学解釈と鑑賞』至文堂　一九六五年十二月号
「日本の名歌名句一〇〇〇」『国文学解釈と教材の研究』学燈社　一九六二年十一月号
「俳諧理念の変遷」『国文学　解釈と鑑賞　近世文学史』至文堂　一九六一年一月一日

ふ



へ



ほ



ま

## ひ

## そ



## た

す



せ

し

## さ

## き

## お



## か

【柳句・誹諧・和歌・引用句等】

### あ



### い

と



な



に

## す



## せ

### か



### き

# 索　引

- 配列は表音五十音順。
- ページ数表記の太字は項目のページ。細字は本文中引用のページ。
- 柳句・俳諧・和歌・引用句等は冒頭部分 10 字分を表示。

## 【事項・人物】

### あ



### い

【著者略歴】

吉田 健剛（よしだ・けんごう）

1942年　神戸に生まれる
1961年　神戸市立湊川高校卒業
1965年　関西大学法学部卒業
2009年　67歳まで45年間会社経営に従事
2010年　68歳 関西学院大学科目等履修生
2011年　69歳 関西学院大学大学院文学研究科入学。専攻近世文学
2013年　70歳 関西学院大学大学院文学研究科博士前期課程修了

【監修者略歴】

森田 雅也（もりた・まさや）

関西学院大学文学部文学言語学科日本文学日本語学専修教授。
博士（文学）。専門は日本近世文学。
日本近世文学会、俳文学会などの委員、常任委員を歴任。現在、和文化教育学会理事、日本文芸学会の代表理事。『西鶴浮世草子の展開』（和泉書院）、『近世文学の展開』（関西学院大学出版会）等、著書、編著、共著多数。



古川柳入門

2017年9月25日初版第一刷発行

著　者　吉田健剛
監　修　森田雅也

発行者　田中きく代
発行所　関西学院大学出版会
所在地　〒662-0891
　　　　兵庫県西宮市上ケ原一番町1-155
電　話　0798-53-7002

印　刷　大和出版印刷株式会社




Printed in Japan by Kwansei Gakuin University Press
ISBN 978-4-86283-248-1

# 理 コトワリ

KOTOWARI
No.75
2025

## 五〇〇点刊行記念

関西学院大学出版会の総刊行数が五〇〇点となりました。
草創期とこれまでの歩みを歴代理事長が綴ります。



1997–2025


関西学院大学出版会
KWANSEI GAKUIN UNIVERSITY PRESS

# 未来の教育を語ろう

關谷《せきや》　武司《たけし》
関西学院大学教授

著者は現在六四歳になります。思えば、自身が大学に入学した頃に、パーソナル・コンピューター（PC）というものが世に現れ、最初はソフトウェアもほとんどなく、研究室にあるただの箱のような扱いでした。それが、毎年毎年数倍の革新的な能力アップを遂げ、あっという間に、PCなくしては、研究だけでなく、あらゆるオフィス業務が考えられない状況が出現しました。その後のインターネットの充実は、さらに便利な社会をもたらし、近年はクラウドやバーチャルという空間まで生み出しました。そして、数年前から、ついに人工知能（AI）の実用化が始まり、人間の能力を超える存在にならんとしつつあります。ここまでの激的な変化が、わずか人間一代の時間軸の中で起こってきたわけです。

もはや、それまでの仕事の進め方は完全に時代遅れとなり、昨年まであった業務ポストがなくなり、人間の役割が問い直されるまでに至りました。この影響は、すでに学びの場、学校や大学にも及んでいます。

これまで生徒に対してスマートフォンの使用を制限していた中学や高等学校では、タブレットが導入され、AIを使う生徒の姿に教師が戸惑う光景が見られるようになりました。教室で、AIなどの先進科学技術を利用しながら、子どもたちに、何を、どのように学ばせるべきなのか。これは避けて通れない目の前のことで、教育者はいま、その解を求められています。しかし、学校現場は日々の業務に忙殺されており、立ち止まって現状を見直し、高い視点に立って将来を見据えて考える、そんな時間的余裕などはとてもありません。ただただ、「これでいいわけはない」「今後に向けてどのような教育があるべきか」

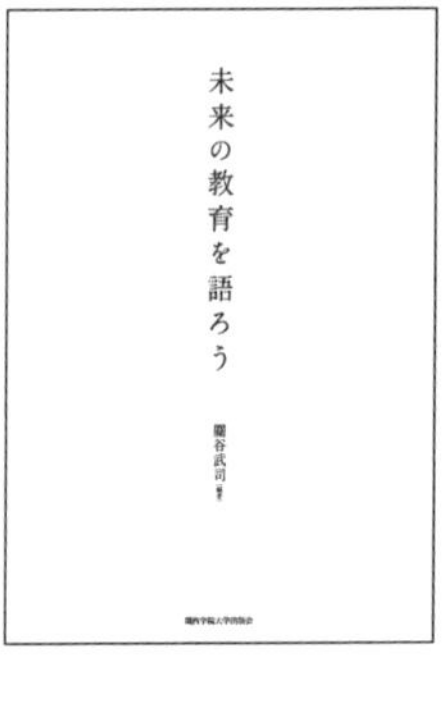

など、焦燥感だけが募る毎日。

この書籍は、そのような状況にたまりかねた著者が、仲間うちの教育関係者に訴えかけて円卓会議を開いた、そのときに話された内容を記録したものです。まずは、僭越ながら著者が基調講演をおこない、続いて小学校から高等学校までの現場の先生方、そして教育委員会の指導主事の先生方にグループ討議をしていただきました。それぞれの教育現場における課題や懸念、今後やるべき取り組みやアイデアの提示を自由に話し合い、互いに共有しました。そして、それを受けて、大学の異なるご専門の先生方から、大学としていかなる変革が必要となるか、コメントを頂戴しました。実に有益なご示唆をいただくことができました。

では、私たちはどのような一歩を歩み出すべきなのでしょうか。社会の変化は非常に早い。

そこで、小学校から高等学校までの学校教育に多大な影響を及ぼしている大学教育に着目しました。それはまた、輩出する卒業生を通して社会に対しても大きな影響を及ぼす存在です。

一九七〇年にOECDの教育調査団から、まるでレジャーランドの如くという評価を受けてから半世紀以上が経ちました。もはや、このまま変わらずにはいられない大学教育に関して、大胆かつ具体的に、これからの日本に求められる理想としての大学の姿を提示してみました。遠いぼんやりした次世紀の大学ではなく、シンギュラリティが到来しているかもしれない、二〇五〇年を具体的にイメージしたとき、どういう教育理念で、どのようなカリキュラムを、どのような教授法で実施するのか。いま現在の制約をすべて取り払い、自らが主体的に動ける人材を生み出すために、妥協を廃して考えた具体的なアイデアを提示する。この奇抜な挑戦をやってみました。

このような大学がもし本当に出現したなら、社会にどのようなインパクトを及ぼすでしょうか。消滅しつつある、けれど本来は資源豊かな地方に設立されたら、どれほどの効果を生み出すでしょうか。その影響が共鳴しだせば、日本全体の教育を変えていくことにもつながるのではないでしょうか。

そんな希望を乗せて、この書籍を世に出させていただきました。批判も含め、大いに議論が弾む、その礎となることを願っています。

# 関西学院大学出版会の誕生と私

荻野《おぎの》　昌弘《まさひろ》
関西学院理事長

一九九五年は、阪神・淡路大震災が起こった年である。関西学院大学も、教職員・学生の犠牲者が出て、授業も一時中断した。この年の秋、大学生協書籍部の谷川恭生さん、岡見精夫さんと神戸三田キャンパスを見学しに行った。新しいキャンパスに総合政策学部が創設されたのは、震災が起こった一九九五年の四月のことである。震災という不幸にもかかわらず、神戸三田キャンパスの新入生は、活き活きとしているように見えた。

その後、三田市ということで、三田屋でステーキを食べた。その時に、私が、そろそろ、単著を出版したいと話して、具体的な出版社名も挙げたところ、谷川さんがそれよりもいい出版社があると切り出した。それは、関西学院大学生活協同組合出版会のことで、たしかに蔵内数太著作集全五巻を出版している。生協の出版会を基に、本格的な大学出版会を作っていけばいいという話だった。

震災は数多くの建築物を倒壊させた。それは、不幸なできごとであったが、そこから新たな再建、復興計画が生まれる。何か新しいものを生み出したいという気運が生まれてくる。私は、谷川さんの新たな出版会創設計画に大きな魅力を感じ、積極的にそれを推進したいという気持ちになった。

そこで、まず、出版会設立に賛同する教員を各学部から集め、設立準備有志の会を作った。岡本仁宏（法）、田和正孝（文）、田村和彦（経＝当時）、広瀬憲三（商）、浅野考平（理＝当時）の各先生が参加し、委員会がまず設立された。また、経済学部の山本栄一先生から、おりに触れ、アドバイスをもらうことになった。

出版会を設立するうえで決めなければならないのは、まずその法人格をどのようにするかだが、これは、財団法人を目指す任意団体にすることにした。そして、何よりの懸案事項は、出版資金をどのように調達するかという点だった。あるときに、たしか当時、学院常任理事だった、私と同じ社会学部の髙坂健次先生から山口恭平常務に会いにいけばいいと言われ、単身、常務の執務室に伺った。山口常務に出版会設立計画をお話し、資金を融通してもらいたい旨お願いした。山口さんは、社会学部の事務長を経験されており、そのときが一番楽しかったという話をされ、その後に、一言「出版会設立の件、承りました」と言われた。事実上、出版会の設立が決まった瞬間だった。

その後、書籍の取次会社と交渉するため、何度か東京に足を運んだ。そのとき、谷川さんと共に同行していたのが、今日まで、出版会の運営を担ってきた田中直哉さんである。東京出張の折には、よく酒を飲む機会があったが、取次会社の紹介で、高齢の女性が、一人で自宅の応接間で営むカラオケバーで、バラのリキュールを飲んだのが、印象に残っている。

取次会社との契約を無事済ませ、社会学部教授の宮原浩二郎編集長の下、編集委員会が発足し、震災から三年後の一九九八年に、最初の出版物が刊行された。

ところで、当初の私の単著を出版したいという目的はどうなったのか。出版会設立準備の傍ら、執筆にも勤しみ、第一回の刊行物の一冊に『資本主義と他者』を含めることがかなった。新たな出版会で刊行したにもかかわらず、書評紙にも取り上げられ、また、読売新聞が、出版記念シンポジウムに関する記事を書いてくれた。当時大学院生で、その後研究者になった方々から私の本を読んだという話を聞くことがあるので、それなりの反響を得ることができたのではないか。書店で『資本主義と他者』を手にとり、読了後すぐに連絡をくれたのが、当時大阪大学大学院の院生だった、山泰幸人間福祉学部長である。また、いち早く、論文に引用してくれたのが、今井信雄社会学部教授（当時、神戸大学の院生）で、今井論文は後に、日本社会学会奨励賞を受賞する。出版会の立ち上げが、新たなつながりを生み出していることは、私にとって大きな喜びであり、出版会が、今後も知的ネットワークを築いていくことを期待したい。

『資本主義と他者』1998年

資本主義を可能にしたものは？　他者の表象をめぐる闘争から生まれる、新たな社会秩序の形成を、近世思想、文学、美術等の資料をもとに分析する

# 草創期をふり返って

宮原《みやはら》　浩二郎《こうじろう》
関西学院大学名誉教授

関西学院大学出版会の刊行書が累計で五〇〇点に到達した。ホームページで確認すると、設立当初の一〇年間は毎年一〇点前後、その後は毎年二〇点前後のペースで刊行実績を積み重ねてきたことがわかる。あらためて今回の「五〇〇」という大台達成を喜びたい。

草創期の出版企画や運営体制づくりに関わった初代編集長として当時をふり返ると、何よりもまず出版会立ち上げの実務を担った谷川恭生氏の面影が浮かんでくる。当時の谷川さんは関学生協書籍部の「マスター」として、関学内外の多くの大学教員や研究者を知的ネットワークに巻き込みながら、学術書を中心に本の編集、出版、流通、販売の仕組みや課題を深く研究し、全国の書店や出版社、取次会社に多彩な人脈を築いていた。谷川さんに連れられて、東京の大手取次会社を訪問した帰りの新幹線で、ウィスキーのミニボトルをあけながら夢中で語り合い、気がつくともう新大阪に着いていたのをなつかしく思い出す。

数年後に病を得た谷川さんが実際に手にとることができた新刊書は当初の五〇点ほどだったはずである。今や格段に充実した刊行書のラインアップに喜び、深く安堵してくれているにちがいない。それはまた、谷川さんの知識経験や文化遺伝子を引き継いだ、田中直哉氏はじめ事務局・編集スタッフによる献身と創意工夫の賜物でもあるのだから。

草創期の出版会はまず著者を学内の教員・研究者に求め「関学の」学術発信拠点としての定着を図る一方、学外の大学教員・研究者にも広く開かれた形を目指していた。そのためすでに初期の新刊書のなかに関学教員の著作に混じって学外の大学教員・研究者による著作も見受けられる。その後も「学内を中心としながら、学外の著者にも広く開かれている」という当初の方針は今日まで維持され、それが刊行書籍の増加や多様性の確保にも少なからず貢献してきたように思う。

他方、新刊学術書の専門分野別の構成はこの三〇年弱の間に大きく変わってきている。たとえば出版会初期の五年間と最近五年間の新刊書の「ジャンル」を見比べていくと、現在では当初よりも全体的に幅広く多様化していることがわかる。「社会・環境・復興」（災害復興研究を含むユニークな「ジャンル」）や「経済・経営」は現在まで依然として多いが、いずれも新刊書全体に占める比重は低下し、「法律・政治」「福祉」「宗教・キリスト教」「関西学院」「エッセイその他」にくわえて、当初は見られなかった「言語」や「自然科学」のような新たな「ジャンル」が加わっている。何よりも目立つ近年の傾向は、「哲学・思想」や「文学・芸術」のシェアが顕著に低下する一方、「教育・心理」や「国際」、「地理・歴史」のシェアが大きく上昇していることである。

こうした「ジャンル」構成の変化には、この間の関西学院大学の学部増設（人間福祉、国際、教育の新学部、理系の学部増設など）がそのまま反映されている面がある。ただ、その背景には関学だけではなく日本の大学の研究教育をめぐる状況の変化もあるにちがいない。思い返せば、関西学院大学出版会の源流の一つに、かつて谷川さんが関学生協書籍部で編集していた書評誌『みくわんせい』（一九八八―九二年）がある。それは当時の「ポストモダニズム」の雰囲気に感応し、最新の哲学書や思想書の魅力を伝えることを通して、専門の研究者や大学院生だけでなく広く読書好きの一般学生の期待に応えようとする試みでもあった。出版会草創期の新刊書にみる「哲学・思想」や「文学・芸術」のシェアの大きさとその近年の低下には、そうした一般学生・読者ニーズの変化という背景もあるように思う。

関西学院大学出版会も着実に「歴史」を刻んできたことにあらためて気づかされる。これから二、三十年後、刊行書「一〇〇〇点」達成の頃には、どんな「ジャンル」構成になっているだろうか、今から想像するのも楽しみである。

『みくわんせい』
創刊準備号、1986年
この書評誌を介して集った人たちによって関西学院大学出版会が設立された

# 関西学院大学出版会への私信

田中《たなか》　きく代《よ》
関西学院大学名誉教授

私は出版会設立時の発起人ではありませんでしたが、初代理事長の荻野昌弘さん、初代編集長の宮原浩二郎さんから設立のお話をいただいて、気持ちが高まりワクワクしたことを覚えています。発起人の方々の熱い思いに感銘を受けてのことで、「田中さん、研究発進の出版部局を持たないと大学と言えないよね」という誘いに、もちろん「そうよね!!」と即答しました。皆さんの良い本をつくりたいという理想も高く、何度も会合がもたれました。ことに『理』の責任者であった生協の書籍におられた谷川恭生さんのご尽力は並々ならないものであったと感謝しております。谷川さんを除けば、皆さん本屋さんの出版にはさほど経験がなく、苦労も多かったのですが、苦労よりも新しいものを生み出すことに嬉々としていたように思います。

私は、設立から今日まで、理事として編集委員として関わらせていただき、一時期には理事長の要職に就くことにもなりましたが、荻野さん、宮原さん、山本栄一先生、田村和彦さん、大東和重さん、前川裕さん、田中直哉さん、戸坂美果さんと、指を折りながら思い返し、多くの編集部の方々のおかげで、やってくることができたと実感しています。五〇〇冊記念を機に、まずは感謝を申し上げ、いくつか関西学院大学出版会の「いいとこ」を宣伝しておきたいと思います。

「関学出版会の『いいとこ』は何?」と聞かれると、本がとても「温かい」と答えます。出版会の出版目録を見ていると、それぞれの本が出来上がった時の記憶が蘇ってきますが、どの本も微笑んでいます。教員と編集担当者が率先して一致協力して運営に関わっていることが、妥協しないで良い本をつくろうとすることからくる真剣な取り組みとなっているのです。出版会の本は丁寧につくられ皆さんの心が込められているのです。
また、本をつくる喜びも付け加えておきます。毎月の編集委員会では、新しい企画にいつもドキドキしています。私事ですが、私は歴史学の研究者の道を歩んできましたが、同時にどこかでいつか本屋さんをやりたいという気持ちがあったことは否定できません。関学出版会では、自らの本をつくる時など特にそうですが、企画から装丁まですべてに自分で直接に関わることができるのですよ。こんな嬉しいことがありますか。

皆でつくるということでは、夏の拡大編集委員会の合宿も思い出されます。毎夏、有馬温泉の「小宿とうじ」で実施されてきましたが、そこでは編集方針について議論するだけではなく、毎回「私の本棚」「思い出の本」「旅に持っていく本」などなどの議題が提示されました。自分の好きな本を本好きの他者に「押しつけ?」、本好きの他者から「押しつけられる?」楽しみを得る機会が持てたことも私の財産となりました。夕食後には皆で集まって、学生時代のように深夜まで喧々諤々の時間を過ごしてきたことも楽しい思い出です。今後もずっと続けていけたらと思っています。

記念事業としては、設立二〇周年の一連の企画がありましたが、記念シンポジウム「いま、ことばを立ち上げること」では、田村さんのご尽力で、「ことばの立ち上げ」に関わられた諸氏にお話しいただき、本づくりの大切さを再確認することができました。今でも「投壜通信」という「ことば」がビンビン響いてきます。文字化される「ことば」に内包される心、誰かに届けたい「ことば」のことを、本づくりの人間は忘れてはいけないと実感したものです。

インターネットが広がり、本を読まない人が増えている現状で、今後の出版界も変革を求められていくでしょうが、大学出版会としては、学生に「ことば」を伝える義務があります。ネット化を余儀なくされ「ことば」を伝えるにも印刷物ではなくなることも増えるでしょう。だが、学生に学びの「知」を長く蓄積し生涯の糧としていただくには、やはり「本棚の本」が大切だと思います。出版会の役割は重いですね。

『いま、ことばを立ち上げること』
K.G. りぶれっとNo. 50、2019年
2018年に開催した関西学院大学出版会設立20周年記念シンポジウムの講演録

# ふたつの追悼集

田村《たむら》　和彦《かずひこ》
関西学院大学名誉教授

荻野昌弘さんの原稿で、一九九五年の阪神淡路の震災が出版会誕生の一つのきっかけだったことを思い出した。今から三〇年前になる。ぼく自身は一九九〇年に関西学院大学に移籍して間もなくだった。震災との直接のつながりは思いつかないが、新たな出発に向けての思いが大学に満ちていたことは確かである。

ぼく自身と出版会とのかかわりは、当時関学生協書籍部にいた谷川恭生さんに直接声をかけられたことから始まる。谷川さんの関西学院大学出版会発足にかけた情熱については、本誌で他の方々も触れているとおりである。残念ながら、出版会がどうやら軌道に乗り始めた二〇〇四年にわずか四九歳で急逝した谷川さんには、翌年に当出版会が出した追悼文集『時（カイロス）の絆』に学内外の多くの方々が思いを寄せている。出版会についていえば、前身には発足の十年近く前から谷川さんが発行していた書評誌『みくわんせい』があったことも忘れえない。『みくわんせい』のバックナンバーの書影は前記追悼集に収録されている。出版会を立ちあげて以来発行されてきたこの小冊子『理』にしても、最初は彼が構想する大学発の総合雑誌の前身となるべきものだったと記憶している。「理」を「ことわり」と読むことにこだわったのも彼である。谷川さんのアイデアは尽きることなく広がり、何度かの出版会主催のシンポジウムも行われた。そんななか、出版会が発足してからもいつもは外野のにぎわわせ役を決めこんでいたぼくに、谷川さんから研究室に突然電話が入り、「編集長になりませんか」という依頼があった。なんとも闇雲な頼みで、答えあぐねているうちにいつの間にやら引き受けることになってしまった。その後編集長として十数年、その後は出版会理事長として谷川さんが蒔いた種から育った出版会の活動を、不十分ながら引き継いできた。

関学出版会を語るうえでもう一人忘れえないのが山本栄一氏で

ある。山本さんは阪神淡路の震災の折、ちょうど経済学部の学部長で、ぼく自身もそこに所属していた。学部運営にかかわる面倒なやり取りに辟易していたぼくだが、震災の直後に山本さんが学部活性化のために経済学部の教員のための紀要刊行費を削って、代わりに学部生を巻きこんで情報発信と活動報告を行う経済学部広報誌『エコノフォーラム』を公刊するアイデアを出したときには、それに全面的に乗り、編集役まで買って出た。それをきっかけに学部行政以外のつき合いが深まるなかで、なんとも型破りで自由闊達な山本さんの人柄にほれ込むことになった。発足間もない関学出版会についても、学部の枠を越えて、教員ばかりか事務職にまで関学随一の広い人脈を持つ山本さんの「拡散力」と「交渉力」が大いに頼みになった。一九九九年に関学出版会の二代目の理事長に就かれた山本さんは、毎月の編集会議にも、当時千刈のセミナーハウスで行なわれていた夏の合宿にも必ず出席なさった。堅苦しい会議の場は山本さんの一見脈絡のないおしゃべりをきっかけに、どんな話題に対しても、誰に対しても開かれた、くつろいだ自由な議論の場になった。本の編集・出版という作業は、著者だけでなく、編集者・校閲者も巻きこんで、まったくの門外漢や未来の読者までを想定した、実に楽しい仕事になった。山本さんは二〇〇八年の定年後も引き続き出版会理事長を引き受けてくださったが、二〇一一年に七一歳で亡くなられた。没後、関学出版会は上方落語が大好きだった山本さんを偲んで『賑わいの交点』という追悼文集を発刊している。

　出版会発足二八年、刊行点数五〇〇点を記念するにあたって特にお二人の名前を挙げるのは、お二人のたぐいまれな個性とアイデアが今なお引き継がれていると感じるからである。二つの追悼集のタイトルをつけたのは実はぼくだった。いま、それを久しぶりに紐解いていると関西学院大学出版会の草創期の熱気と、それを継続させた人的交流の広さと暖かさとが伝わってくる。

『時（カイロス）の絆』
谷川恭生追悼文集、
2005年（私家版）

21名の追悼寄稿文と、
谷川氏の講義ノート・
『みくわんせい』の軌跡
を収録

『賑わいの交点』
山本栄一先生追悼文集、
2012年（私家版）

39名の追悼寄稿文と、
山本先生の著作目録・
年譜・俳句など

**連載**

# スワヒリ詩人列伝

## 第8回　政権の御用詩人、マティアス・ムニャンパラの矛盾

小野田　風子

スワヒリ語詩、それは東アフリカ海岸地方の風土とイスラム的伝統に強く結びついた世界である。そのなかで、内陸部出身のキリスト教徒として初めてシャーバン・ロバート（本連載第2回〔『理』59号〕参照）に次ぐ大詩人として認められたのが、今回の詩人、マティアス・ムニャンパラ（Mathias Mnyampala, 1917–1969）である。

ムニャンパラは一九一七年、タンガニーカ（後のタンザニア）中央部のドドマで、ゴゴ民族の牛飼いの家庭に生まれる。幼いころから家畜の世話をしつつ、カトリック教会で読み書きを身につけた。政府系の学校で法律を学び、一九三六年から亡くなるまで教師や税務署員、判事など様々な職に就きながら文筆活動を行った。これまでに詩集やゴゴの民族誌、民話など十八点の著作が出版されている（Kyamba 2016）。

詩人としてのムニャンパラの最も重要な功績とされているのは、「ンゴンジェラ」（ngonjera）注1という詩形式の発明である。独立後のタンザニアは、初代大統領ジュリウス・ニェレレの強い指導力の下、社会主義を標榜し、「ウジャマー」（Ujamaa）と呼ばれる独自の社会主義政策を推進した。ニェレレは当時のスワヒリ語詩人たちに政策の普及への協力を要請し、詩人たちはＵＫＵＴＡ（Usanifu wa Kiswahili na Ushairi Tanzania）という文学団体を結成した。ＵＫＵＴＡの代表として政権の御用詩人を引き受けたムニャンパラが、非識字の人々に社会主義の理念を伝えるのに最適な形式として創り出したのが、ンゴンジェラである。これは、詩の中の二人以上の登場人物が政治的なトピックについて議論を交わすという質疑応答形式の詩である。ムニャンパラがまとめた詩集『ＵＫＵＴＡのンゴンジェラ』（*Ngonjera za Ukuta I & II*, 1971, 1972）はタンザニア中の成人教育の場で正式な出版前から活用され、地元紙には類似の詩が多数掲載された。

ムニャンパラの詩はすべて韻と音節数の規則を完璧に守った定型詩である。ンゴンジェラ以外の詩では、言葉の選択に細心の注意が払われ、表現の洗練が追求されている。詩の内容は良い生き方を諭す教訓的なものや、物事の性質や本質を解説するものが目立つ。詩のタイトルも、「世の中」「団結」「嫉妬」「死」など一語が多く、詩の形式で書かれた辞書のようでさえある。美徳や悪徳、無力さといった人間に共通する性質を扱う一方、差別や植民地主義への明確な非難も見られ、人類の平等や普遍性について

書いた詩人と大まかに評価できよう。
一方、ムニャンパラのンゴンジェラは、それ以外の詩と比べて深みや洗練に欠けると言われる。ムニャンパラは「庶民の良心」であることを放棄し、「政権の拡声器」に成り下がったとも批判されている (Ndulute 1985: 154)。知識人が無知な者を啓蒙するというンゴンジェラの基本的な性質上、確かにそこには、人間や物事の単純化や、善悪の決めつけ、庶民の軽視が見られる。人間の共通性や普遍性に焦点を当てるヒューマニズムも失われている。表現の推敲の跡もあまり見られず、政権のスローガンをただ詩の形式に当てはめただけのようである。以下より、ムニャンパラのンゴンジェラが収められている『UKUTAのンゴンジェラI』と、一般的な詩が収められている『ムニャンパラ詩集』(*Diwani ya Mnyampala*, 1965)、そして『詩の教え』(*Waadhi wa Ushairi*, 1965) から、実際にいくつか詩を見てみよう。
『UKUTAのンゴンジェラI』内の「愚かさは我らが敵」では、「愚か者」が以下のように発言する。「みんな私をバカだと言う　学のない奴と／私が通るとみんなであざけり　友達でさえ私を笑う／悪口ばかり浴びせられ　言葉数さえ減ってきた／さあ、確かなことを教えてくれ　私のどこがバカなんだ?」それに対し、「助言者」は、「君は本当にバカだな　そう言われるのももっともだ／だって君は無知だ　教育されていないのだから／君は幼子、背負われた子どもだ／教育を欠いているからこそ　君はバカなのだ」と切り捨てる。その後のやり取りが続けられ、最後には「愚か者」が、「やっと理解した　私の欠陥を／勉強に邁進し　愚かさから抜け出そう／そして味わおう　読書の楽しみを／確かに私は　バカだったのだ」と改心する (Mnyampala 1970: 14–15)。
一方、『詩の教え』内の詩「愚か者こそが教師である」では、「愚か者」についての認識に大きな違いがある。詩人は、「愚か者はこし器のようなもの　知覚を清めることができる／愚か者こそが、賢者を教える教師なのである」(Mnyampala 1965b: 55) と、ンゴンジェラとは異なる思慮深さを見せる。また、上記のンゴンジェラに見られる教育至上主義は、『詩の教え』内の別の詩「高貴さ」とも矛盾する。
たとえば人の服装や金の装身具／あるいは大学教育や宗教の知識に驚かされることはあっても／それが人に高貴さをもたらすわけではない　そういったものに惑わされるな／服は高貴さとは無縁だ　高貴さとは信心なのだ
高貴さとは信心である　読書習慣とは関係ない／スルタンであることや、ローマ人やアラブ人であることでもない／それは心の中にある信心　慈悲深き神を知ること／騒乱は高貴さには似合わない　高貴さとは信心なのだ (Mnyampala 1965b: 24)
同様の矛盾は、社会主義政策の根幹であったウジャマー村についての詩にも見出せる。一九六〇年代末から七〇年代にかけて、平等と農業の効率化を目的として、人工的な村における集団農業の実施が試みられた。『UKUTAのンゴンジェラ』内の詩「ウジャマー村」では、政治家が定職のない都市の若者に、村に移住し農業に精を出すよう諭す。若者は「彼らが言うのだ　私たちは町を出ないといけないと／ウジャマー村というが　何の利益があるんだ?」と疑問を投げかけ、「この私がどんな利益を上げられるだろう?／体には力はなく　何も収穫することなどできない」、「なぜ一緒に暮らさないといけないのか　どういう義務なのか?／せっかくの成果を無駄にして　もっと貧しくなるだろう」と移住政策の有効性を疑問視し、「私はここの馴染みだ　私の人生は町にある／私はここで丸々肥えて　いつも喜びの中にある／もし村に住んだなら　骨と皮だけになってしまう」と懸念する。それに対し政治家は、「町を出ることは重要だ　共に村へ移住しよう／恩恵を共に得て　勝者の人生を歩もう」、「みんなで一緒に住むことは　国にとって大変意義のあること／例えば橋を作って　洪水を防ぐことができる／一緒に耕すのも有益だ　経済的成果を上げられる」とお決まりのスローガンを並べるだけである。にもかかわらず若者は最終的に、「鋭い言葉で　説得してくれてありがとう／怠け癖を捨て　鍬の柄を握ろう／そして雑草を抜いて　村に参加しよう／ウジャマー村には　確かに利益がある」と心変わりをするのである（Mnyampala 1970: 38-39）。

この詩は、その書かれた目的とは裏腹に、若者の懸念の妥当性と、政治家の理想主義の非現実性とを強く印象づける。以下の詩を書いたときのムニャンパラ自身も、この印象に賛同してくれるはずである。『ムニャンパラ詩集』内の詩「農民の苦労」では、農業の困難さが写実的かつ切実につづられる。

はるか昔から　農業には困難がつきもの／まずは原野を開墾し　枯草を山ほど燃やす／草にまみれ　一日中働きづめだ／農民の苦労には　忍耐が不可欠

忍耐こそが不可欠　心変わりは許されぬ／毎日夜明け前に目を覚まし／すぐに手に取るのは鍬　あるいは鍬の残骸／農民の苦労には　忍耐が不可欠

森を耕しキビを植え　草原を耕しモロコシを植え／たとえ一段落しても　いびきをかいて眠るなかれ／動物が畑にやってきて　作物を食い荒らす／農民の苦労には　忍耐が不可欠（三連略）

いつ休めるのか　いつこの辛苦が終わるのか／イノシシやサルに　怯えて暮らす苦しみが?／収穫の稼ぎを得る前から　疑念が膨らむばかり／農民の苦労には　忍耐が不可欠

キビがよく実ると　私はひたすら無事を祈る／すべての枝が花をつける時　私の疑いは晴れていく／そして鳥たちが舞い

降りて　私のキビを狙い打ち／農民の苦労には　忍耐が不可欠（一連略）
農民は衰弱し　憐れみを掻き立てる／その顔はやせ衰え　見る影もない／すべての困難は終わり、農民はついに収穫する　みずからの終焉を／農民の苦労には　忍耐が不可欠
(Mnyampala 1965a: 53-54)

ウジャマー村への移住政策は遅々として進まず、一九七〇年代に入ると武力を用いた強制移住が始まる。しかしムニャンパラはタンザニア政治が暴力性を帯びる前、一九六九年に亡くなった。『詩の教え』内の「政治」という詩には、「国民に無理強いするのは、政府のやることではない」という一節がある (Mnyampala 1965b: 5)。ムニャンパラがもう少し長く生き、社会主義政策の失敗を目の当たりにしていたなら、「政権の拡声器」か「庶民の良心」か、どちらの役割を守っただろうか。

ムニャンパラは、時の政権であれ、身近なコミュニティであれ、そこから期待された役割を忠実に演じきった詩人と言えるだろう。そのような詩人を前にしたとき、われわれはつい、詩人自身の思いはどこにあるのかと問いたくなる。しかしスワヒリ語詩において重要なのは個人の思いではなく、詩がその時代や社会において良い影響を与え得るかどうかである。社会情勢が変われば詩の内容も変わる。よって本稿のように、詩人の主張が一貫していないことを指摘するのは野暮なのだろう。

社会主義政策は失敗に終わったが、ンゴンジェラは現在でも教育的娯楽として広く親しまれている。特に教育現場では、子どもたちが保護者等の前で教育的成果を発表するための形式として重宝されている。自由詩の詩人ケジラハビ（本連載第6回〔『理』71号〕参照）は、ムニャンパラの功績を以下のように称えた。「都会の人も田舎の人もあなたの前に腰を下ろす／そしてあなたは彼らを楽しませ、一人一人の聴衆を／ンゴンジェラの詩人へと変えた！」(Kezilahabi 1974: 40)。

（大阪大学　おのだ・ふうこ）

注1　ゴゴ語で「一緒に行くこと」を意味するという(Kyamba 2022: 135)。

**参考文献**

Kezilahabi, E. (1974) *Kichomi*, Heineman Educational Books.
Kyamba, Anna N. (2022) "Mchango wa Mathias Mnyampala katika Maendeleo ya Ushairi wa Kiswahili", *Kioo cha Lugha* 20(1): 130-149.
Kyamba, Anna Nicholaus (2016) "Muundo wa Mashairi katika *Diwani ya Mnyampala* (1965) na Nafasi Yake katika Kuibua Maudhui" *Kioo cha Lugha* Juz. 14: 94-109.
Mnyampala, Mathias (1965a) *Diwani ya Mnyampala*, Kenya Literature Bureau.
—— (1965b) *Waadhi wa Ushairi*, East African Literature Bureau.
—— (1970) *Ngonjera za UKUTA Kitabu cha Kwanza*, Oxford University Press.
Ndulute, C. L. (1985) "Politics in a Poetic Garb: The Literary Fortunes of Mathias Mnyampala", *Kiswahili* Vol. 52 (1-2): 143-162.

## 【4～7月の新刊】

『未来の教育を語ろう』
關谷 武司［編著］
A5判 一九四頁 二五三〇円

## 【近刊】 ＊タイトルは仮題

『宅建業法に基づく重要事項説明Q&A 100』
弁護士法人 村上・新村法律事務所［監修］

『教会暦によるキリスト教入門』
前川 裕［著］

『ローマ・ギリシア世界・東方』
ファーガス・ミラー古代史論集
ファーガス・ミラー［著］
藤井 崇／増永理考［監訳］

KGりぶれっと60
『学生たちは挑戦する』
開発途上国におけるユースボランティアの20年
村田 俊一［編著］
関西学院大学国際連携機構［編］

## 【好評既刊】

『ポスト「社会」の時代』
社会の市場化と個人の企業化のゆくえ
田中 耕一［著］
A5判 一八六頁 二七五〇円

『カントと啓蒙の時代』
河村 克俊［著］
A5判 二二六頁 四九五〇円

『学生の自律性を育てる授業』
自己評価を活かした教授法の開発
岩田 貴帆［著］
A5判 二〇〇頁 四四〇〇円

『破壊の社会学』
社会の再生のために
荻野 昌弘／足立 重和／山 泰幸［編著］
A5判 五六八頁 九二四〇円

KGりぶれっと59
『基礎演習ハンドブック 第三版』
さぁ、大学での学びをはじめよう！
関西学院大学総合政策学部［編］
A5判 一四〇頁 一三二〇円

※価格はすべて税込表示です。

好評既刊

# 絵本で読み解く 保育内容 言葉

齋木 喜美子［編著］

絵本を各章の核として構成したテキスト。児童文化についての知識を深め、将来質の高い保育を立案・実践するための基礎を学ぶ。

B5判 214頁 2420円（税込）

## スタッフ通信

弊会の刊行点数が五百点に到達した。九七年の設立から二八年かかったことになる。設立当初はまさかこんな日が来るとは思っていなかった。ちなみに東京大学出版会の五百点目は一九六二年（設立一一年目）、京都大学学術出版会は二〇〇九年（二〇年目）、名古屋大学出版会は二〇〇四年（二三年目）とのこと。特集に執筆いただいた草創期からの教員理事長をはじめ、歴代編集長・編集委員の方々、そしてこれまで支えていただいたすべての皆様に感謝申し上げるとともに、つぎの千点にむけてバトンを渡してゆければと思う。（田）

コトワリ No. 75 2025年7月発行
〈非売品・ご自由にお持ちください〉

知の創造空間から発信する
K.G. University Press 関西学院大学出版会
〒662-0891 兵庫県西宮市上ケ原一番町1-155
電話 0798-53-7002 FAX 0798-53-5870
http://www.kgup.jp/ mail kwansei-up@kgup.jp